www.tredition.de

SEN & ELISA TOMMES

***

DER TEMPEL DER VENUS

Buch 1 : Verführung

www.tredition.de

© 2020 Sen & Elisa Tommes

Verlag und Druck:
tredition GmbH, Halenreie 40-44, 22359 Hamburg

ISBN
Paperback: 978-3-347-16087-3
Hardcover: 978-3-347-16088-0
e-Book: 978-3-347-16089-7

Inhaltsverzeichnis

Verlangen - mit dem alles begann

Der Geschmack ihrer salzig süßen Haut liegt auf meiner Zunge. Nach Vanille und Zimt riecht ihr weiches volles Haar. Ihr betörender Duft steigt mir in die Nase und vernebelt meinen kaum noch vorhandenen Verstand. Ich koste von ihr mit allen Sinnen. Mit den Fingerspitzen zeichne ich zärtlich auf ihren entblößten Rundungen einen Namen, den ich bisher nicht entziffern konnte.

Schon wieder kann ich an nichts anderes denken. Nur an sie. In jeder Nacht wird es schlimmer. Am Morgen greifen meine Hände ins Leere, tasten sehnsüchtig nach ihr, als hätte sie eben noch dort gelegen. Dann schlage ich die Lieder auf und versuche die Trugbilder aus meinem Kopf zu scheuchen. Doch ich gebe bald auf, denn es gelingt mir nicht. Sie haben von mir Besitz ergriffen. Egal ob ich wach bin oder träume, ich sehe immer nur diese Bilder von heißen wilden Nächten, in denen ihr betörender nackter Körper aus zügellosen Szenen vor mir auftaucht, der mein Blut in Wallung hält und mich den Rest des Tages an nichts anderes denken lässt.

Erster Mai

Der Himmel ist azurblau und wolkenlos. Ein Lufthauch weht den zarten Seidenvorhang zur Seite und gibt den Blick auf den kleinen See im Park frei. Die hereinfallenden Sonnenstrahlen sprenkeln wilde Muster auf den neuverlegten Parkettboden aus Wildbuche.

Coco lehnt an der offenen Küchenzeile mit einer dampfenden Tasse frisch aufgebrühtem Kaffee in der Hand. Sie schaut sich angetan in ihrem gemütlich eingerichteten Wohnzimmer um.

Das neue Parkett passt fantastisch zu ihren Möbeln. Der Vermieter hat nicht zu viel versprochen, als er meinte, sie werde ihr Wohnzimmer nach ihrer langen Lesereise nicht wiedererkennen. *Ich muss ihn bald zum Essen einladen und mich erkenntlich zeigen, dass alles so reibungslos über die Bühne ging,* denkt Coco voller Dankbarkeit. Nicht das kleinste Staubkörnchen ist zu sehen.

Sie ist froh, dass sie endlich nach zwei Wochen Herumreiserei in der Weltgeschichte wieder in ihrer geliebten neurenovierten Zwei-Raum-Wohnung angekommen ist. Alles ist perfekt hergerichtet. Selbst ein Strauß roter Rosen fehlt nicht. *Ich hoffe, das hat nicht mehr zu bedeuten, so nett er auch ist! Ich muss mich auf jeden Fall erkenntlich zeigen, was auch immer dahinterstecken mag.* Aber nicht heute.

Von innerer Unruhe getrieben stellt Coco mit Schwung die Kaffeetasse auf der Küchentheke ab, ignoriert die dabei entstehenden Flecken und huscht hinaus auf ihre kleine Terrasse im ersten Stock. Sie spürt die warmen Fliesen unter ihren nackten Füßen und schließt für einen kurzen Moment genüsslich die noch müden Augen. Die wärmenden Strahlen der Sonne schmeicheln ihrer Haut und tanken sie auf mit neuer Energie.

Bereit in den Tag zu starten, öffnet Coco die Lider und lässt ihren Blick über den kleinen verwilderten See schweifen. Die Sonnenstrahlen zeichnen mit den Schatten der alten knarrenden Bäume merkwürdige Muster auf die silbern glitzernde Fläche.

Coco versucht wie so oft, in sie Bedeutung rein zu dichten. Aber das fällt ihr heute noch schwer. *Erst mal ins Bad und eine erfrischende Dusche genießen und die Bilder der letzten Nacht aus meinem Kopf scheuchen. Es braucht nicht jeder merken, wie elektrisiert ich davon bin.*

Aus dem hell erleuchteten silbernen Spiegel schauen Coco müde aussehende Augen entgegen. *Schon wieder der 1. Mai. Zum achtundzwanzigsten Mal in meinem Leben.* Doch Coco macht sich keine Gedanken um ihr Alter, denn das braucht sie nicht. Sie ist hübsch, jung und knackig, eben ein Blickfang allererster Klasse. Aber sie meint, sie hätte schon mehr mit ihrem Leben anstellen können. Das würde sie jetzt endlich nachholen.

Ihre hellbraunen, sonst wellig bis lockigen schulterlangen Haare, hängen ihr zerzaust ins Gesicht. Coco bindet sie zu einem Dutt zusammen und steckt sie mit Klammern fest. Sie schmunzelt verführerisch, als ihr die letzte Szene vom Traum der vergangenen Nacht wieder einfällt und ihr ein sehnsüchtiges Ziehen im Unterleib beschert. Den drückt sie gedankenverloren genüsslich an den kühlen Rand des Beckens. Durch den dünnen Stoff ihrer kurzen Pyjamahose spürt sie wohltuend die Kälte durchdringen, die sich mit dem feuchten Gefühl ihrer Lust sofort vermischt. *Eine Abkühlung wäre wohl das Beste, bevor ich mich nicht mehr beherrschen kann.*

Seitdem Coco zurück ist, sind auch diese Träume wieder da. Sie hatte sie in den letzten zwei Wochen, so wie es einen Junkie ergehen würde, tatsächlich vermisst. Doch in dieser Nacht hat sie das Verpasste nachgeholt.

Schweißgebadet ist Coco aufgewacht, vom eigenen lauten Stöhnen. Sie ertappt sich Tag für Tag dabei, wie sie Ausschau nach dem großen Abenteuer hält. Nur zugeben kann sie es nicht und sieht ihr auch gar nicht ähnlich.

Mit großen moralischen Vorstellungen ist sie in jede Beziehung gegangen. Sie sind alle zerplatzt wie Seifenblasen. Was sie jetzt will, ist hemmungsloser Sex, statt brav zu sein, und trotzdem die große Liebe finden. Mit jedem Traum wird es ihr realer.

Coco schaut in den Spiegel. In ihren grün-braunen Augen funkeln die goldenen Sprenkel, die ihr ein Lächeln ins Gesicht zaubern, selbst wenn es nichts zu lachen gibt. Sie erscheinen ihr heute wie aus Flammen spritzende Funken - Funken des Feuers, das die heißen Träume in ihr entfacht haben.

Dieser Tempel, den es geben muss, da ist sich Coco inzwischen sicher, ruft sie auf seine Weise. Die unheimliche verführerische Macht des Tempels kann man selbst außerhalb seiner hohen Mauern spüren, zumindest, wenn man wie Coco, eine besondere Beziehung dazu fühlt. Doch was für eine genau? Coco weiß es nicht, auch wenn sie immer überzeugter davon ist, dass es diese Beziehung zum Tempel geben muss.

Am Anfang konnte Coco sich noch gegen die Anziehungskraft des Tempels wehren, die sie immer mehr in ihren Bann gezogen hat. Doch innerhalb der letzten Monate wurde ihre Neugier, was es damit auf sich hat, immer stärker.

Coco durchstöberte jeden Winkel der städtischen Bibliothek, suchte in Stadtführern, durchforstete staubige Wälzer über Mystik und machte sogar vor dem Bereich der Sagen und Märchen nicht halt. Sie wollte endlich wissen, wo sie diesen Tempel finden kann und damit Gewissheit bekommen, dass sie vor Sehnsucht nicht einfach nur verrückt wird. Diese Option gab es immerhin auch noch, zumindest in den Momenten, wo sie klar denken konnte.

In den anderen, wo das Denken nicht mehr zu funktionieren schien, stellte Coco das Internet auf den Kopf, auf der Suche nach einem Hinweis zum „Tempel der Venus". Das ist sein Name, der wie eine Hintergrundmelodie ihre Gedanken begleitet, Tag für Tag und Nacht für Nacht, während sie Ausschau hält nach den Jägern, die sie finden und hinbringen werden.

Wenn sie dann vor ihr stehen, wird sie es geschehen lassen, nymphomanisch gierig nach fremder Haut, selbst wenn sich ihr Verstand dagegen verwehrt. Coco wird keine Chance haben, wenn die Jäger sie erst gefunden haben. Da ist sie sich inzwischen mehr als sicher, denn ihre Sehnsucht und Lust verraten es ihr. Sie erkennt sich selbst nicht mehr wieder.

In den letzten Wochen fiel es ihr immer schwerer, sich auf ihren Job zu konzentrieren. Bei jedem Mann, der ihre Phantasie anregte, hoffte sie, dass er einer der Jäger wäre und endlich ihre heißen Träume in die Realität umsetzen würde. Noch sind es ihre eigenen Hände, die sehnsüchtig über ihren Körper wandern. Schon bald werden es andere sein.

Coco zieht sich ihr Hemdchen aus und streift ihren wie immer zu knapp geratenen weißen Slip vorsichtig über den knackigen Hintern und betrachtet von allen Seiten ihr reizendes Spiegelbild. Dann streichelt sie sanft ihre Brüste, kneift sich in die hart gewordenen Nippel und findet sich so richtig scharf. Sie wirft ihrem Spiegelbild eine Kusshand zu und geht auf den warmen Kacheln zu ihrer bodengleichen Dusche, die wie an jedem Morgen, mit ihren verwöhnenden Strahlen auf sie wartet.

Sie genießt, wie das Wasser auf ihren Körper plätschert. Im Kopf spielen sich mal wieder Szenen ab, von einem heißen Duschabenteuer zu zweit und nach einer Weile sogar mit einem dritten Typen. Bis vor Kurzem wäre sie nie auf solch eine Idee gekommen. Heute ist sie süchtig danach, selbst wenn sie mehreren zur gleichen Zeit gehören sollte. Ihre riesige Duschkabine findet sie viel zu schade, um sie weiterhin allein zu nutzen.

Nach ihrer verführerischen Morgendusche zieht es Coco erneut hinaus auf ihre kleine Terrasse. Sie hat sich ihren Lieblingsmorgenmantel angezogen – seidig und leicht, der ihre sexy Rundungen eher zur Schau stellt, als diese zu verhüllen. Es wäre nicht ratsam, jemanden darin die Tür zu öffnen. Selbst für die Terrasse ist das zu gewagt.

Inzwischen traut sie sich darin immer öfter nach draußen. Jedes Mal erhält sie diesen Kick, der ihr mehr und mehr gefällt. Manchmal sinnt sie danach, es regelrecht zu provozieren, in diesem Aufzug erwischt zu werden. Bisher hat sie es nie absichtlich durchgezogen. Aber die Vorsicht schwindet - so auch heute.

Coco füllt sich frischen Kaffee nach, denn den braucht sie nach dem Aufstehen reichlich - eine blöde Angewohnheit, wie sie weiß. Bald wird sie aussehen wie eine vertrocknete Zitrone, wenn sie sich das Kaffeetrinken nicht wenigstens in solchen Mengen abgewöhnt. *Was soll's, dieses kleine Laster werden wir später angehen!*

Mit dem dampfenden zu großen Kaffee-Pott in der Hand, tritt Coco ins Freie und genießt mit frisch erwachten Lebensgeistern den sonnigen Frühlingsmorgen. Vögel zwitschern im Kanon. Die lang ersehnte warme Jahreszeit, lädt endlich wieder zum draußen sein ein.

Ihr kleines Luxusappartement liegt am östlichen Stadtrand mit Ausblick ins Grüne und auf den manchmal unheimlich wirkenden

See. Er hat ihr schon viele Geschichten erzählt, wenn sie am Abend mit einem Glas Wein den Sonnenuntergang beobachtet hat.

Hier kommen ihr die besten Einfälle für ihre Geschichten. Beispielsweise von den drei verschwundenen Schwestern, die ein Geheimnis miteinander verbindet, was das Leben vieler Menschen zerstören würde, sollte es jemals ans Licht kommen. Oder über ein Geschenk, das ein Mädel ihrem Freund macht und danach nichts mehr ist, wie es vorher war.

Wenn Sie an diese Geschichten denkt, fühlt sie die Erregung in sich aufsteigen und sieht die Szenen wieder vor sich, die beim Schreiben in ihrem Kopf abgelaufen sind.

Nichts ist jedoch vergleichbar mit ihren jetzigen Träumen, die selbst am Tage nicht enden wollen. Mit den Erinnerungen daran genießt Coco die wärmenden Strahlen der Sonne, die man endlich wieder spürt. Alles ist saftig grün und sie fängt an, aufzublühen. Heute wird sie sich einmal mehr auf die Suche begeben.

Träumend schaut sie zum kleinen Wäldchen rüber. Sie spürt eine frische Brise zwischen ihre glattrasierten Beine fahren. Widerstehen vermag sie nicht und spreizt sie lustvoll auseinander und fühlt so die noch kühle Morgenluft intensiver, die ihre festen

Schenkel streichelt. Ihr Rasierer hat heut Morgen nirgendwo haltgemacht. Sie empfindet den Luftzug daher viel intensiver, der jetzt in ihre nackte feuchte Schnecke kriecht. Das Kribbeln der Lust gedenkt sie zu verführen. Sie lässt es geschehen ohne Gegenwehr.

Verträumt greift sie sich an ihre vollen Brüste, die gerade so Platz in ihren warmen Händen finden. Sie bekommt Lust auf sich selber, auf ihren runden festen Busen und ihren knackigen Po.

Ihre Hand gleitet tiefer bis zu ihrem flachen Bauch und erlebt genussvoll, wie er vor Erregung bebt. Ungeduldig gleiten ihre Finger weiter, bis sie zwischen ihren feuchten Schamlippen stecken, den Kitzler finden und sie ungezügelt zum Höhepunkt bringen.

Keuchend hält sie sich mit zitternden Knien am Türrahmen fest. Ihr Morgenmantel steht weit offen und ist ihr halb von den Schultern gerutscht. Wer in diesem Moment einen Blick auf sie zu erhaschen vermag, sieht, dass sie nicht nur sportlich ist, sondern vor allem unheimlich sexy. Sie steht da, fast nackt im Sonnensegen.

Die liebkosenden warmen Strahlen machen ihr das viel zu spät bewusst. Erwachend aus der Ekstase, kommt sie langsam wieder zu sich.

Schon bald macht sich Coco um ihren aufreizenden Aufzug Sorgen, denn manchmal spaziert doch mal jemand am Wäldchen entlang. Leicht beschämt schaut sie zum Weg hinunter, hebt schnell ihren Gürtel auf, verhüllt ihre Blöße und verschwindet schleunigst in ihren vier Wänden - nicht, ohne sich nochmal zu vergewissern, dass niemand ihren kurzen Ausbruch der Gefühle beobachtet hat.

Zeit für Abenteuer

Ein immer lauter werdender schriller Piep-Ton reißt mich aus verwöhnenden zarten Frauenhänden. Nach einem Griff aufs leere Kopfkissen neben mir, haue ich verärgert auf meinen Wecker. Heute hätte er das nicht tun sollen und vor allem nicht jetzt. Hab wohl vergessen, ihn auszustellen, als ich am Abend nach einer halben Flasche Rotwein, ins Bett gefallen bin.

Sonnenstrahlen sickern durch den schmalen Spalt der weinroten Vorhänge ins ansonsten dunkle Zimmer und versprechen einen warmen Tag - der 1. Mai, Zeit für neue Abenteuer. Die Verärgerung schwindet.

Meine Gedanken sind immer noch beflügelt von der Brünetten. Von ihrer blonden Freundin natürlich auch. Beide sahen so bezaubernd aus und haben neckisch getuschelt, dass ich mich von ihnen nicht zurückzuhalten vermochte.

Was wäre, wenn das real werden würde? Es geistert immer wieder durch meinen Kopf. Dieser heiße Traum hat mir die Nacht ausgefüllt und statt mit dem ersten Wimpernschlag für immer zu verschwinden, begleitet er mich in den Tag hinein, lässt mich ständig daran denken und an: *Was wäre, wenn?*

Immer und immer wieder beschäftigt es mich und der Traum ist nicht der Erste dieser Art. Dermaßen intensiv sind sie geworden, dass die Wirklichkeit zu verblassen droht. Sie sind verlockend real, was sich augenblicklich unter meiner Decke zeigt. *„Was wäre, wenn?"*, ist für mich zur wichtigsten Frage geworden.

Gestern war ich entschlossen, mir endlich die Nummer der Frisöse geben zu lassen. Doch etwas hielt mich davon ab. Seit sie dort arbeitet, bin ich regelmäßig Kunde in diesem Salon und eigentlich viel zu oft. Sie hat mich sonst immer an frühere Tage erinnert, wo meine Träume mein Leben bestimmt haben, nicht das Leben mich. Und gestern hoffte ich auch darauf.

Ich saß vor dem Spiegel, doch es passierte nichts. Man war die süß, aber sie berührte mich nicht. Meine Gedanken waren ganz woanders, immer noch bei der letzten Nacht. Die Bilder wollten und wollten nicht verschwinden und ließen alles andere verblassen, selbst ein so bezauberndes Mädchen, wie die im Spiegelbild vor mir.

Krampfhaft versuchte ich, die Zeit zurückzudrehen. Es gelang mir nicht. Meine Phantasie malte stattdessen neue Dinge. Spätestens seit gestern, scheint mein altes Leben endgültig vorbei zu sein. Träume bestimmen es erneut. *Nur, sind es auch meine?*

Ich spüre, heute wird was ganz anderes passieren, da bin ich mir sicher. Am besten passiert es genauso, wie in der letzten Nacht - heiß, wild und leidenschaftlich. *Was wäre, wenn?*

Am ersten Mai hatte ich schon immer diese Aufbruchsstimmung, die jetzt von mir Besitz ergreift. Mit Schwung lande ich auf den Beinen. Hätte mir fast was abgebrochen. Nachdem ich mir kaltes Wasser über den Kopf gegossen habe, bekomme ich auch dieses Problem in den Griff.

Ein paar Minuten später sitze ich in der Küche. Das Radio verkündet für heute stolze 25 Grad bis in den Abend hinein und wir sollten das doch zum Angrillen nutzen. Musik aus den Achtzigern wird aufgelegt. Der Toaster spuckt mein Frühstück aus. Im Flug fange ich die Scheibe.

Vor acht Jahren bin ich in mein „kleines" gemütliches Reich eingezogen, ein ganzes Stockwerk mit Loft-Charakter. Zum Glück habe ich so etwas gefunden und kann mein Loft mit dem eigenen schwer verdienten Geld bezahlen.

Früher war das mal eine Büroetage. Heute befinden sich hinter den riesigen hellen Schiebetüren, große sonnendurchflutete Räume, denen die kleinen Bürogruften dankbar gewichen sind.

Inzwischen wohne ich hier wieder allein, nachdem meine damalige Freundin meinte, ein muskelbepackter Adonis passt besser zu ihr. Von ihr blieben mir nur Erinnerungsfetzen, die mit der Zeit immer mehr verblassten.

Zu lange schon schweben durch die Räume kein zärtliches Wort und kein betörender Duft mehr. Vielleicht sollte ich endlich einen Untermieter nehmen – zum Beispiel einen ausgeflippten Studenten, denn die gibt es genügend in der Stadt. Dann kommt endlich wieder Leben in die Bude. Bald sollte ich die Annonce in die Zeitung setzen und es nicht Monat für Monat immer wieder aufschieben, als könnte sie doch noch plötzlich vor der Tür stehen: Meine Traumfrau - süß, jung, knackig, mit einer Krone auf dem Haupt. Was soll's, manche Illusionen halten einen am Leben.

Die Tür zur Terrasse steht weit offen und lässt den frischen Duft des Frühlings herein. Ich höre den Bach vorm Hause plätschern, auf denen langsam die letzten vertrockneten Blätter dahintreiben, die ein paar Kinder weiter oben hineingeworfen haben. Bald werden stattdessen wieder Forellen stromaufwärts schwimmen.

An der Rückseite des Hauses beginnt der Berg mit seinen steilen Felswänden. Wanderwege winden sich nach oben zu einer verfallenen alten Burg, deren Mauern nur noch bruchstückhaft vorhanden sind - heute ein begehrtes Liebesplätzchen.

Eine Prinzessin gibt es da schon lange nicht mehr, nicht mal eine hübsche Burgherrin, es sei denn sie geistert dort oben noch als Gespenst herum, wie einige Erzählungen es behaupten. Man könne ihr Geflüster zwischen den Bäumen hören - *vielleicht auch nur das von verliebten Touristen.*

Ich bin nur einmal den schmalen gewundenen steinigen Weg nach oben gekraxelt, um dort die Aussicht eng ineinander verschlungen zu genießen. Das war vor langer Zeit.

In diesem Städtchen, das ich richtig liebgewonnen habe, verbrachte ich meine bisher schönsten Stunden und verdammt heiße Abende zu zweit vor einem leise vor sich hin knisternden alten offenen Kamin. Drei Jahre lebe ich nun schon hier allein und werde täglich verrückter, verrückter nach fremder Haut. Jeden Tag ergreift sie mich mehr, diese Lust, die immer heftiger wird. Drei Jahre, seit sie mich verlassen hat. Drei Jahre allein mit meinen verruchten Träumen, die zumindest seit drei Monaten unheimlichen Charakter angenommen haben. Sie scheinen mich aufzuzehren, mich zu fressen, mich in eine andere Welt zu führen – weg von hier.

Bis jetzt weiß ich nichts von dem, was auf der vorderen Seite des Berges schon lange auf mich wartet, in einer großen prunkvollen Villa, einem Tempel gleich. Von der Burgruine aus schaut man darüber hinweg in ein herrliches Tal voller grasgrüner Wiesen, die drei Kilometer weiter an einem gewundenen Fluss enden. Von dem Tempel kann man nichts erkennen, außer man klettert bis ganz an den Rand über die Absperrung hinweg. Da geht es dann steil nach unten, wo der Tempel steht mit dem See vor dem Steinbruch und dem restlichen großzügigen Grundstück.

Im Tal konnte man schon immer Schafherden bewundern, die aus kleinen weißen Wollknäueln zu bestehen scheinen, wenn man von oben auf sie hinabblickt. Die Burg mit ihrem Ausblick wird der Stadt ihren Namen gegeben haben: „Irlend Sky".

War es der Lord, der das Land so benannte? Er soll aus Irland gekommen sein, das früher mancherorts Irlend genannt wurde, so sagt man zumindest. Hier angekommen, ließ er die Burg bauen und den Park errichten, getreu den Vorbildern seiner Heimat – fast, denn die Felsen der Grünen Insel sind wohl eher hohe Klippen, unter denen der Atlantik dort wütet.

An manchen Tagen, meist in den Morgen- oder Abendstunden, scheint die Burg dafür am Himmel zu schweben, wenn der Nebel den Berg einhüllt. In diesen Momenten sieht sie aus, als wäre sie in den Wolken und hätte jeden Kontakt zum Boden verloren. Irlend Sky hat seinen Namen verdient und ich fühle mich wohl in diesem Städtchen, das selbst an Geheimnisvollem keinen Mangel hat. Schon bei seinem Namen kommt man ins Schwärmen.

Allerdings ist es an diesem Ort in den letzten Wochen schon fast unheimlich geworden, zumindest für mich. Für alle anderen scheint das Leben weiterzugehen, wie bisher. Ich kann zumindest nicht erkennen, dass jemand sonst ein ähnliches Problem wie ich haben könnten. *Und wenn, würden sie es nicht genauso wie ich verstecken?*

Hier ist etwas, dass seine Macht weit über die hohen Mauern trägt und sich am Fuße desselben Berges eingenistet hat, wo ich mein Zuhause habe. Und es hat es auf mich abgesehen.

Sein Geheimnis kennt vielleicht nicht mal der Erbauer des Tempels selber und stammt nicht mal aus diesem Jahrhundert oder gar Jahrtausend. Ich weiß nichts von dem, was mir diese Träume beschert, mich nachts ruft und entführt in eine andere Welt. Aber ich spüre Gier und Lust, wie ich sie früher nicht kannte, und das macht mir Angst. Ich sollte mich auf die Suche nach dem Ort machen, der mir immer klarer in meinen Träumen erscheint. Und jetzt offenbarte sich sogar sein Name.

Heute, am 1. Mai, will ich nicht schon wieder den ganzen Tag mit einem Buch in der Hand auf der Liege verbringen. Ich will endlich raus, zurück ins wilde Leben. Außerdem weiß ich schon längst, wer der Mörder ist. Nicht, dass ich das Spiel durchschaut habe. Es kommt sowieso meistens anders, als man denkt. Nein, ich habe diesmal gelangweilt das Ende schon vorweggenommen. Für also was jetzt noch lesen?

Ich ziehe die dunkelgraue knielange Lieblingshose über meine gut trainierten Beine, wie ich finde und bin froh, dass ich nicht faul war, meinen Hintern regelmäßig hochbekommen hatte und so auch keinen Winterspeck angesetzt habe. Täglich zwang ich mich zu meiner Standard-Joggingrunde, bei jedem Wind und Wetter und dass sogar bei Schneesturm, der in diesem Jahr nicht selten vorkam. Wenigstens fit und attraktiv bin ich noch, scheint zumindest mein Spiegelbild zu sagen.

Ich schaue in meine braunen, ja fast schwarzen Augen und erkenne die Pupillen kaum. Meine Seele finde ich nicht in ihnen, nur tiefe Schwärze. Ich fahre mir durch das wuschelige dunkle Haar, das ich mir gestern erst stutzen ließ. *Dafür sieht es ganz schön wild aus, was mir da auf dem Kopf wächst.* Die süße Frisöse hatte sich geweigert, noch mehr wegzunehmen. Wenn es den Frauen gefällt, soll es mir recht sein.

Ich probiere drei Hemden, aber meinem Spiegelbild stehen sie nicht wirklich. Ein braunes T-Shirt mit weißem Schriftzug macht schließlich das Rennen. Sowas hatte ich gestern getragen, als ich die beiden Mädels auf der Tanzfläche beobachtet hatte; natürlich nur in meinem Traum, denn zur Disco gehe ich schon lange nicht mehr.

Speziell hatte es mir die Brünette angetan, die meine Jugendzeit herbei zaubern konnte. Da stand ich auch nur an der Tanzfläche oder gammelte an der Bar rum - so wie gestern, als ich ihr Tuscheln bemerkte, das nur mir gelten konnte.

Mein Spiegelbild ist verblasst und verschwunden. Stattdessen tauchen die beiden wie aus dem Nichts darin auf. Nicht, dass das passiert wäre. Aber *was wäre, wenn?* Und dieser Gedanke gefällt mir und ich lasse mich weiter fallen.

„Du beobachtest uns schon eine ganze Weile, oder?"   Ich schaue erschrocken in das hübsche Gesicht mit der kleinen Stupsnase neben mir.

„Ihr seid ein Blickfang, entschuldigt bitte!", antworte ich leicht verlegen.

„Waas haast Du gesagt? Sprich doch mal lauter. Bei diesem Krach kann ich dich nicht verstehen", schreit mich die Blonde an.

„Ihr seid ein Blickfang, entschuldigt bitte", krächze ich diesmal.

„Danke für das Kompliment. Das ist meine Freundin. Nenne sie einfach Joy, denn das ist sie - einfach: *pure Freude*. Und ich bin Juliette. Und wer bist Du?"

„Ich bin Rico. Schön, euch kennen zu lernen!", antworte ich noch immer zu leise für die Lautstärke, die hier herrscht.

„Hast Du Lust, mit uns an die Bar zu kommen? Hier ist einfach zu viel Krach, der nichts mit Musik zu tun hat und wir brauchen eh eine Pause", ruft mir Juliette entgegen.

„Warum nicht, wenn ihr nicht mehr tanzt, brauche ich auch nicht hier rumzuhängen", schreie ich etwas mutiger.

An der Bar spendiere ich ihnen einen Cocktail. Immerhin haben sie für mich getanzt. Wir plaudern eine gefühlte Stunde, lachen viel und ausgelassen und ich werde schließlich auch ganz locker, als wären sie alte Schulfreundinnen von mir und nicht die begehrenswertesten Objekte meiner schlaflosen Nächte.

Irgendwann, so ganz nebenbei, sagt Joy zu mir: „Jetzt müssen wir uns revanchieren. Wir können dir aber keine teuren Cocktails spendieren als arme Studentinnen, die wir sind. Aber wenn Du willst, laden wir dich zu einem doppelten Mitternachts-Espresso ein. Juliette macht den vorzüglich!"

Ich schaffe es nicht, „Nein" zu sagen. Ein mulmiges Gefühl im Magen und ein dicker Kloß im Hals verhindern, dass ich widersprechen kann. Und so ziehen wir fünf Minuten später los, zu einem Stelldichein in ihre winzige Mädels-WG.

Sie führen mich durch einen kleinen Flur mit großem Schuhschrank und Garderobe, vorbei an einem goldenen Bad mit hell erleuchteten Spiegeln zur der einen Seite und der gemütlichen Küche zur anderen, hin zum Wohnzimmer mit einer überdimensionierten Kuschelecke, die sie ihre Couch nennen. Zwei Lederhocker im selben Braunton und ein Glastisch stehen vor ihr.

Der Minifernseher auf dem Regal sieht neben der viel größeren Stereoanlage irgendwie verloren aus. Das Regal ist aus Backsteinen gebaut, auf denen jeweils ein Brett liegt, was insgesamt drei Ebenen bildet. Sehr einfach und praktisch, aber hübsch mit all den grünen hochrankenden Pflanzen und den vielen Büchern, die den unteren Teil füllen.

Etwas abseits steht der Schreibtisch aus massiver Eiche, der für Studentinnen ziemlich unbenutzt aussieht. Ich runzle die Stirn, doch sie zucken nur mit den Schultern.

Benutzter sieht schon eher der interessantesten Raum von allen aus. Ich hätte mir nicht erträumt, auch diesen zu Gesicht zu bekomme. Joy und Juliette hatten jedoch einen Plan, wie ich bald am eigenen Leib erfahren sollte. Und dieses Zimmer kam auch darin vor.

Da waren wir nun, im spannendsten Raum der ganzen Wohnung, *in ihrem Schlafzimmer*. Beim Anblick ihrer großen zerwühlten Spielwiese, die sich in den hohen Schiebetüren spiegelt, schlagen meine Gedanken Purzelbäume.

Ich zwinge mich, wegzuschauen. Aber was ich an der Decke erst erblicke, heizt mich noch mehr an. Eine reflektierende Glasfläche, vielleicht drei Mal drei Meter groß, gibt alles wieder, was sich darunter abspielen würde. Das da oben muss der Himmel auf Erden sein, wenn sich die beiden in einer stürmischen Nacht darin wiederfinden.

Hauchzarte Spitzendessous schmücken die Laken und meine Phantasiegebilde. Vor meinem Auge erscheinen die Bilder, die sie gesehen haben mussten, als sie dort ineinander verschlungen lagen. „Schlaft ihr abwechselnd oder zu zweit?", rutscht es mir heraus.

Juliette findet nichts Besonderes an der Frage. Ich schon, vor allem an ihrer Antwort.

„Natürlich zusammen. Das macht doch mehr Spaß!"

Sie schaut mir tief in die Augen, als würde sich die Wirkung ihrer Worte, darin widerspiegeln.

Mir wird es mulmig zumute. Ihre Augen blitzen und ich fühle mich wie Jagdwild.

Das Gefühl vergeht. Meine weichen Knie bleiben. Mir weiter auszumalen, wie sie es in diesem Spiegelkabinett miteinander treiben, traue ich mir nicht und erst recht nicht, was heute auf dem Laken hier passieren könnte. Stattdessen bewundere ich ihren guten Geschmack, den sie bei der Einrichtung der Zimmer bewiesen haben.

Wenig später sitze ich auf der Couch in ihrem kleinen gemütlichen Wohnzimmer und versuche, durchzuatmen. Sie legen eine alte Platte leiser Schmusesongs auf, die von dem charakteristischen Knistern begleitet werden. Dann bekomme ich den versprochenen doppelten Espresso. „Damit Du nicht einschläfst, während Du auf uns wartest."

„Wollt ihr euch nicht zu mir setzen?", frage ich leicht irritiert.

Statt einer Antwort bekomme ich nur ein verschmitztes Lächeln und ein Schulterzucken. Sie drehen sich um und verschwinden ins Badezimmer.

Stocksteif bleibe ich sitzen und schaue ihnen ungläubig nach. Die Tür fällt ins Schloss. Eine Weile stiere ich auf die weiße Fläche, als würden sich ihre Silhouetten noch darauf abzeichnen, während sie schon dahinter kichern. Ich bekomme die Vorstellung, wie sie sich über meine lechzenden Blicke amüsieren, über mein nervöses Hin und Her Rutschen auf der Couch und darüber, wie ich mir einbilde, sie würden sich hübsch für mich machen und gleich rauskommen im supergeilen sexy Outfit.

Das Kichern verstummt und dann herrscht Stille. Eine Schiebetür schließt sich mit kratzendem Geräusch und einem dumpfen Klicken. Dann höre ich die Dusche rauschen, vielleicht fünf Minuten lang. Und wieder ein Klicken und ein Kratzen.

Die Dusche lief nur einmal. *Zu zweit duschen macht wohl auch mehr Spaß*, denke ich bei mir und versuche mir nicht die schaumbedeckten heißen Kurven vorzustellen, über die sie ihre Hände gleiten ließen.

Hinter der Tür ist es still. Durch sie hindurchschauen kann ich nicht, so sehr ich mich auch bemühe. Also warte ich, bis Joy und Juliette endlich rauskommen.

Ich prüfe meinen Pulsschlag. Über ihre reizenden Körper, die vielleicht nur leicht bekleidet erscheinen werden, ziehe ich vorsorglich einen flauschigen Jogginganzug. So werde ich sie sicher besser ertragen können.

Doch mein Verstand spielt mir einen Streich. Er macht daraus einen Bademantel, der von ihren Schultern über ihre Hüften rutscht, bis er nur noch ihre Füße einhüllt. Ich schnappe nach Luft und presse meine Schenkel zusammen, zwischen denen der Druck und das Kribbeln unerträglich werden.

Sie lassen mich zappeln. Jede Menge erregender Bilder provozieren meinen Verstand. Endlich öffnet sie sich vorsichtig, diese verfluchte Bad-Tür.

Zuerst stecken sie ihre Köpfe nach draußen. Sie wollen sich wohl vergewissern, dass ich brav gewartet habe - *als ob ich mich weg gewagt hätte!*

Bei dem Anblick der beiden, die nun im Türrahmen erscheinen, stockt mir nicht nur der Atem - Juliette im unschuldig weißen und Joy im verruchten roten Kimono. Der reicht ihnen knapp bis über den knackigen Po. *Vom Schlabberlook keine Spur,* wie ich es auch nicht erwarten sollte. Auf das Kichern warte ich trotzdem, das ich stocksteif über mich ergehen lassen werde.

Juliette hat hellblondes mittellanges Haar mit seichten Locken, die ihr hübsches Gesicht weich umrahmen. Ihre Augen sind mandelförmig, groß, rehbraun und geschmückt mit langen Wimpern. Joy hingegen hat lange braune glatte Haare und selbst im dämmrigen Licht blitzen ihre blauen Augen gefährlich.

Mit nackten Füßen stehen sie vor mir, wie Engel und Teufel in Mädchengestalt. Mir wird es so heiß beim Anblick der langen Beine und dem freizügigen Ausschnitt, dass ich verdampfen müsste.

„Du kannst auch eine Abkühlung haben, wenn Du sie brauchen solltest!" Juliette beobachtet mich scharf und genießt es anscheinend, mich verrückt zu machen. Auf der Couch rutsche ich hin und her, kann nicht still sitzen bleiben, selbst wenn ich jeden Muskel anspanne und versuche, mich im Boden festzukrallen.

Mit einem nachsichtigen Lächeln reicht sie mir ein Badetuch. In der anderen Hand hält sie einen schwarzen Kimono. Er ist samtig, gewagt und sicher auch aus ihrem Repertoire.

Warum rechne ich damit, dass sie mir den gleich mit überreichen wird? Ich schaue sie an und muss nicht nur wegen ihres freizügigen Anblicks schlucken.

Ihr Lächeln wandelt sich zu einem entschlossenen Blick. „Nimm das, damit du was Frisches zum Anziehen hast!"

Nach dem Badetuch habe ich gegriffen. Bei dem schwarzen Fummel schüttle ich jedoch mit dem Kopf. „So ein knapper Kimono passt vielleicht zu euch, aber bestimmt nicht zu mir. Ein ganz normaler Bademantel, wäre mir da lieber!" *Sie glauben doch nicht wirklich, dass ich so etwas anziehe?*

„Den haben wir nicht!", ist die schlichte Antwort.

„Mit dem Kimono kann ich aber nichts anfangen", meine ich stotternd und sehe mich schon in dem Aufzug durch die Bad-Tür kommen. Ich schüttle den Kopf. *Nein, das kann ich nicht. Da bräuchte ich gleich gar nichts anziehen!*

„Auch gut! Mit der kalten Dusche kannst du aber schon was anfangen, oder?" Joy grinst über das ganze Gesicht.

Ich nicke, während ich ansonsten immer noch stocksteif dasitze.

„Na gut, umso besser!", antworten beide wie aus einem Munde.

Verunsichert verschwinde ich mit dem Handtuch, um bei einer eiskalten Dusche runterzukommen, denn mir ist heiß - so richtig heiß. Kurz überlege ich, was sie mit „umso besser" meinen könnten. Ich beschließe, es war nur eine Floskel.

Kein Schlüssel an der Bad Tür. Verdammt! Ich traue mir kaum, mich auszuziehen. Es duftet verführerisch nach dem Shampoo der beiden, mit dem sie sich kurz vorher eingeseift hatten. In der Ecke liegen neckisch Slips und BHs und der Rest ihrer Sachen. *Sie sind nackt, bis auf ihre Kimonos.*

Ich rette mich unter die Dusche. Vor Erregung spüre ich die Kälte kaum, mit der die Wasserstrahlen herunter prasseln. Die Schwellung geht zurück und mein Puls wird ruhiger.

Ich lehne meinen Kopf in den Nacken und versuche entspannt zu werden und nicht dran zu denken, dass sie draußen auf mich warten. Doch die Sicherheit währt nicht lange. Nichtsahnend öffnet die Bad-Tür sich leise. „Muss nur schnell was holen!", höre ich Joy, die ihren Kopf durch den Türspalt steckt. Ohne auf Erlaubnis zu warten, tritt sie ein, schnappt sich ihre Sachen und - *verdammt, auch meine.*

Gefangen zwischen den gläsernen Wänden, bringe ich kein Wort heraus. Mit den Händen versuche ich, das nötigste zu verbergen. Das kalte Wasser lässt die Scheiben nicht einmal beschlagen. Wenigstens ein paar Wassertropfen, die in kleinen Rinnsalen langsam nach unten laufen, verhindern eine klare Sicht.

Joy wirft noch einen ausgiebigen Blick zu mir rüber, bevor sie auf leisen Sohlen verschwindet – *mit meinen Sachen.* Ich zittere unter der Dusche und frage mich: *Was war das denn?*

Die Tür schließt sich. Es wird schwarz vor meinen Augen. Das kalte Wasser prasselt immer noch auf mich. Langsam unterkühle ich, auch wenn alles auf meiner Haut verdampfen müsste.

Schnell drehe ich die Temperatur herauf, falls eine von ihnen wiederkommt. Die durchsichtigen Scheiben beschlagen - endlich. Hätte ich früher dran denken sollen. Eine Abkühlung ist nicht immer eine Abkühlung, zumindest nicht so!

Ein paar Minuten später habe ich mich einigermaßen beruhigen können. Mit der Handkante wische ich den Dampf von der Scheibe und vergewissere mich vorsorglich, dass die Luft rein ist. Dann suche ich nach etwas, das aussieht wie Kleidung.

An der Tür hängt einsam der schwarze Kimono. *Sie hat ihn dagelassen!*

Ich schaue mich im Zimmer um. Er ist das Einzige an Kleidung, was ich entdecken kann. *Alles andere hat sie mitgenommen. Anscheinend bestehen sie darauf!* Nichts, was ich sonst anziehen könnte. Hab nur die Wahl zwischen nassem Badehandtuch und dem bisschen Stoff. Am liebsten würde ich mich nicht mehr von der Stelle rühren.

Dumpf dringt die Musik aus dem Zimmer nebenan in meine Duschkabine. Sie haben es sich bequem gemacht und werden vielleicht schon auf mich warten. Vielleicht wollen sie meinen großen Auftritt genießen und herzhaft lachen. Ich glaube nicht, dass sie darauf verzichten werden. *Und wenn ich nicht selber rauskomme, werden sie mich rauszerren?* Ich sehe es schon förmlich vor mir.

Schnell schnapp ich mir das Handtuch, um mich wenigstens abzutrocknen. Noch spiele ich mit dem Gedanken, es mir einfach umzubinden, denn ein Kimono steht mir nicht wirklich. Aber es ist kalt, schwer von der Nässe und viel zu klein, um an der richtigen Stelle zu halten. Ich schaue in den Schubladen nach, ob ich vielleicht Sicherheitsnadeln finde. Anscheinend haben sie aber auch daran gedacht. Es bleibt mir nur der Kimono, so wie sie es anscheinend wollten.

Bestürzt betrachte ich mich im Spiegel. Der Fummel ist kurz und ich zerre ihn so gut es geht nach unten. Erst als die Nähte knacken, höre ich auf. Mein Problem klemme ich unter den Gürtel, da er nirgendwo sonst Platz zum Verstecken findet. Zum Glück hat der Kimono wenigstens sowas.

Auf wackligen Beinen und mit mulmigem Gefühl im Magen wende ich mich der Tür zu. Noch einmal schaue ich mich um, als würde ich einen geliebten Ort verlassen, um in der Duschkabine ihre Körper erscheinen zu lassen und den Duft ihres Duschgels noch einmal einzuatmen, mit dem sie sich vorhin eingeseift hatten. *Sie haben auch nicht mehr angehabt, als sie durch diese Tür gingen. Mein Auftritt wird schon OK sein,* versuche ich, mir einzureden.

Nur hatten sie viel besser darin ausgesehen, als du das grade machst, warnt mich indes mein Spiegelbild. Ich schaue an mir abwärts, atme tief durch und drücke die Klinke herunter.

Gedämmtes Licht erwartet mich. Auf dem Tisch stehen Kerzen und eine Flasche Wein. Joy und Juliette sitzen eng ineinander gekuschelt auf der Couch, verliebt in ein halb volles Glas, an dem sie abwechselnd nippen, immer an derselben Stelle, wo ihr roter Kussmund vermischt mit den Spuren des Bordeaux ihren Abdruck hinterlassen hat.

Bei diesem Anblick bleibe ich wie gebannt in der Bad-Tür stehen. Hilfesuchend schaue ich mich um und finde eine Ecke, in die ich mich verdrücken könnte.

Ich schleiche zu dem Stuhl, der bei dem im gleichen Stil gehaltenen robusten Schreibtisch aus Eiche steht. *Ein schönes Holz und sehr stabil.* Bilder blitzen in meinem Kopf auf, für was dieses Möbelstück alles herhalten könnte. Ich verdränge sie sofort, im Versuch ruhiger zu atmen.

Der Kimono hat zwei kleine Seitentaschen. Ich greife in eine rein und umfasse das pulsierende Ding, da es ausbrechen möchte. Verklemmt setze ich mich hinter den schweren Tisch.

Erst einmal glücklich, es bis hierher überhaupt geschafft zu haben, versuche ich mir auszumalen, wie das weitergeht. *Muss verdammt elektrisierend sein, so einen Hals zu küssen oder den heißen Atem zu spüren, der einem immer näherkommt, bis man die vollen Lippen spürt, die heiß auf der eigenen Haut brennen.* Ich fasse mich an die Stelle, an der Juliettes Lippen gerade Joys Hals berühren.

Neidisch beobachte ich die beiden über den Rand eines Lehrbuches, dass ich mir in meiner Verzweiflung gegriffen habe. Das hilft mir, mich nicht so fehl am Platz zu fühlen, denn für sie scheine ich nicht da zu sein. Also versuche ich zu lesen oder wenigstens zu tun, als ob. Was? Keine Ahnung!

Verloren schauen sie sich in die Augen und ich sitze hier, um Beherrschung ringend, kann nicht mal das Weite suchen. Ohne

Sachen käme ich kaum bis zur nächsten Straßenecke. *Und wenn ich jetzt zu den beiden rübergehe, werden mir die Knie versagen, mein Hals austrocknen und mein Kreislauf kollabieren.*

Und sie berühren sich und streicheln sich, küssen sich immer hemmungsloser und das vor meinen hungrigen Augen. Fehlt nur, dass sie sich die spärlichen Kleider vom Leib reißen. Vielleicht sollte ich noch eine Weile kalt duschen, bis sie fertig sind oder wenigstens in einem anderen Zimmer darauf warten. Da bleibt nur die winzige Küche oder ... *ihr Schlafzimmer.* An das wage ich gar nicht erst zu denken.

Bevor sie hemmungslos übereinander herfallen und ich mich wieder ins Bad verziehen kann, schaut Joy auf, als wäre gar nichts gewesen. „Da bist Du ja endlich. Hast uns ganz schön lang warten lassen. Und jetzt sitzt du einsam in der Ecke?" Sie zupft ihren Kimono zurecht und lächelt unschuldig zu mir herüber, *als wären wir nur zu einem Teekränzchen zusammengekommen.*

Juliette sitzt brav neben ihr und streicht sich die Strähnen aus dem erhitzten Gesicht. Dann hat auch sie ihre ganze Aufmerksamkeit auf mich gerichtet. „Schön, dass Dir mein Kimono doch gefällt!", freut sie sich. „Ist doch gleich viel angenehmer, als in durchgeschwitzten Sachen rumzuhängen.

Willst du vielleicht zu uns rüberkommen?" Sie lächelt dabei zuckersüß und *verdammt unschuldig*.

„Ich möchte, aber kann nicht", stottere ich vor mich hin. „Habe keine Sachen mehr!"

„Sei nicht so schüchtern. Was du trägst, das reicht uns. Oder haben wir etwa mehr über unsere Kurven geworfen?" Juliette zupft am Revers des bisschen Stoffs, was sie Kleidung nennt.

„Aber euch steht das und ich sehe einfach albern aus!", ist meine verzweifelte Antwort.

Juliette schüttelt den Kopf. „Ich finde es sexy."

Joy stimmt mit ein: „Wenn Du willst, dann zieh es doch aus!" Daraufhin beugt sie sich nach vorne, um einen Blick unter den Tisch zu werfen. Dort steckt in meiner geballten Faust mein gutes Stück, dass nicht mehr auf mich hören will. Ich fühle mich erwischt und so schaut sie mich auch an.

„Du siehst ganz schön verkrampft aus, da drüben. Komm rüber und wir lockern Dich auf!"

Mir wird es schlecht, denn viel konnte ich nicht vor ihrem unverschämten Blick verbergen.

Joy genießt es und legt angestachelt von meiner Scham noch eins nach: „Hey, wir beißen nicht, knabbern nur ein bisschen!" Mit ihren strahlend weißen Zähnen bearbeitet sie provozierend ihre Unterlippe. „Für was haben wir dich wohl mitgenommen?"

Ich will im Boden versinken. Doch die Erde tut sich nicht auf. Ich drücke meinen Fußballen auf die Fliesen, auf dass sich vielleicht ein paar Risse bilden, durch die ich mich quetschen könnte. Doch es passiert rein gar nichts, außer dass meine Augäpfel noch mehr hervorgetreten sein mussten. Auf diese Weise stiere ich sie an, unfähig noch etwas Intelligentes hervorzubringen. Also bleibe ich lieber still sitzen.

Aber das war offensichtlich erst recht nicht richtig. Plötzlich stehen die beiden auf, kommen zu mir rüber und bleiben mit ihren langen nackten Beinen genau in meinem Blickfeld stehen.

Ich weiß nicht, wo ich hinschauen soll. Die Kimonos sind kurz, verdammt kurz. Ihre Schenkel sind zum Greifen nahe. Doch die Chance nutze ich nicht, auch wenn sie mich nötigen, nach ihnen zu greifen, mit meinen Händen dann nach oben zu fahren, bis sie unter den Kimonos verschwinden und ihre festen Pobacken packen.

Hypnotisiert wie ein Kaninchen stiere ich zwischen ihre Beine. Mein Puls rast, als würde ich gerade einen Sprint hinlegen. Sie rühren sich nicht und schauen einfach auf mich runter.

Als Nächstes bewegt sich mein Kopf. Er hebt sich langsam und mein Blick wandert zu ihren neckisch verdeckten Oberweiten. Dort verweilt er wie festgefroren, bis die beiden etwas in die Hocke gehen und ich stattdessen in ihre frechen Augen schaue.

Sie amüsieren sich köstlich. In ihren Gesichtern steht geschrieben: „Was ist mit dir?"

Als ob sie das nicht selber wüssten! Von Anfang an hatten sie mehr im Sinn, als nur einen harmlosen Mitternachts-Espresso. Jetzt haben sie sich vor mir aufgebaut, um mir klar zu machen, dass ich ihnen gehöre und gar nichts dagegen machen kann. Die Situation ist für mich ausweglos und ich sollte mich lieber nach ihnen richten.

„Willst du nicht endlich mit uns zur Couch kommen?", höre ich sie wie aus weiter Ferne rufen. „Oder willst du lieber auf diesem harten Schreibtisch landen? Vielleicht stehst du ja mehr auf versauten Bürokram als auf Kuschelnummern!"

Ich schlucke den dicken Kloß herunter, der mich am Sprechen hindert. Auch danach kann ich nichts erwidern.

„Na dann komm mit uns rüber!" Juliette, inzwischen recht ungeduldig, bittet mich aufzustehen. Doch meine Knie wollen nicht hören. Rücksicht nimmt sie darauf keine.

„Du hättest es mit uns netter haben können. Aber wie Du willst." Ich vernehme diese Worte immer noch wie aus weiter Ferne. *Engel und Teufel*, schaffe ich gerade noch zu denken und dann passiert es.

Juliettes Augen funkeln lüstern. Sie greift nach meiner Hand, die immer noch im Kimono steckt und meinen harten Schwanz umkrallt. „Lass ihn los, sonst muss ich dir wehtun!" Juliette erfasst dabei mein Handgelenk und drückt ihren Daumen fest auf den Handrücken, um mich zu zwingen, die Faust zu öffnen.

Mit einem verführerischen Lächeln kommt sie meinem Gesicht ganz nahe, so dass ich ihren warmen Atem spüren kann. Jede meiner Regungen scheint sie mit ihren großen braunen Augen aufzusaugen. Dann verfinstert sich ihr Blick.

„Laaass loooos!", presst sie zwischen ihren Lippen hervor, drückt zu und verbiegt mir das Handgelenk. Widerspenstig lass ich mir die Hand aus der Tasche ziehen. Zum Glück hält das Zelt, das die Stange bildet. Ein kleines Wunder, denn es hätte schlimmer kommen müssen. Mein Kimono ist viel zu kurz geraten, als dass sich darunter was verbergen ließe.

Dann spüre ich auch Joys Hände, die den anderen Arm sich packen. Ich löse meinen Griff vom Stuhl und blicke in ihre blitzenden Augen. *Ja, sie ist ein sanftmütiger Engel, aber nicht minder gefährlich, als ihr teuflisch blondes Gegenstück zur linken Seite.* Und wie recht ich damit habe.

Die beiden drehen mir die Arme nach hinten. Meinen Versuch zur Gegenwehr bricht eine leise Drohung: „Dort oben hängt eine Kamera und wenn du nicht aufhörst, dich zu wehren, stellen wir dich ins Netz. Und dann sieht die halbe Welt zu, wie du hier hilflos vor uns zappelst. Benimm Dich also und alles bleibt unter uns drei Süßen."

Und tatsächlich, in der Ecke hängt eine schwenkbare Kamera mit einem kleinen rot leuchtenden Punkt unter der schwarzen Linse. *Verdammt, die nehmen das auch noch auf!*

Ich will protestieren. Bevor ich jedoch was sagen kann, bekomme ich von Juliette zur Antwort: „Wir wollen länger was von dir haben, selbst wenn Du morgen weg bist. Und wenn Du lieb bist, geben wir dir gegen eine Verschwiegenheitserklärung eine Kopie davon mit. Aber nur für deine einsamen Nächte, in denen du uns sicher vermissen wirst."

Ich schaue etwas betroffen drein.

„Du wirst bestimmt der Beste in unserer Sammlung werden und sehr begehrt", versucht die sonst so brav wirkende Joy, mich aufzumuntern.

Ich allerdings sehe mich schon als Lustobjekt in „braven" Mädchenrunden. *Sie drehen mit mir ihren ganz privaten Porno. Sie haben mich ausgesucht, hierhergelockt und nun ...*

Statt Angst zu verspüren, wird es mir schlecht vor Geilheit, bei dem, was ich hier zu erwarten habe. Wie hypnotisiert lasse ich alles Weitere geschehen.

Unter meinem Kimono steht mein Phallus kerzengrade. Meine Hand, die das Ding zurück in meinen Schoß gedrückt hatte, haben sie einfach weggerissen. Mit dünnen Gürteln ihrer Sommerkleider binden sie meine Arme an der Stuhllehne fest. „Nur um zu verhindern, dass Du Dummheiten machst. Stille Wasser sind schließlich tief!"

„Und dreckig!", schießt Joy hinterher.

Sie prüfen abschließend die Knoten, ob sie auch wirklich halten werden, wenn es denn erst ernst wird. Die Achterbahn, in der ich sitze, geht in einen Sturzflug über.

Ich spanne meine Arme an. Der Gürtel hält und auch die Knoten sitzen bombenfest. Völlig den beiden ausgeliefert, sitze ich da. Den Boden unter meinen Füßen spüre ich nicht mehr und ich befinde mich im freien Fall. Und sie wenden sich wieder einander zu, stehen vor mir und küssen sich, lang und intensiv, als wären sie jetzt endlich vor mir sicher.

Ihre Hände wandern über ihre sexy Körper und schließlich auch unter die Kimonos. Gefesselt zappele ich derweilen - völlig verloren. Sie berühren sich mehr als nur am Hals und an den Schultern. Ihre Hände rutschen auch zu den Hüften, Bauch und Po. Eng umschlungen stehen sie da, mit ihren Rundungen beschäftigt.

Joys Hand fährt einmal mehr unter Juliettes Kimono und legt mit einem Ruck ihre festen Brüste frei. Wollüstig knetet sie beide.

Juliette hat das völlig entfesselt und sie kann nicht mehr an sich halten. Sie nimmt Joys rechte Hand von ihrem Busen und schiebt sie unter ihren Kimono, direkt zwischen ihre leicht gespreizten Schenkel.

Laut und lustvoll stöhnt sie auf, als sie angekommen sein musste, und Joys Finger dringen in sie ein. Genüsslich lässt sie ihren Kopf nach hinten fallen und genießt es, während ich immer wilder an meinen Fesseln reiße.

Der Gürtel von Juliettes Kimono löst sich, doch es stört sie nicht. Unter Joys Fingern windet sich ihr nackter Venushügel ungeniert weiter, direkt vor mir in Augenhöhe. Ihre Lust kann ich atmen, so nah ist sie mir.

Ich kann nicht mehr, will meine Hände endlich losreißen, sie berühren, sie küssen und spüren und ihren Saft von meinen Lippen lecken, der direkt vor meinen Augen lockend in ihrer lustvollen Spalte glänzt.

Als würde sie meine Gedanken erraten, schaut Joy mich plötzlich strafend an. „Wird das zu viel für Dich?"

„Schon lange!", presse ich leise und kaum vernehmbar durch meine trockenen Lippen. Sie überzeugt sich bei meiner langen harten Lanze, die der Kimono nur noch mit viel Glück bedecken kann.

„Wir wollen Dich nicht überfordern, entschuldige."

Mit einem verständnisvollen Lächeln holt Juliette aus der Sofaecke ein schwarzes dünnes Tuch. Das wickelt sie zu einem schmalen Streifen und im nächsten Moment sehe ich nichts mehr. Sie haben mir die Augen verbunden. Dann ist es still. Selbst die Musik hat aufgehört, zu spielen.

Dann weiß ich warum es still sein soll im Zimmer.

Ich soll ihr leises Stöhnen hören und erahnen, was sie gerade treiben. Ich soll mir vorstellen, was mir entgeht, mir vorstellen, was ich haben könnte, mir vorstellen, was ich mit ihnen machen könnte und sie ihrerseits mit mir.

„Ich halte das nicht aus!" *Wo wird das bloß enden?*

Lange muss ich nicht auf eine Antwort warten. Eine Hand streicht sanft über meinen Kopf, in dem sich alles dreht und reißt ihn am Schopf plötzlich nach hinten. Er wird festgehalten, bis sich weiche feuchte Lippen auf meine pressen.

Wer es ist, weiß ich nicht - Joy oder Juliette. Aber was ich spüre, ist unheimlich intensiv, vielleicht das intensivste in meinem Leben. Dafür ist die Augenbinde also auch noch da.

Eine spitze Zunge schiebt sich zärtlich in meinen Mund, um dann mit meiner einen langsamen Tanz zu beginnen. Es fühlt sich nach dem blonden Engel an.

Warme Hände streifen mir erbarmungslos den Kimono von den Schultern und packen von hinten meine hämmernde Brust, unter der sich mein Herz zu überschlagen droht. Warme Küsse liebkosen meinen Hals, während ich bei jedem Schlucken spüre, wie mein Adamsapfel verräterisch hüpft.

Zarte Finger wandern tiefer, bis hin zu meinem Bauch und auch die Küsse, die ihnen folgen. Sie brennen auf meiner Haut wie Teufelsglut.

Der Kimono bedeckt jetzt nur noch meinen Schoß, um wenigstens mein bestes Stück vor diesen hemmungslosen

Schönheiten zu beschützen. Der Rest ist schon erobertes Gebiet geworden.

In der Erwartung, dass der letzte Teil meines bebenden Körpers gleich in ihre Hände fällt, hören sie unvermittelt auf. Sie berühren mich nicht mehr. Ich sitze da in Ekstase und fühle verunsichert, ihre Blicke auf mir ruhen. Dann bin ich mir sicher. Das Urteil über mich ist gerade gesprochen.

Das haben sie tatsächlich getan, aber sie sagen nichts. Stattdessen knien sie sich vor mir nieder. Erneut spüre ich einen warmen Atem, nur diesmal meine Schenkel streifen. Zwei Hände drücken meine Beine fest auf den Boden, die einfach nur noch zittern. Ich strenge mich an, dass sie es nicht mehr tun. Sie wissen aber bereits, dass ich nichts dagegen machen kann, denn ihre Hände bewegen sich ohne Rücksicht einfach weiter.

Das Stückchen Stoff über meinem pulsierenden Phallus, reißen sie wie Geschenkpapier von meinen Lenden. Das letzte Gebiet wird eingenommen. In diesem Moment bin ich dabei, verrückt zu werden, und sie merken das und sie machen extra weiter, angestachelt durch meine unkontrollierbare Erregung, nackt zwischen den beiden. Schutzlos bin ich ihnen ausgeliefert und erwarte, dass sie das Urteil gleich vollstrecken werden.

Ihr heißer Atem nähert sich meinem harten Schwanz. Die Beine werden mir leicht auseinandergepresst und streifen dabei weiche Brüste. Jemand beugt sich nach vorn, mitten zwischen meine Schenkel. Und dann spüre ich Lippen, die meine glühende Eichel umschließen.

Ich zucke zusammen und werde nur fester in den Stuhl gepresst. Eine feuchte Zungenspitze fährt damit fort, mich noch mehr an meiner empfindlichsten Stelle zu reizen. Jede ihrer Berührung jagt Stromstöße durch meinen erregten Körper, von den Haarspitzen bis hinunter zu den weit entfernten Zehen, mit denen ich versuche, mich in den Boden zu krallen.

Vor meinen Augen wäre es schwarz geworden, säße ich nicht schon längst mit der Augenbinde in völliger Dunkelheit, die jede Berührung ins Extreme steigert.

In meinem Kopf ist es nicht wirklich dunkel. Viel zu intensiv lässt meine Phantasie, die beiden vor mir erscheine. Und dazu umgibt mich ihr betörender Duft, vermischt mit ihrer und meiner Lust, die durch den Raum schwebt und ihn in ein anderes Universum verwandelt.

Mein knochenhart erigierter Schwanz steht zuckend vor Joys Lippen. Ich vermute, es sind ihre. Juliette hätte vielleicht schon zugebissen. Ich stelle mir vor, wie sie beim Anblick meiner Qual, sich frech und lustvoll darauf beißt. Sie hat aufgehört, an mir zu knabbern, da sie wohl spürt, dass ich nicht mehr kann und nur noch kommen möchte. Sie bewundert, was sie angerichtet hat, aber bringt es nicht zu Ende.

Ich zucke und versuche das Pumpen aufzuhalten. „Schiet, ich bin doch nicht euer Sklave! Kein Kerl kann so was aushalten", winsle ich leise um Erlösung bettelnd, bevor ich mich in meiner Ekstase aufbäume.

„Jetzt nicht mein Süßer, wir wollen noch viel mehr von dir haben!", warnt mich Joy mit ernstzunehmender Stimme. „Bis dahin darfst du auf keinen Fall deinen Saft verspritzen!"

Das habe ich auch nicht vor und kämpfe, um den Höhepunkt hinauszuzögern. Denn der sollte jetzt noch nicht sein. Zuviel wartet noch darauf, in Erfüllung zu gehen! Es sind aber die falschen Worte, die Joy wählte. Tief muss ich durchatmen, damit das nicht passiert.

Meine Atmung wird ruhiger. Ich versuche mich daran zu gewöhnen, ihr Spielzeug zu sein. Joy flüstert mir ins Ohr: „Na also, es geht doch!", und öffnet vorsichtig die Knoten an meinen Knöcheln und Handgelenken, mit denen sie mich gefangen halten. „Ein Vertrauensbeweis, aber wehe Du machst die Augenbinde ab. Soweit sind wir noch nicht."

Ich merke nichts von den roten Striemen, die der Gürtel hinterlassen hat.

Juliette vor mir stehend, ist weniger nachgiebig. „Du bleibst still sitzen!" Gleichzeitig spüre ich sie auf mich steigen, noch bevor ich irgendetwas anderes denken oder machen kann. Rittlings sitzt sie im nächsten Moment auf mir.

Joy packt mich indes an den Schultern, als wenn ich mich gegen das hier wehren würde. Dann presst sie meinen Kopf unter ihre Brüste an ihren warmen Bauch und beugt sich langsam über mich. Weich und schwer legt sich ihr Busen auf meine Stirn und nimmt mir im nächsten Moment den Atem.

Ihre Arme hat sie weit über mich gestreckt. Ihre Finger krallen sich in meine Schenkel, nicht weit weg von meinem entfesselten Monster, das Juliette vielleicht gleich versuchen wird, zu zähmen. Ich kann erst Luftholen, als ihre Fingerspitzen sich lösen. Doch sie küsst bereits meinen Bauch, so dass es bei einem kurzen heftigen Atemzug bleibt, bevor ich wieder die Luft anhalte.

Sie spielen mit mir, wie auf einem Instrument, das sie völlig beherrschen. Das zweite Mal haben sie rechtzeitig abgebrochen. „Wir haben Dir doch gesagt, jetzt nicht!"

Juliettes Stimme klingt ziemlich gereizt.

Ermahnend flüstert Joy in mein Ohr: „Mache sie bloß nicht böse. Ich kenne sie. In diesem Zustand ist sie zu allem fähig!"

Ich kann den anklagenden Blick Juliettes förmlich spüren und frage mich, was ich tun kann, um das hier auszuhalten. Eine lange Stille folgt, in der ich versuche, mich an die nackten Schenkel zu gewöhnen, die sich gegen meine pressen. Ich versuche, nicht zu zucken, nur noch den sich anbahnenden Orgasmus zurückzuhalten.

„Tue es!", höre ich Joy plötzlich hinter mir zischen. Panik macht sich in mir breit. Meine Erlösung hat sie damit sicher nicht gemeint.

Juliette steigt von mir runter, um meine Hoden zu packen und etwas fest drum rum zu schnüren und auch um meinen harten Schwanz. Der Blutstau lässt ihn noch mehr anwachsen. Und je mehr er anschwillt, desto fester zurrt Juliette den Peniskäfig um das unartige Stück, wie sie meint.

Das hat meine Explosion vielleicht im letzten Moment verhindert. Sie wäre sicher völlig ausgerastet und es wäre um mich geschehen. „So, dass hast du verdient und du wirst so lange brauchen wie ich will, verstanden?"

Ich nicke, was sonst, spüre keine Schmerzen, nur mein ungeheuer erigiertes schweres Glied und meine Hoden, als wollen Sie platzen. Juliette legt ihre Finger noch mal prüfend um meinen mächtigen Schaft und testet mit der anderen meine prallen zusammengebundenen Eier. Zufrieden mit dem, was sie angerichtet hat, setzt sie sich auf mich und steckt meinen großen übermächtigen Knüppel tief in ihre gierige Spalte.

Unschuldig legt sie ihre Hände zärtlich um meinen Nacken und gibt mir einen letzten Kuss, um dann hemmungslos auf mir zu reiten.

Ich verliere mein Bewusstsein für die nächsten Sekunden oder gar Minuten, bis ihr Stöhnen und Lustgeschrei mich zurückholen und ich mich unter ihren wilden festen Stößen wiederfinde.

So intensiv habe ich das noch nie empfunden und das ist mehr, als ich aushalten kann. Juliette wechselt zwischen Trab und Galopp, reitet mich ein, als wäre ich ihr Wildpferd, frisch mit dem Lasso eingefangen. In der Folge ihres dritten Orgasmus, wenn man das entsprechend ihrer hellen von Befreiung zeugenden Lauten beurteilen kann, gibt sie Joy die Chance.

Ich bin fix und fertig, höre nur noch lautes Stöhnen und „Ich kooomme!", und „Giiib's mir!" Weder die Finger, die sich tief in meinen Rücken graben, noch die Zähne, die in meinen Hals beißen, spüre ich in diesem Moment.

Nachdem nun auch Joy nach vielen weiteren Minuten erst einmal genug zu haben scheint und selber nicht mehr kann, erbarmt sie sich meiner - ihrem zugrunde gerittenen Opfer.

Ohne mich aus der Venusfalle zu lassen, löst sie geschickt die Verschnürung um meine fast geplatzten Hoden und lässt meinen übermäßig angeschwollenen und inzwischen tierisch schmerzenden Schwanz, etwas Luft bekommen. Er hat sein Soll erfüllt, wie es scheint.

Zwei drei weitere Stöße und ich explodiere. Das wollen sie sehen, denn sie springt von mir runter. Nach einem letzten Aufbäumen und einem lauten befreienden Schrei, sacke ich unter ihren Händen zusammen.

„Benimmst Du Dich jetzt?", wollen sie von mir wissen. Das hört sich jedoch nicht mehr nach einer Drohung an, eher wie versöhnliche Worte aus weiter Ferne geflüstert.

Lange bekomme ich nicht Zeit, zum Verschnaufen. Sie schleifen mich schon ein paar Sekunden später zu ihrer Couch, als wäre ich ein frisch erlegtes Wildtier. Joy lässt sich in einer Ecke nieder und legt meinen Kopf auf ihren warmen noch feuchten

Schoß. Der Saft zwischen ihren Schenkeln scheint förmlich zu verdampfen. Dann löst sie meine Augenbinde und schaut mich mitleidig an.

„Juliette, nimm Rico nicht so hart ran. Er hat sein Bestes gegeben und das war gar nicht mal schlecht, dafür, dass wir ihn so behandelt haben."

„Hast ja Recht und mit ein bisschen Training, werden wir noch mehr aus ihm rausholen. Und jetzt soll er erst mal zu Kräften kommen, um uns anschließend zu zeigen, was noch in ihm steckt."

Ich ahne Schlimmes. Joy sieht glücklich aus, aber Juliette ziemlich erregt. Die kleine Pause, in der Joy mich zugrunde ritt, war ihr anscheinend schon genug gewesen. Ängstlich bewundere ich die Schönheit der gefährlichen beiden und hoffe, dass sie mir wenigsten eine kleine Erholung gönnen werden.

Da sie nackt noch viel bezaubernder aussehen, brauche ich keine längere Entspannungspause. „Ein Espresso war das nicht, eher eine ganze Kanne von dem schwarzen Zeug. Da kann man gar nicht mehr runterkommen!" Und so war es dann auch.

Die Nacht verbrachten wir gemeinsam unter dem riesigen Spiegel. Als es jedoch Morgen wurde, sah ich mich im ersten Sonnenlicht mit ihr verschlungen unter dem Himmelszelt lieben.

Die beiden waren weg. Sie ist stattdessen zu mir gekommen. Ich spürte meinen Harten schmerzen, aber das war mir egal…

Sonnenstrahlen kitzeln mein Gesicht. Die Spritzer auf meinem Bauch sind langsam getrocknet. Ausgestreckt und erschöpft liege ich auf meinem Bett und versuche zu mir zu finden. Das Gesicht, das im Traum eben noch neben mir lag, verschwimmt zu einer transparenten Masse.

Und damit kommt die Frage: *Warum träume ich immer und immer wieder von der gleichen bezaubernden Frau, nachdem ich es im selben Traum mit all den anderen Schönheiten hemmungslos getrieben habe?* Das muss doch was zu bedeuten haben! Die beiden aus der Disco und all die anderen unwiderstehlichen Schönheiten verblassen am Ende neben ihr. Ich tauche in immer tiefer werdende sexuelle Abgründe ein, nur um mich am Ende unsterblich verliebt nach ihr zu sehnen? Bin ich ihr wirklich noch nie begegnet?

In Gedanken fahre ich Bahn, Tram, Bus, besuche das hiesige Eiskaffee, die Bar von nebenan, gehe im Park spazieren und grase alles andere ab, wo sie mir sonst vielleicht begegnet sein könnte. Schließlich gebe ich auf, denn sie wäre mir aufgefallen! Doch das

Gefühl, sie schon lange zu kennen, bleibt, so wie auch diese Sehnsucht nach ihr.

Ich habe endlich einen Entschluss gefasst, um mit meinem ziemlich exzentrisch gewordenen Leben klarzukommen, oder wenn es denn sein soll, dieses ganz andere versexte Dasein zu finden. Auf keinen Fall kann das so weitergehen. Gibt es den Tempel der Venus oder gibt es ihn nicht? Das muss doch zu klären sein!

Ich werde sie finden, wenn es diesen Tempel der Lust geben sollte und egal, welche Türen ich dort öffnen muss. Selbst wenn es alle sein sollten, wie in diesen verruchten Träumen. Hinter einer wird sie sein.

Ich denke an die Szenen, die sich dort abspielen könnten. Der Gedanke daran erregt mich unheimlich. Bald schon werde ich in einer der Kammern vor ihr stehen, die ich eine nach der anderen, Nacht für Nacht auf der Suche nach ihr öffne. Zum Umkehren ist es zu spät und diese Träume werden mich zu ihr führen. Vielleicht werde ich auch gar nichts finden oder einfach nur Sex. Mein Verlangen ist so heftig, dass was anderes absolut nicht in Frage kommt.

Vielleicht musste ich erst in diesen Sinnenrausch geraten, damit ich endlich über meinen Schatten springe. Einsiedlerisch zurückgezogen, werde ich mein Glück sicher niemals finden. Also lasse ich dieses Leben lieber hinter mir, jetzt und heute, auch wenn das verrückt erscheint. Was auch immer es damit auf sich hat, ich will es wissen.

Nach einer entspannten langen Dusche stopfe ich meine Jacke in den Rucksack rein. Wer weiß, ob ich heute überhaupt heimkommen werde! *Was wäre, wenn?*

Die Jagd beginnt

Am Fuß des Berges liegt der idyllische Stadtpark mit seinen weiten Wiesen, den uralten Buchen, Kastanien und Eichenbäumen und natürlich dem romantischen See mit seinen Wildenten, der groß genug ist, um darauf mit einem Ruderboot umher zu paddeln, was auch einige heute begeistert machen. Der See ist nur halb so schön wie Cocos, dafür gibt es hier aber einen Biergarten mit Erlebnisspielplatz, der die großen und kleinen Leute immer wieder anzieht. Heute schlendert Coco allerdings lieber durch die saftig grünen Wiesen, schaut zu, wie Hunde sich darin verspielt balgen und lässt mit den wärmenden Strahlen der Sonne im Gesicht, die Seele baumeln.

Die meisten Bäume tragen wieder ihr saftig grünes Kleid, das sie im Herbst abgelegt hatten. Anderen erstrahlen in einer weißen oder rosanen Pracht, als wollen sie heute noch Hochzeit halten. Hinter ihnen erheben sich die felsigen Hänge, die nur auf einigen Vorsprüngen spärlich mit Sträuchern bewachsen sind.

Von oben kann man das ganze altertümliche verträumte Städtchen bewundern, das in diesem märchenhaften Flusstal seit Jahrhunderten schon Künstler wie Schriftsteller, Bildhauer oder Musiker hervorgebracht hat. Kein Wunder, denn in so einer

Atmosphäre hat die Seele noch freien Lauf und man klatscht nicht gleich in die nächste Häusermauer. Den Kopf in den Wolken, aber die Füße immer schön auf der Erde lassen. So hatte es Cocos Vater bezeichnet, der es ja wissen sollte. Denn auch er war ein genialer Mann, der aus diesem Tal stammt.

Hier hat das Hamsterrad noch einen Ausgang. Genau deshalb hat Coco dieses Städtchen lieb und hofft, jetzt auch diesen Ausgang gefunden zu haben.

Zwei Wochen war sie unterwegs, um ihr neues Buch vorzustellen. Es handelt von einem Polizistenpärchen, das zusammen Verbrecher jagt und im Kontrast dazu, sich bei jeder Gelegenheit liebt. Das Buch hat alles, was ankommen sollte: Verbrechen, Liebe, Sex, Blut und Gier. In ihrer Geschichte ließ sie schlussendlich nur die Liebe siegen, weitab vom Trubel unserer Zeit.

Vielleicht wird sie jetzt ein zweites über die beiden ohne die Abgründe des Lebens schreiben, aber trotzdem voller Abenteuer. Wenn sie den Fuß im Verlagswesen erst einmal drin hat, kann sie schreiben, was sie will. Nur gut muss es sein und das wird es.

In ihrem Kopf stapeln sich die Ideen nur so und warten darauf, endlich erzählt zu werden. Vielleicht auch diese hier, die ihr langsam den Verstand raubt, wenn sie sich denn traut, sie niederzuschreiben. An ihren momentanen Träumen, die anfangen ihr Leben zu bestimmen, kann man sich ganz schön die Finger verbrennen - aber vielleicht auch was Besonderes daraus schaffen.

Auf der Burgmauer da oben, kann sie winzig kleine Leute erkennen. Dass die meisten von ihnen Touristen sind, kann man an den vielen Ferngläsern erahnen, in denen die Strahlen der Sonne wie kleine Explosionen von Vorderladern aufblitzen. Es sieht aus, als würde scharf geschossen.

Heute sind nicht nur das Städtchen im Visier oder die sich auf der anderen Flussseite erhebenden berühmten Weinberghänge. Eines der Visiere hat auch Coco erfasst. Nur entdecken musste man sie in ihrem gelben Kleidchen. Von oben sieht sie sicher aus, wie ein Osterglöckchen, erblüht inmitten dieser saftig grünen Wiese.

Nachdem ihr langsam die Beine vom Rumlaufen müde werden, überlegt Coco, ob sie sich mit einem Buch in der Hand in den Biergarten setzen oder lieber einen kleinen Ausflug zu Roberto machen sollte. Der hat ein köstliches Eis und wenn es noch von einem rassigen Italiener serviert wird, schmeckt es besonders gut - Eis und Feuer zugleich.

Eigentlich ist das die richtige Mischung für Coco. Ihm schöne Augen zu machen, hat sie sich jedoch bisher nicht getraut. Der

Temperaturunterschied, war ihr wohl doch zu heftig. Heute könnte das jedoch anders werden. *Ich sollte vorher lieber Isabell anrufen, damit sie mich vor mir selbst beschützt.*

Aron und Zoltan streiften schon über eine Stunde hoffnungsvoll im Park herum. Jetzt sitzen sie hier oben, fast am Aufgeben und dass an einem so herrlichen Tag wie heute. Sechs Eurostücke hat das Fernrohr bereits geschluckt. Bisher hat keine ihren hochtrabenden Vorstellungen genügt. Sie soll süß sein, sexy und vor allem was ganz Besonderes. Das muss man selbst von hier oben spüren.

Viele Mädels flanieren heute im Park, aber sie, die Eine, ist bisher nicht dabei gewesen. Die von vorhin, die mit dem kurzen Röckchen, die war schon recht sexy. Da hat man den Frühling gespürt. Aber sie hat ihnen nicht den Kopf verdreht. Irgendetwas hat gefehlt, etwas was sonst da ist, wenn sie die Richtige gefunden haben. Das Aussehen ist nun mal nicht alles, sondern auch das, was man daraus macht.

„He Zoltan, siehst du diesen gelben Punkt da unten?" Dieser beugt sich daraufhin weit über die Brüstung und sucht nach Arons Entdeckung. Dann sieht er ihn und meint gelassen: „Der macht sich gut auf dieser saftig grünen Wiese."

„Vielleicht wäre das was!" Aron nimmt seine letzte Euro Münze und wirft sie nach oben, um sie mit der anderen Hand wieder aufzufangen. Er schaut nochmal in den schwindelerregenden Abgrund runter und fragt: „Kopf oder Zahl?"

„OK, wenn Kopf gewinnt gehen wir runter", meint Zoltan immer noch gleichgültig. „Aber seit wann lässt du eine Münze entscheiden?"

Aron wirft und klatscht die Münze auf seinen Handrücken. Der Kopf liegt oben. Aron ist erleichtert. „Also lass uns endlich von hier verschwinden!"

„Da bist du aber froh, was? Irgendwie siehst du ganz grau aus." Zoltan nutzt die Gelegenheit, sich über seinen Freund lustig zu machen. Er hat ja nicht oft Gelegenheit dazu. Hier oben hat sich Aron nur vorsichtig der Brüstung genähert und sich dann schnell wieder mit wackligen Beinen zurückgezogen. „Höhenangst?"

„Nein, aber fester Boden unter den Füßen ist mir lieber."

„Also doch!" Zoltan grinst, nimmt die Münze von Arons Handrücken und steckt sie in den Schlitz vom Fernrohr.

„Nur um sicherzugehen, dass wir unsere Zeit nicht noch mehr verschwenden!"

„Wir gehen auf jeden Fall runter, ob sie dir gefällt oder nicht!"

„Ist ja gut. Aber lass mich trotzdem nochmal einen letzten Blick hier durchwerfen!" Zoltan richtet das Fernrohr aus. Als Coco im Fadenkreuz erscheint, verschwindet sein hämisches Grinsen. Es folgt ein „Wow!". Er winkt Aron heran, der schon gehen wollte. „Hast du sie dir wirklich genau angeschaut?"

Widerspenstig schaut Aron durch das Fernrohr, um seine Entdeckung etwas genauer zu betrachten, denn ein „Wow!", hätte er nicht gleich erwartet. Und urplötzlich ist seine ganze Höhenangst verschwunden und macht einem anderen Gefühl Platz, auf das er die ganze Zeit gewartet hat. „Sie oder keine!"

Der Weg ist um einiges weiter, als die Luftlinie erahnen ließ. Je länger sie brauchen, umso schneller werden ihre Beine. Sie haben Angst, sie könnte bereits gegangen sein. Nach einer viertel Stunde haben sie es geschafft, aber das gelbe Kleidchen ist wie befürchtet, verschwunden.

Enttäuscht schauen sie sich in alle Richtungen um.

„Tja, dann müssen wir eben suchen", meint Aron kurzentschlossen.

„Keine leichte Aufgabe bei dem Betrieb heut Morgen", ergänzt Zoltan etwas missmutig, aber verdammt begierig, damit loszulegen.

„Leicht zu erkennen ist sie wenigstens!", versucht Aron, ihnen Mut zu machen. Und schon ist er unterwegs und Zoltan hat sich an seine Fersen geheftet.

Nach einer halben Stunde sehen sie ihr Osterglöckchen wieder, wie sie ein paar wilden Hunden beim Balgen zusieht. Nach weiteren 5 Minute wissen sie, wie sie es anstellen werden.

Jäh wird Coco aus ihren Gedanken gerissen. Einer der Hunde hält plötzlich inne, reißt seinen Kopf in Cocos Richtung, fixiert sie, als hätte er sie als sein Frauchen erkannt, um dann auf sie los zu hetzen.

Nur dass Coco das nicht ist und daher in einem kurzen Anflug von Panik, die Flucht ergreifen möchte. Doch bis es ihr gelingt, sich in Bewegung zu setzen, springt er schon verspielt an ihr hoch und versucht ihr ins Gesicht zu sabbern.

Erschrocken kann Coco sich gerade noch wegdrehen, so dass er an ihr abgleitet, statt sie umzustoßen. Sie sah sich schon auf dem Rücken liegend, mit dem geifernden Pinscher auf ihr hockend.

Der landet neben ihren Füßen, zieht einen großen Kreis, um dann erneut Anlauf zu nehmen. Sie scheint es ihm angetan zu haben, aber nicht nur dem Pinscher.

Zwei Typen eilen ihr zu Hilfe. Dass sie nicht das erste Mal an ihr vorübergegangen sind, ist ihr entgangen. Jetzt haben sie jedoch ihre Aufmerksamkeit und nicht mehr dieser knackige Italiener, an den sie die ganze Zeit denken musste.

Als Erstes kommt der blonde Wuschelkopf in ihre Richtung gelaufen. „Ist das deiner?", ruft Coco fast kreischend, während sie den Pinscher nicht aus den Augen lässt.

„Nein, der wäre sicher besser erzogen", ruft er ihr entgegen. Der Hund schlägt einen Haken und nimmt geradewegs erneut Anlauf. „Platz!", brüllt der blonde Surfer Typ, der sich inzwischen vor Coco schützend aufgebaut hat. Eingeschüchtert hört der Pinscher aufs Wort und sitzt sogleich mit wedelndem Schwanz vor ihnen.

Ihr Retter dreht sich zu ihr. Mit seinen stechend blauen Augen fixiert er sie, bevor sein verschmitzter Blick auf ihrer Oberweite landet. Unwillkürlich muss sie denken, *hoffentlich will er es dem Hund nicht gleichtun.*

Coco schaut an sich runter, um festzustellen, was ihn so amüsieren könnte. Dann sagt er es ihr. „Nicht so schlimm! Die Hundetatzen zieren dein gelbes Kleidchen genau an der richtigen Stelle, als wären da kleine hübsche Blümchen zur Zierde drauf."

Coco hat die Tatzen nun auch bemerkt. „Danke für deine Aufmunterung. Bis jetzt war es für mich nur Dreck!" Sie betrachtet die Schmutzflecke und ist gar nicht begeistert. Sie versucht sofort, daran rum zu wischen, aber sie beginnt das Ganze nur zu verschmieren.

Aron ist nun auch bei ihnen angekommen. „Ich würde es lieber so lassen. Außerdem hat Zoltan recht!"

„Schöner Mist!", brummelt Coco vor sich hin.

Zoltan hat inzwischen den Pinscher am Halsband geschnappt. „Dem Hund kann man das nicht mal verübeln."

Coco schaut böse auf den Vierbeiner runter. „Den Anstand eines braven Hundes hat er jedenfalls nicht. Nimm ihn bloß an die kurze Leine!"

Aron ist inzwischen an sie herangetreten und reicht ihr seine Hand. „Ich bin Aron und wer bist du schöne Unbekannte?"

„Die schöne Unbekannte heißt Coco und die muss jetzt erst mal nach Hause verschwinden, dank deines wilden Tieres hier."

Aron versucht sie aufzumuntern. „Das wird nicht nötig sein. Sieht hübsch aus!"

„Hübsch ist was anderes!", meint Coco schon nicht mehr ganz so gereizt.

„Schau, wie lieb und brav er dasitzt!" Aron imitiert den Hundeblick.

„Wie der Hund so sein Herrchen!"

„In diesem Fall nicht, denn das ist nicht meiner!"

„Wie, gehört der nicht zu Dir?"

Aron schüttelt den Kopf.

„Na dann, vielen Dank an euch!" Coco nimmt Arons Hand, die er ihr immer noch entgegenstreckt.

Erst da bemerkt Coco, wie hübsch dieser Kerl eigentlich ist. Ihr Italiener, den sie nachher besuchen wollte, ist jetzt ganz aus dem Rennen gefallen. Die hübschen schwarzen Augen, in die sie blickt, werfen ein zärtliches Lächeln zu ihr rüber. Coco fühlt sich sofort von ihm angezogen, als wäre er nur für sie gemacht.

Brav stellt sich ihr nun auch Zoltan vor, der wie ein Gentleman wirkt – nur, dass ihm der Designeranzug fehlt. *Der würde ihm auch nicht stehen*, denkt Coco und stellt ihn sich lieber im muskelbetonten Neoprenanzug vor, wie er auf den Wellen reitet. Zoltan ist eher der Draufgänger-Typ, der sich nimmt, was er will und das meistens auch bekommen sollte. Den Gentleman nimmt sie ihm sicher nicht ab.

Zu Arons eleganter Art würde ein Anzug schon eher passen. Aber heute trägt er blaue Jeans und ein T-Shirt, in denen er immer noch teuflisch gut aussieht. Coco ist hin und weg von ihrem Gegenüber mit dem glatten schulterlangen dunklen Haar, in dessen tiefschwarzen Augen ein Feuer lodert. Das gibt seinem sanftmütigen Aussehen eine gefährliche Note. Seine Haut ist glatt und braungebrannt, als wäre er erst gestern aus der Karibik zurückgekommen. Das Kribbeln in ihrer Magengegend lässt nicht lange auf sich warten. *Hilfe, sieht der gut aus!*

Und aus den Gedanken werden Worte. „Aron klingt schön und ist vor allem selten. Wer hat den Namen bloß für dich ausgesucht?" Coco beißt sich auf die Lippen und versucht ihre aufkeimende Lust zurückzudrängen. Als Antwort bekommt sie sein strahlendes Lächeln.

Coco hat sich sofort in diese schwarzen intelligenten Augen verschossen; ja in den ganzen Mann. *Man sieht der scharf aus und ist genau mein Geschmack. Gut trainiert, extrem gepflegt und wohl*

Dauergast im hiesigen Solarium. Das sollte ich öfters aufsuchen, dann wäre mir sowas nicht entgangen.

Coco betrachtet ihre Blässe, die man zumindest im Vergleich zu seinem Teint, so bezeichnen könnte und dann einmal mehr die grauen Tatzen auf ihrer Oberweite, die sie inzwischen als gar nicht mehr so schlimm empfindet, nur unverschämt platziert, mitten auf ihre Knospen.

Verdammt, heut Morgen war ich so scharf, dass ich auf einen BH verzichtet habe. Und jetzt klotzen die frech auf meine hart werdenden Nippel. Coco wird rot und hätte sich fast an ihren Busen gefasst, um die gefühlte Blöße zu verdecken. Aber wie hätte das erst ausgesehen. Also versucht sie, es zu ignorieren und weiß dabei genau, wie heiß sie heute aussehen muss. Nicht nur der Hund ist darauf abgefahren.

Ein Schauer erfasst sie wie eine warme Sommerdusche. Statt Regen, sind es ihre unverschämten Blicke, die durch ihr Kleidchen dringen und ihr tief unter die Haut gehen. Und das treibt sie weiter in Richtung Abgrund, in den sie bald fallen wird. Zu aufreizend steht sie da, als dass die Kerle sie widerstandslos gehen lassen werden. Das will Coco auch gar nicht, denn um sie ist es bereits geschehen.

Aron und Zoltan ziehen sie aus, allein schon mit ihren Blicken. Coco lässt es zu, als wäre sie bereits ihre Geliebte, schiebt nur schnell den Träger des Kleidchens zurück, der ihr in dem Gerangel von der Schulter gerutscht ist. Das Hüpfen von Zoltan und Arons Adamsapfel verrät, dass das auch nötig wurde. Das sinnliche Ziehen in ihrer Leistengegend, warnt indes vor den Dummheiten, die sie jetzt am liebsten machen würde.

Cocos Augen strahlen bestechend. Die goldenen Funken um ihren Pupillen scheinen zu tanzen. Schon im nächsten Moment werden sie überspringen, um einen Flächenbrand zu entfachend. Niemand hat den Brandschutz eingehalten. Das Feuer wird wüten und alle verschlingen.

Danke lieber Hund, gut gemacht! Zoltan und Aron betrachten verliebt ihre heißen Kurven, an die sich das gelbe Kleidchen sanft anschmiegt, so wie sie es jetzt gern machen würden.

Genau das ist sie! Sie denken beide dasselbe: *Süß, sexy, ein bisschen frech und sie hat einen Ausdruck in ihren Augen, der alles zum Schmelzen bringt.* Aron und Zoltan nicken einander zu. Wie so oft sind sie mal wieder einer Meinung.

Coco hat das bemerkt. Sie weiß zwar nicht, was das zu bedeuten hat, aber es liegt eigentlich auf der Hand. Nur zugeben will sie es nicht. Dabei weiß sie, dass es jetzt geschieht - vielleicht.

Und schon macht sich Panik in ihr breit - Panik, dass der Traum gleich vorüber sein könnte. Zu schön, um wahr zu sein. *Sicherlich ziehen sie im nächsten Moment weiter und ich gehe nach Hause, entledige mich meines dreckigen Kleidchens, setze mich einsam und allein mit einem Piccolo in die Badewanne und male mir aus, was wäre gewesen, wenn...*

Coco betrachtet diesen knackigen süßen vor Selbstbewusstsein strotzenden Typen. Dann blickt sie auf Zoltan, der Aron in nichts nachsteht und auf seine Art genauso sexy wirkt. Erfolglos versucht sie sich, zur Räson zu bringen, denn ihr Verlangen schreit so laut nach den beiden, dass es der anständigen Seite in ihr einen heftigen Tritt verpasst.

Frech kommt weiter, hätte Isabell jetzt geraten; die, die mich beschützen sollte, aber sich nicht mal selber beschützen kann. Sie würde die Beiden sofort um ihren kleinen Finger wickeln. Und ich wäre mal wieder ganz schnell raus aus dem Rennen, was wohl das Beste wäre.

Aber Isabell ist nicht da. Was soll's! Und plötzlich hört Coco sich sagen: „Da hättest Du wohl auch gern Deine Pfoten drauf?" Darauf folgt eine heftige Klatsche, die sie sich augenblicklich selber innerlich verpasst.

Die Worte hallen in ihrem Kopf nach, als wären sie nicht die ihren. Die sehnsüchtigen Blicke der beiden hatte sie einfach nicht mehr ertragen. Sie haben ihr den Kopf verdreht, sie wuschig gemacht und die Tatzen haben ihr anscheinend dazu noch den Stempel verpasst: NEHMT MICH!

Die Zeit vergeht so langsam, als wäre der Sekundenzeiger angeklebt. Anstatt sich wilden Phantasien hoffnungsvoll zu ergeben, sollte sich Coco lieber erst einmal bei ihren Rettern bedanken. Denn das waren sie offenbar. Doch ihr Verstand war das, was er jetzt nicht sein sollte: „Out of Order". Sie schaut sie an und denkt nur*: Scheißkerle!*

Nachdem sie das ein paar Mal in sich rein gebrüllt hat, schafft es Coco irgendwie. „Danke für Eure Hilfe!", sagt sie kleinlaut.

„Hilfe ... " schreit indes ihre vernünftigere Seite.

„Ihr habt den Hund ganz schön eingeschüchtert. Plötzlich ist er ganz lieb, im Gegensatz zu euch. Aber verziehen!"

Von wegen…!

„Wollen wir einen neuen Anlauf wagen?", fragt Aron, als wäre alles nur halb so wild, als würde kein Sturm in ihr wüten, der sie wegzureißen droht. Coco schaut ihn misstrauisch an (so hofft sie zumindest) und dann Zoltan und dann wieder ihn.

Plötzlich ist er da. Der Traum von letzter Nacht überfällt sie - der, den sie immer noch nicht vergessen hat und es wohl auch nie tun wird. Er ist so verdammt real, als wäre er nicht einfach nur einer ihrer wilden Phantasien. Und mit ihm kommt zeitgleich die Frage: *Die zwei Typen, verdammt, sind sie's?*

Eine böse Vorahnung befällt sie, eine die sie jedoch sofort beflügelt und ihr Herz rasen lässt, aber lieber nicht wahr sein sollte, zumindest nicht, wenn sie die vernünftige Coco fragen würde. Aber das würde sie heute eh nicht machen. Heute würde die vernünftigere Seite nichts zu sagen haben. Sie hält ihr vorsorglich den Mund zu.

Aus dem Augenwinkel heraus, sieht Zoltan einen Mann mit einer Leine in der Hand auf sie zulaufen. „Das dort könnte sein Herrchen sein!"

Keine Reaktion, weder von Aron, noch von Coco, die sich nur verloren anschauen.

„Da könnte man ja glatt neidisch werden!", brummelt Zoltan säuerlich vor sich hin.

Immer noch nichts.

Er hebt seine Stimme: „Den habe ich gemeint!", und zeigt dabei auf einen dicken Mann, der mit hochrotem Kopf schwitzend angerannt kommt.

Jäh werden Coco und Aron aus ihren Gedanken gerissen oder worin auch immer sie stecken mögen. Jetzt hat Zoltan ihre Aufmerksamkeit bekommen, wenn auch nicht gerade viel davon.

„Entschuldigung, der ist mir ausgebüxt. Es tut mir leid", bittet der stämmige Mann Mitte fünfzig schon aus weiter Ferne um Verzeihung.

„Das muss es nicht. Es ist ja nichts Schlimmeres passiert!", ruft Coco ihm ihrerseits beruhigend entgegen. Über das: „Nichts Schlimmeres passiert", muss sie allerdings schmunzeln.

Ein paar Sekunden später hat er es geschafft und steht mit der schuldigsten Mine vor ihr, die er aufsetzen konnte. Er schaut sich den Dreck an, den sein Hund auf ihrem Kleidchen hinterlassen hat.

Mit der Luft kommt auch seine Sehfähigkeit wieder, was sich aber auf seine Fähigkeit zum Artikulieren, negativ auswirkt. Er stammelt nur noch vor sich hin, während er verlegene Blicke auf Coco wirft, oder genauer gesagt, auf ihre beschmutzte Oberweite. Schließlich hält er ihr einen zehn Euroschein hin.

„Mehmehr hab ich ich nicht. Bittette nehmen sie dadadas für die Reireinigung. Es wird hoffhoffentlich reichen."

„Das wird nicht nötig sein, den beiden hier scheint es so zu gefallen!", antwortet ihm Coco, ohne ihre eigene Freude darüber verbergen zu können.

Der Mann schaut erstaunt und scheint erst langsam zu begreifen. *Es hat also geklappt, wie es aussieht?* Er schaut Zoltan und Aron fragend an, um vielleicht auch bei ihnen irgendeine Bestätigung in den Gesichtern ablesen zu können.

„Wenn sie es sagt?", meint Zoltan schließlich und wirft noch hinterher: „Ein begabtes Tier!"

Stolz, was natürlich niemand merken darf, nimmt der Mann seinen Pinscher an die Leine, der Coco immer noch anhimmelt und beeilt sich schnellstens wegzukommen.

„Dann will ich nicht mehr stören. Es ist wohl Zeit, dass ich verschwinde!", meint er kleinlaut.

Racer hat alles getan, was nötig war! Er beugt sich zu seinem Pinscher mit den mahnenden Worten: „Das macht man doch nicht, du Stromer!" und „Schau, was du angerichtet hast!". Dann gibt er ihm heimlich ein Stück Schokolade, nimmt ihn schnell an die kurze Leine und macht sich mit seinem Vierbeiner schleunigst aus dem Staub.

Coco merkt nicht wirklich, dass die Sache abgekartet ist, aber irgendwie kommt sie ihr doch komisch vor.

Ob das wirklich Zufall war? Spaßeshalber fragt sie: „Wieviel hat's gekostet?"

Zoltan schaut Coco fasziniert an und überlegt, ob sie vielleicht zu unvorsichtig waren, so dass sie ihnen auf die Schliche kommen konnte. Er kann es sich aber nicht vorstellen und entscheidet, erst gar nicht darauf einzugehen, sondern gleich zum Frontalangriff überzugehen. „Ich weiß nicht, was Du gerade denkst. Aber wenn Du heute nichts weiter vorhast, würden wir jetzt gern ebenfalls verschwinden, allerdings mit Dir!"

Coco schluckt, denn so direkt hätte sie nicht erwartet, gefragt zu werden. *Normalerweise versucht „Mann" mir das vorher schmackhaft zu machen und lädt mich zu einem Kaffee, Eis oder was anderem Leckeren ein oder plaudert mit mir eine Weile.* Coco schaut in zwei Gesichter, überaus hübsche sogar, die keine Widerrede erlauben werden. Trotzdem wird sie nicht einfach sagen: „OK, dann lasst uns verschwinden!"

„Ihr lasst mir erst gar keine Zeit zum Nachdenken, was? Ich will schon wissen, mit wem ich einen so schönen Nachmittag, wie diesen verbringe!", versucht sie sich, künstlich aufzuregen.

„Wenn du das wissen möchtest, kommst du nicht drum herum, mit uns jetzt mitzugehen!", ist die entsprechende Antwort der beiden.

Coco läuft ein angenehmer überaus prickelnder Schauer über den Rücken, als es ihr dämmert. *Es „waaar" schön mit den beiden! Verdammt, jetzt weiß ich's!* Und mit der Dämmerung tauchen die Bilder der letzten Nacht vor ihr auf. Aus dem Schauer wird ein Gewitter, das mächtig in ihr tobt. Aus der Vorahnung springt sie mitten in dieses Abenteuer, aus dem sie erst heute Morgen schweißgebadet erwacht ist und dass ihr jetzt droht, erneut den Atem zu nehmen. Ihre Umgebung verliert sie am helllichten Tage und sie findet sich mitten in diesem Traum wieder, dem mit diesen beiden irren Typen.

Das Dessous

Es hatte geklingelt und sie ist verschlafen zur Tür gelaufen. Dabei hatte Coco nicht darauf geachtet, dass sie noch dieses teuflische Dessous trug, was sie am Nachmittag einfach kaufen musste. Isabell hatte es förmlich die Sprache verschlagen, dass was heißen sollte. Sie hat immerhin die größte Sammlung an Negligés, Strapsen und erotischsten Dessous, die Coco je gesehen hat.

Isabell kam in die Kabine rein, sah sie im Spiegel stehen, hielt den Atem an und hielt sich vor lauter Begeisterung die Hand vor den Mund. Das hatte Coco bei ihr noch nie erlebt und auch nie erwartet.

Coco war atemberaubend schön, bzw. irre sexy. „Kauf das!", war alles, was Isabell da noch sagen konnte. Sie stierte sie an, als wäre sie unsterblich verliebt in ihre Kurven. Ihr Anblick hatte ihr fast völlig die Sprache verschlagen. Außer „Kauf das!", brachte sie kein Wort heraus.

„Für wen soll das gut sein?", fragte Coco nach einer Weile.

„Das wirst Du schon sehen. Kauf das!"

Dabei sind sie eigentlich nur zum Spaß in dieses Kaufhaus gerannt und probierten ausgelassen alle möglichen Fummel an.

Und nun musste sie, entgegen ihrer eigentlichen Absicht, doch zuschlagen. Isabell ließ ihr keine Wahl und stellte die Weichen, für das, was kommen sollte.

Zwei unbekannte irre süße Typen standen vor ihrer Tür und Coco trug ausgerechnet das. *Lass es nicht wahr sein, dachte sie verzweifelt,* als die versteinerten Blicke der beiden sie trafen.

Es hatte ihrer Freundin die Sprache verschlagen. *Wie wird es da erst diesen Kerlen ergehen?* Sie empfand sich darin sogar selbst als verdammt sexy, so sehr, dass sie es am Abend nochmal anprobieren musste und sich bei einer Flasche Wein vorstellte, was das für eine Wirkung haben könnte – vielleicht in einer Geburtstagsrunde, wo alle riefen: „Das musst du nun schon anprobieren!"

Und dann wollte sie es nicht mehr ausziehen. Das machte ihr zwar Angst, aber diese Angst sorgte nicht dafür, dass sie wieder vernünftig wurde.

Der halbschalige schwarze BH, abgesetzt mit weißer Spitze, zierte ihre vollen Brüste. Der Slip bestand lediglich aus zwei schwarzen Fäden links und rechts, die ein kleines schief geschnittenes schwarzweißes fast durchsichtiges Dreieck hielten, das wenigstens teilweise ihre lechzende Scham bedeckte - links fast gar nicht, dafür rechts etwas mehr. Darunter waren die

Konturen ihrer feuchten Lust zu entdecken, die sie gerade erneut überfallen hatte. Wenigstens ein kurzes durchsichtiges schwarzes Negligé hat sie sich drum rumgeschlungen, dass allerdings ihre erotische Ausstrahlung nur noch mehr betonte.

Mitten in der Geburtstagsparty, von der sie gerade träumte, ist sie verschlafen zur Tür gelaufen und hat sie auch noch aufgemacht. Kurz überlegte sie, ob das verspätete Geburtstagsgäste sein könnten. Dann hat sie aber erschrocken festgestellt, dass es gar keinen Geburtstag gab und auch keine Party, nur ihr aufreizendes Aussehen, das sie vergessen hatte, zu verhüllen.

Davor standen zwei unverschämt attraktiv wirkende Kerle. In der Hand hielten sie lächelnd dieselbe Flasche Wein, von der sie erst vor einer Stunde probiert hatte. Sie vertrug nicht viel, daher nippte Coco eher, als dass sie ihn trank. Aber dieses bisschen hatte bereits ausgereicht, dass sie vorhin einen kleinen Schwips bekam. Und ein klein wenig spürte sie ihn immer noch. Da sie zudem kaum etwas auf ihrer nackten Haut trug, konnte niemand an ihrer Einladung zweifeln, die sie vielleicht den beiden im Überschwang geschickt haben könnte, oder wenigstens an das Universum im Allgemeinen.

Aber es gab keine Einladung, zumindest keine, an die sie sich erinnern konnte. Die Kerle erschienen wie aus dem Nichts und fragten charmant: „Lässt Du uns rein?" Da Coco nicht gleich reagierte, wiederholten sie höflich ihre Frage. „Lässt Du uns rein?"

Coco dämmerte, was sie wollten, und schlang sich erschrocken eine weiße Strickjacke um ihren reizvollen Leib, die sie hektisch von einem Haken an der Tür reißen konnte. Doch es war zu spät. Die Blicke der beiden Typen hatten sich bereits in sie gebohrt. Zum „Nein!" Sagen, war es zu spät.

„Lässt Du uns rein?", fragten sie erneut und diesmal mit eindringlicher Stimme, als würden sie ein „Nein" auf keinen Fall akzeptieren.

Diesmal trat Coco, wie von einer unsichtbaren Hand geschoben, einen Schritt zur Seite. „Gerne, kommt rein", flüsterte sie heiser. Das taten sie und standen kurz darauf in ihrer kleinen Garderobe. Da stand sie nun, halb nackt vor den beiden.

„*Bist Du verrückt geworden?*", schrie ihre brave Seite. Coco sah zwischen den beiden hindurch, um im Spiegel hinter ihnen die Bestätigung zu finden.

Doch ihr inneres Luder mischte sich ein: „*Ich weiß, was Du meinst, aber gönn dir doch auch mal eine kleine Freude!*"

Coco kämpfte nur einen Moment. *„OK, dann soll's sein!"* Ihre brave Seite tat entrüstet: *„Aber von einer kleinen Freude kann nicht die Rede sein!"*

Ihr halbnacktes Ebenbild, das das anscheinend gehört hatte, zwinkerte ihr aufmunternd entgegen, woraufhin sie die Warnungen ihrer braven Seite kurz entschlossen beiseiteschob.

Coco drehte sich um und ging zitternd vor den beiden in Richtung Wohnzimmer. Ihr Luder hatte noch nicht ganz gewonnen. Der Schluck Wein, den sie am Abend probiert hatte, verschaffte ihr jedoch einen gehörigen Vorsprung. Mit den Blicken der Kerle im Rücken wollte sie genommen werden, wild und ohne Reue.

Zwei drei Schritte weiter und sie wurde gepackt und heftig nach hinten gerissen. Da konnte jemand ihren Anblick wohl nicht mehr ertragen. Das wurde ihr augenblicklich klar. Sie empfand sich in diesem Aufzug ja schließlich selbst als unwiderstehlich. Und Isabell hatte nichts dagegen getan, sagte nur: „Du wirst schon sehen!"

Vielleicht hat sie die Kerle sogar engagiert, damit ich es mal so richtig besorgt bekomme. Meinen Frust bezüglich Männern hat sie sicher so richtig satt! Ich auch und jetzt habe ich gleich zwei der prächtigsten Exemplare in meiner Suite, bereit mir diesen lästigen Frust zu vertreiben.

Das machten sie. Warme kräftige Finger ergriffen Besitz von ihr. Die raue Jeans von dem geilen Blonden, der sie von hinten an sich gerissen hatte, drückte sich fordernd an ihren nackten Po und sie spürte intensiv in ihr seinen Ständer, gewaltig und hart.

Der dunkle Typ war indes um sie herumgetreten und schaute tief in ihre nervös blinzelnden Augen, bevor er ihr Gesicht in seine Hände nahm und sie, ohne zu fragen, küsste - *genauso wie sie sich den Rest von mir einfach nehmen werden.* Statt Angst spürte sie nur sündhaft maßlose Erregung.

Die kräftigen Hände des blonden Kerls, der sich von hinten an sie schmiegte, glitten unendlich langsam über ihre reizvollen Hüften, hin, zu ihren flachen bebenden Bauch und machten erst halt, bei ihren griffigen noch neckisch verpackten Brüsten, die fest von ihm gepackt wurden - ein bisschen früh, wie sie dachte. Aber als seine Fingerspitzen sanft in ihre harten roten Knospen kniffen, die jetzt keck über den Rand ihres BHs kuckten, dachte sie nichts mehr, stöhnte nur: „Verdammt!"

Sein heißer Atem verfing sich in ihren Locken, in dem ein genussvolles leises Stöhnen lag. Willig lehnte Coco ihren Kopf nach hinten. An seinen starken Schultern konnte sie sich einen Moment lang stützten.

„Nehmt mich!", hauchte sie bebend, als könnte das ihren Absturz bremsen.

Nicht lange lag ihr Kopf auf diesen Schultern. Coco wurde umgedreht und stürmisch von ihm verschlungen. Seine Zunge glitt fordernd durch ihre Lippen, um sein Spiel ihr aufzuzwingen. Er nahm sie besitzergreifend bei den Hüften und zog sie an seinen Unterleib, dass sie sein heftiges Verlangen spüren musste. Dann ließ er los und musterte mit einem kurzen Blick, ob sie ihn verstanden hatte.

Coco bejahte, indem sie auf sein hartes Verlangen schaute und ließ die Zungenspitze über ihre Oberlippe wandern. Das machte es unmissverständlich klar.

Fest packte er ihre Pobacken und vergrub seine Finger in ihrem Hinterteil. Sie spürte seinen Harten immer intensiver, noch gefangen in einer rauen Jeans, die sich gierig an ihr Höschen drückte, in der sich ihr eigenes Verlangen staute. Das wollte befreit werden, doch konnte noch dauern, denn diese süßen unverschämten Kerle ließen sich sehr viel Zeit, mit ihrer Lust zu spielen.

Cocos Brust hob und senkte sich unter dem Ansturm ihrer Gefühle, die sich nicht zurückdrängen ließen. Ihr Blick war erfüllt mit blanker Begierde. Die in ihr aufsteigende Erregung konnte sie kaum noch ertragen. Rücksicht nahmen sie keine. Stattdessen reizten sie immer weiter, bis alle Gegenwehr, die Coco aufbringen konnte, dahingeschmolzen war. Sie sollte völlig ihnen gehörten, so dass sie alles mit ihr anstellen konnten, auf was sie Lust bekamen. Und das machten sie.

Ihre ungebetenen nächtlichen Besucher hörten auf, sie zu verschlingen, und ließ Coco wieder zu Atem kommen. Der rassige dunkle Typ bewunderte, was er gerade erobert hatte. Ungeduldig verschränkten sich seine langen Finger ineinander, als müsse er sie im Zaum halten.

Was er wohl damit anstellen möchte? Coco könnte ihnen gerade nichts verbieten!

Ihr anderer Überraschungsgast kostete derweilen von ihrer Pheromonen versprühenden Haut. Der scharfe Typ vor ihr genoss jede Regung, die sein Freund bei Coco hervorzaubern konnte. Und so wie Cocos Augen blitzen, sollte er langsam was unternehmen, vor allem da der Anschmiegsame von hinten an ihrem Ohrläppchen knabbert, in das er all die dreisten Dinge hauchte, die sie mit ihr anstellen werden.

Als sie ihnen nur noch antwortete: „Macht schon!", schob er ihr das Jäckchen von den Schultern und biss beherzt in ihren liebreizenden Hals. Der sanfte Schmerz war wie Amors Pfeil, der durch ihren Körper zischte und jeden Nerv erweckte, mit dem sie die beiden spüren würde.

Arons Ebenbild - *Schiet, das ist er!* - war einen halben Meter zurückgetreten, als dieser Pfeil sie traf. Coco blickte in seine teuflisch schwarzen Augen, mit denen er sie mit Leib und Seele zu verschlingen drohte. Und sie verlor sich wieder.

Sein Blick sieht gefährlich aus, dachte Coco und fragte sich, was er gerade mit ihr machen wolle. Das sinnliche Ziehen im Unterleib wurde immer stärker, in Vorfreude auf das, was gleich kommen mochte. Ein Blick auf die Wölbung in seiner Hose, verschaffte ihr Gewissheit. *Sie können mich doch nicht als ihr Lustobjekt ansehen, ...obwohl ich ihr Spielzeug schon gern sein möchte.*

Sie schaute ihn an und versuchte an seiner Mine abzulesen, was er mit ihr vorhaben könnte. Sein Atem wurde schneller und sein Blick durchdringend. Seine angestaute Lust brach aus ihm heraus. „Du solltest verboten werden - so bildschön und unerlaubt sexy. Niemand kann Dir wiederstehen!"

Aron kam langsam auf sie zu und kippte den Kopf zur Seite, als wolle er gleich seine Vampirzähne in den sich ihm entgegenstreckenden Hals erneut reinjagen – zumindest, wenn sie an gewisse Filme dachte, die genauso unwirklich waren, wie diese Szene hier.

Hinter ihr hielt Zoltan sie fest umklammert. Sie konnte sich nicht wehren, auch wenn sie es jetzt gern tun würde, nur um den beiden das Gegenteil ihrer Willenlosigkeit zu beweisen. Sie musste diese letzte Chance dankbar verstreichen lassen, wie alle vor ihr - ohne Reue und nur mit ein bisschen Scham.

Coco machte einen erschrockenen Laut, als Aron seinen Kopf statt nur bis zum Hals noch etwas tiefer kippte und ihr sanft in eine ihrer harten Knospen biss. Das war wohl nicht Ok von ihr, denn er erhob sich sofort wieder auf Augenhöhe, hielt einen Finger warnend an ihre bösen Lippen und hauchte dann in ihr Ohr: „Wir sind noch lange nicht fertig mit Dir!"

Er wartete ab, wie sie darauf reagieren würde, und nahm seinen Finger erst von ihren Lippen, als er in Cocos Augen den Wunsch nach Vergebung las. Unschuldig biss sie sich auf ihre Lippen, was wieder „OK!" bedeuten sollte.

Aron zeigte Nachsicht und nahm ihr Kinn zwischen Daumen und Zeigefinger, so dass sie sich nicht wegdrehen würde. Zur Bestätigung gab er ihr einen langen versöhnlichen Kuss.

Coco hatte verstanden. Heute würde sie ihnen gehören und dass, solange sie wollen.

Aron machte weiter an der Stelle, wo er aufgehört hatte, ihre Nippel zu reizen, und mit was auch immer er weitermachen wollte. Cocos Gegenwehr war völlig erloschen.

Aron packte beide Brüste, die ganz ihm gehörten, wie auch der Rest von ihrem willigen Körper. Ihr Bauch bebte und im Unterleib braute sich ein fürchterliches Gewitter zusammen. Blitze schlugen ein, als seine Finger den Rand ihres Slips erreichten.

An der nackten freiliegenden Seite des weißen Dreiecks glitten seine Finger suchend darunter, um sich unendlich langsam an ihren feuchten festen Schamlippen vorwärts zu tasten. Coco verging vor Erregung. Ihr ganzer Körper vibrierte und lechzte nach Erlösung. Sie wird ganz fest sein Ding umschließen, wenn er es erst in sie steckt.

Das Ganze war dem Blonden hinter ihr zu heiß und ihm seine blaue Lewis viel zu eng geworden. Sekunden später spürte Coco, wie er seinen harten großen Lustkolben zwischen ihre Schenkel schob. Erschrocken stöhnte sie auf und presste ihre Beine zusammen – nur für einen Augenblick.

Die Finger des teuflisch schönen Sexgottes vor ihr, hatten sich die Ablenkung zu Nutze gemacht und sind vorsichtig in ihre heiße glitschige Spalte gedrungen. Aron fand schnell ihre erregendste Stelle, die Coco ihm entgegenstreckte und dabei völlig verloren lustvoll zuckte. Sie stöhnte und bebte und genoss diese verwöhnenden Finger und den unglaublichen Phallus, der zwischen ihren Schenkeln steckte.

Sie vergaß jeden Anstand und Scham, so dass sie schließlich dem anderen heißen braungebrannten muskulösen Adonis-Körper, der vor ihr stand, die Kleider vom Leib reißen wollte. Der bremste sie, aber wehrte sich nicht, als sie ungeduldig sein Hemd aufknöpfte, um seine muskelbepackte Brust und seine kräftigen Arme wie ein Geschenk auszupacken.

Mit knackigen nackten Oberkörper und enger Jeans stand er vor ihr.

Coco wollte nach ihm greifen, aber Zoltan, der immer noch von hinten an ihr klebte, verbot es ihr. Ihr Geschenk hatte sie sich wohl noch nicht verdient.

Ungeachtet dessen versuchte sie sich, heißblütig loszureißen. Aber es gelang ihr nicht. Coco zappelte verloren in Zoltans festen Griff. Sie war wütend, dass sie nicht durfte.

Es blieb ihr nichts weiter übrig, als hungrig auf Arons Hosenbund zu stieren. Der ließ seine Hand über die Muskeln seines flachen Bauchs immer tiefer gleiten, bis seine Finger genau dort hineinfuhren. Cocos Blick folgte gierig, wie sie die Konturen der riesigen Wölbung darunter berührten. Sie wollte Aron an seine prallen Hoden packen und ihn zappeln lassen, so wie sie es gerade mit ihr machten. *Das hätte er verdient.*

Zoltan hielt sie fest im Griff und verhinderte solche Übergriffe. Er spürte ihr Zittern und sie seinen Ständer, der zwischen ihren Schenkeln seinen Weg inzwischen suchte.

Coco versuchte sich wild geworden, loszureißen und sich zumindest einen der Kerle zu schnappen. Ihre kleine um Erbarmen flehende Schnecke, würde den beiden sonst schutzlos ausgeliefert sein. Sie wusste, bald könne sie nichts mehr für sie tun. Wenigstens ein bisschen Kontrolle muss sie zurückerlangen.

Aron trat an sie heran und nahm behutsam ihre zitternden Hände. Zoltan hielt sie bei den Hüften von hinten gepackt. Coco sah Aron so flehend an, dass er sich erweichen ließ. Er führte ihre Hände zu seinem Hosenbund, damit sie es seinen Fingern gleichtun konnte. Sogar den Knopf dort oben durfte sie öffnen und die anderen darunter schließlich auch.

Unter dem weinroten Slip, der sich zeigte, bekam sein geschwollenes Ding jetzt ein Stück mehr Platz zum Wachsen. *Der Blutstau dort muss enorm sein.*

Von oben konnte Coco bereits den kräftigen Ansatz seines zuckenden Schwanzes sehen, der versuchte sich genügend Platz zu verschaffen, um mit seiner ganzen Größe zu prahlen. Und das sollte er auch, so viel er wollte.

Coco freute sich auf diese Show und darauf, dass er gleich ihr gehören würde und der andere hinter ihr gleich mit. Sie würde endlich genug bekommen und alles nur wegen Isabell, die das Schicksal einfach mal wieder provozieren musste, und ihr jetzt nicht einmal beistand.

Aber das hier würde sie diesmal alleine überstehen, auch wenn sie hinterher kaum noch laufen kann. Es wird wie bei ihrem zweiten Mal werden, wo sie alles ausprobieren mussten, was es beim Sex zu entdecken gab. Nur diesmal würde es weitaus schlimmer werden, denn es ist heute so unendlich mehr, was sie sich vorzustellen vermochte. Und jetzt auch noch das Ganze im Doppelpack.

Verliebt in den hungrigen Blick Arons ließ sie ihre Finger über die Konturen seines harten Schwanzes gleiten. Dass er fast seine Beherrschung verlor, ließ Coco Erleichterung empfinden. Sie würde nicht nur das nächtliche Opfer werden. Sie freute sich darauf, die beiden verrückt zu machen, so wie sie es mit ihr gerade machten.

Der Typ schloss die Augen und griff nach ihrer Hand, um sie am Weitermachen zu hindern. Ein paar Mal atmete er viel schwerer als sonst. Dann hielt er plötzlich die Luft an und zog sich die Hose runter und seinen Slip gleich mit. Da stand er, mit seiner prächtigen Lanze, *bereit seinen Saft zu verspritzen*. Cocos Knie versagten.

Zeit, sich an diesen geilen Anblick zu gewöhnen, bekam sie nicht, denn schon glitt Cocos Strickjacke restlos von ihren Schultern. Anschließend wurde ihr BH gelöst und geschickt von ihrer Brust gerissen. Zoltan rutschte ihr die Rückenpartie mit feuchten Küssen nach unten, um dann ihren Mini-Slip, über die Schenkel zu streifen.

Nackt und ausgeliefert stand sie zwischen den beiden, bereit genommen zu werden. Und sie brauchte es, auch wenn sie sich nicht vorstellen konnte, wie sie das überstehen würde. Die hier, waren mehr als nur wilde Hengste. Sie zu zähmen, würde ein hoffnungsloses Unterfangen werden. Und weder bei ihr noch bei ihnen gab es irgendein Stück Stoff, dass sie jetzt noch voreinander beschützen konnte.

Coco schloss die Augen, um ihren Blicken zu entgehen. Hände packten sie und zerrten sie zu Boden. Sie ließ sich fallen, wurde aber aufgefangen. Die Hände, die sie fingen, spürte sie bald überall und ihre Schwänze in sie dringen. Noch nie hat sie es so hart bekommen. Zwischen den heftigen Orgasmen gab es kaum eine Atempause.

Sie war wie im Blutrausch, der immer heftiger wurde und sich nicht mehr stoppen ließ. Sie wollte es haben. Immer wieder drangen ihre Zauberstäbe in sie ein, die nicht müde wurden, ihre Magie zu verspritzen. Sie konnte und wollte den beiden nicht entkommen.

Sie verwöhnten sie die ganze Nacht bis zum Morgengrauen. Dabei verlor sie ihren Anstand.

Als es hell wurde, waren sie verschwunden. Zurück blieb nur der süße Duft von ihrem Samen, der sie auszufüllen schien und überall auf ihrer Haut am Trocknen war - zwischen ihren Schenkeln, auf ihrem strammen Bauch und zwischen ihren vollen Brüsten. Sie haben ihre ganze Ladung wieder und wieder verschossen, als hätte sie sich jahrelang für diese eine Nacht aufgespart.

Dann wachte Coco auf und mit ihr das Bewusstsein, sie braucht einen *richtigen* Mann. Voller Sehnsucht, versuchte sie an diesem Traum festzuhalten. Doch das musste sie nicht, denn sie war besessen und der Traum allgegenwärtig - bis jetzt, wo sie tatsächlich vor ihr standen. In ihr brach Panik aus.

Verlockende Aussichten

*E*s gibt sie also wirklich, diese Gladiatoren der Lust, oder auch Jäger, wie sie sich selbst gern nennen mögen. Und das sind sie. Ich erkenne sie wieder, jetzt wo sie mich gefunden habe!

„Hallo Coco, alles klar mit Dir?" Aron schaut verunsichert in ihre funkelnden Augen. „Haben wir zu dir was Falsches gesagt?"

Coco schüttelt geistesabwesend den Kopf, während der Schock noch in ihren Gliedern steckte. Ihr Slip ist feucht und auch ihre Schenkel. Sie spürt die Geilheit gewaltig in ihr brodeln und auch die wackligen Knie auf denen sie krampfhaft versucht, sich aufrecht zu halten. Ihr Körper fühlt sich an, als hätte sie Fieber. Keine Berührung könnte sie jetzt ertragen. Zu groß ist das Verlangen, von diesen starken Händen gepackt zu werden.

Zoltan und Aron lauern fieberhaft darauf, dass sie einwilligt und mit ihnen geht. Langsam findet Coco den Faden wieder, an dem sie sich bis zur Gegenwart empor hangelt. *Was war das Letzte, bevor ich abgetaucht bin?*

Coco weiß schon längst, was sie möchte, kann das aber unmöglich zugeben, nicht mal sich selbst gegenüber. Sowas hat sie noch nie gemacht, außer in diesen versauten Träumen. Und jetzt soll das Ganze tatsächlich passieren? Unmöglich, dass das wahr sein kann. „Ihr wollt, dass ich mit euch komme und das jetzt und sofort?"

Zoltan nickt, als wäre das selbstverständlich. Dabei gehört das, was sie erwartet, sicher nicht dazu.

Coco atmet tief durch. *Es wird sich in Kürze zeigen, ob sie mich zu diesem Tempel, oder was auch immer das sein soll, bringen werden, oder ob alles nur meinem verrückten Verlangen entspringt.* „Ich weiß nicht, was ihr eigentlich vorhabt", versucht Coco den beiden vielleicht einen Hinweis darauf zu entlocken.

„Wir werden es dir auch nicht verraten", weicht Zoltan einer Antwort ohne Schnörkel aus. „Lass dich überraschen!"

„Ich soll mich euch also einfach anvertrauen?"

„Du weißt, dass du das kannst – schon lange!", pokert Zoltan ohne eine Mine dabei zu verziehen und lässt Coco mit dem großen Fragezeichen, bezüglich dem, was sie tatsächlich wissen, zurück.

Coco wollte noch eine schnippische Bemerkung hinterherjagen, hatte aber das Gefühl, sie wären ihr gerade eine

Nasenlänge voraus und es sollte nicht schaden, diesen Vorsprung erst einmal aufzuholen. Also meint sie in vieler Hinsicht: „Versaut es nicht!"

Und in Cocos Kopf liefen einmal mehr die Szenen mit den beiden wie auf Stichwort hin ab, die ihr den Verstand kosten werden. Zumindest war er in diesem Moment wohl außer Betrieb, wie sie annehmen musste.

„Ihr seid nicht gerade Engel, oder?", fragte sie, als sie tatsächlich mit ihnen losging. Beide tragen eine knackige ausgewaschene Jeans, Aron ein Hemd, das aufgeknöpft werden möchte und Zoltan ein hautenges T-Shirt, unter dem man fast jeden Muskel sieht. *Und wenn er es nicht selber zerreißt, werde ich es tun.*

In ihrem Innersten haben Aron und Zoltan ein Feuer entfacht, wie sie es schon lange nicht mehr kannte. Ihr Verstand sagt zwar „Nein!", aber das war unerheblich. Coco hatte gar keine andere Wahl.

„Wir sind sicher keine Engel und du nicht auf der Suche nach welchen, oder?"

Coco wird rot und sollte ein paar Sachen klarstellen, von A bis Z, solange sie das noch kann. Aber im Kopf bekommt sie schon jetzt keine Antwort mehr zustande, denn der ist von diesen heißen Szenen besetzt, die sich zutragen werden, wenn sie jetzt mitgehen wird mit A und Z.

„Überlege nicht solange!" Aron streckt ihr mit einem verführerisch teuflischen Lächeln einladend die Hand entgegen. Coco ergreift sie endlich.

„Gibt es jemanden, der mich vor euch beschützen kann?"

„Das willst Du doch nicht wirklich, oder?"

10 Minuten später zeigt Zoltan, wohin sie mit ihr wollen. Durch die Wipfel der Bäume kann Coco den Steinbruch erkennen, deren Felsvorsprünge inzwischen von verwachsenen Kiefern bewohnt werden, die von hier unten wie kleine Bonsaibäumchen aussehen. Darüber thront die Burg.

„Ihr wollt doch nicht wirklich bei diesem heißen Wetter mit mir da hoch kraxeln?"

Coco checkt es noch nicht.

„Keine Angst, das können wir aber gerne ein anderes Mal nachholen."

Coco erinnert sich, dass zum Steinbruch noch ein großes Grundstück gehört, aus dem sie nie schlau wurde. Es schien, als würde ein großes Geheimnis darum gemacht werden, was natürlich ihre Neugier angestachelt hatte. Erstaunlich, dass sie jetzt genau darauf zulaufen.

„Wollen wir da etwa rein?", fragt sie voller Ungeduld, als ihr das Ziel plötzlich klar wird.

Vor langer Zeit hatte sie in der Chronik der Stadt gelesen, dass man dort Diamanten gefunden haben will. Es soll da eine Mine gegeben haben, die aber im Laufe der Zeit, verschüttet wurde, denn gefunden hat man die wohl nie.

Heute gehört das Grundstück anscheinend den reichen Erben des ehemaligen Minenbetreibers, so stand es zumindest geschrieben, auch wenn sie aus Rücksicht auf diese nicht mitteilten, wer diese Erben seien.

Vielleicht gehört das Anwesen aber auch zu *BOSOUL*, einer Forschungsstiftung auf der Rückseite des Berges. Vieles wird gemunkelt über ewige Jugend und so. Sowas sollte es geben, ist aber nur bei Vampiren so, die es dort natürlich auch geben könnte. Das würde die Geheimniskrämerei erklären und auch das, was ihr in letzter Zeit passiert ist.

Per den Geschichten die sie kennt, sind Vampire Meister der Gedankenmanipulation. Und die beiden hier sind zwei besonders hübsche Exemplare, *die bei mir einen Biss landen wollen.* Coco ist fast versucht, diese Idee ernst zu nehmen.

Die Villa oder Tempel oder was auch immer es sein sollte, zeugt auf jeden Fall von unglaublichem Reichtum. Ob die Ausbeute an Diamanten das gebracht haben sollte, bezweifelt Coco stark.

Das Gebäude ist nicht typisch für diese Gegend, nicht mal, wenn es wirklich aus dem letzten Jahrhundert stammen sollte. Es als „Gebäude" zu bezeichnen, ist schon fast ein Frevel. Man muss gerechterweise schon von einem architektonischen Kunstwerk sprechen.

Coco kann die beiden hohen Säulenbögen des orientalisch wirkenden Baus von hier aus hoch über die Mauern emporragen sehen. *Wie aus tausendundeine Nacht, nur viel moderner eben - sogar moderner als heute!* Noch nie hat sie etwas Derartiges gesehen. Es ist ein einzigartiges Bauwerk, das durch keine Zeitepoche geprägt ist, zumindest, wenn sie sich die Luftbildaufnahme zurückruft, die sie vor langer Zeit gesehen hatte.

Auf ihr sah man vielleicht fünfhundert Meter dahinter, ein großes langes schwarzes Maul im Felsen klaffen, aus dem sich in

Form eines dichten Vorhangs ein Wasserfall ergoss. Er schien, direkt aus dem Berg zu sprudeln. Darüber thronte inmitten völliger Schwärze ein rotglühendes Auge, das das Grundstück zu bewachen schien.

Man kann das Ganze nicht vom Weg aus sehen, da die hohe Mauer einen Blick darauf verhindert. Heute hat sie alle Wege im wahrsten Sinne des Wortes verlassen. Wer weiß, wo das noch hinführt.

Coco reist sich zusammen und versucht dem Glühen standzuhalten. Wie von einem Magneten wird sie angezogen, während sich ihre Lust ins Unermessliche steigert. Sie muss an den „Schatz" denken, der Gollum einst um den Verstand gebracht hatte oder fast auch den kleinen Hobbit oder Bilbo Beutlin nach ihm. Coco muss genau wie sie, es unbedingt erfahren. Da muss die Quelle ihrer begehrlichen Träume sein.

Sie weiß, dass sie vorsichtig handeln muss. Denn vielleicht wird es für sie, genauso wie für den armen Gollum, kein Zurück mehr geben. Sie hatte das Buch von J.R.R. Tolkien geliebt aber sich nicht vorstellen können, jemals in einer anderen Realität zu versinken. Jetzt fühlt sie sich jeden Tag weniger in der wirklichen Welt Zuhause und kann nur noch an den Tempel denken und an das, was dort auf sie warten würde. Und jetzt liegt er anscheinend vor ihr. Wer hätte das gedacht!

Coco weigert sich noch, daran zu glauben. Zoltan und Aron nicken jedoch mit dem Kopf: „Ja, da wollen wir rein!"

Sie schüttelt die Zweifel von sich, denn das Abenteuer ist doch zu verlockend, auch wenn es gefährlich und anrüchig erscheint.

Irgendwo dahinten sprudelt der Wasserfall und verspritzt auf einem steinernen Plateau seine schäumende Gischt. Inmitten palmenartiger Gewächse bildet er einen romantischen See. Aber das kann Coco von hier nicht erkennen, auch wenn ihre Phantasie ihn wie eine Fata Morgana dorthin zaubert.

Sie weiß, dass sie bereits dort war, als sie wie verzaubert im Bett schwitzte. Und auch die davorliegende große saftig grüne Wiese mit ihren vereinzelten uralten Eichen, Buchen und Eschen, tauchen vor ihrem inneren Auge auf, so wie das riesige gläserne Kuppeldach zwischen den beiden scheinbar in den Himmel ragenden Säulenbögen. In ihrer Vorstellung erscheint alles ganz klar vor dem sich dahinter majestätisch erhebenden graubraunen Fels des Berges. Zumindest auf dieser Seite ist er nur spärlich mit

Pflanzen bewachsen und lässt so alles in einem unwirklichen Kontrast erscheinen.

Auf den Luftbildaufnahmen aus der hiesigen Zeitung, die sie plötzlich ihren unwiderstehlich scharfen Träumen zuordnen konnte, waren auch Swimmingpools und Springbrunnen in einem palmenbestückten Innenhof erkennbar, den überall weiße Statuen schmückten. Eine riesige Glaskuppel überspannte ihn wie einen Ort, der vor den Blicken der Außenwelt geschützt werden sollte. Kurz danach war alles Bildmaterial verschwunden - wohl der Zensur anheimgefallen. Heute wirkt die gläserne Kuppel undurchdringlich, die in der warmen Mittagssonne glänzt und heftig blendet. Die gottesfürchtigen Säulenbögen säumen ein strahlend weißes Portal, als würde es tatsächlich die Schwelle zu einer anderen Welt darstellen. Schon damals wollte sie diese überschreiten. Doch erst heute weiß sie, warum.

„Da wollen wir hinein?", fragt Coco zögerlich.

„Was glaubst du denn!" Zoltan bedenkt sie mit einem strafenden Blick.

„Dass die uns da nicht reinlassen werden?", erwidert sie ungläubig.

Zoltan schenkt ihr ein mitleidiges Lächeln. „Das werden wir ja sehen!"

„Na dann bring uns rein, aber wehe du flunkerst!" Sie ist gespannt, wie sie es anstellen werden, denn diese Mauer ist hoch - viel zu hoch, um einfach drüber zu steigen. Die Neugier nagt an ihr, während ihr Erwartungsdruck steigt.

Inzwischen versucht sie, die Grenze festzulegen, die sie nicht überschreiten möchte. Ihre brave Seite droht ihr, diese nicht zu weit zu stecken. Noch versucht Coco, ihr nicht vor den Kopf zu stoßen. Doch sie ist nahe dran.

Isabell hätte gesagt: „Du bist ein ganz schöner Feigling. Nutz doch mal diese Gelegenheit und lasse dich fallen. Sie werden dich schon nicht auffressen!" Coco kann ihr Grinsen sehen, dass sie dabei aufsetzen würde. Dann würde Isabell sie einfach an die Hand nehmen und zeigen, wie es auf der anderen Seite wäre.

Coco wird schwach und das Ziehen im Unterleib unerträglich. *Wenn niemand rauskriegen wird, was wir hier treiben - vielleicht!*

„Du kannst hierher auch verschleppt werden!", versucht ihre brave Seite, ihr Angst zu machen. *„Dann dienst du ab heute in einem Harem oder etwas in der Art. Willst Du das?"*

Coco überlegt nur kurz. *„Dann haben sie sich aber die Falsche gegriffen, denn mich zu verteidigen habe ich von früh auf gelernt, wie du wissen solltest!"*

Tatsächlich hat Coco so manchen Gegner im Wettkampf aufs Kreuz geschmissen und ihm das Fürchten gelehrt. Ihre brave Seite war immer dagegen. Ihrer Meinung nach hätte sie lieber zuerst die linke und dann auch noch die rechte Backe hingehalten. Die Auseinandersetzungen mit ihr waren schrecklich. Sie hat es aber trotzdem bis zum schwarzen Gürtel im Judo geschafft.

Ab diesem Zeitpunkt hatte sie keinerlei Angst mehr vor jenen, die ihr nicht so freundlich gesinnt sein würden. Das hatte sich bereits nach dem gelben Gürtel gelegt. Und merkwürdigerweise machten solche Kerle, gleich von Anfang an einen großen Bogen um sie. Also, warum sollte ihr jetzt was passieren? Ihre brave Seite kann sie mal, sowie es auch damals war!

Coco betrachtet die beiden ausgiebig und überlegt lieber, wie sie sich in ihre Träume geschlichen haben könnten. Die abwegigsten Theorien zieht sie in Betracht, denn irgendwie muss es passiert sein. Das hier sieht nicht mehr nach Zufall aus.

Vielleicht ist sie ihnen ja schon früher begegnet, vielleicht an einer verträumten dunklen Bar. Vielleicht ist auch in einer unaufmerksamen Sekunde ein bisschen weißes Traumpulver in ihrem Drink gelandet und schickte sie auf eine kleine Reise, mitten in ein verruchtes Abenteuer. Seither kommt es in der Dunkelheit in immer abgründigeren Facetten daher, um sie dann bis in den hellen Tag hinein zu manipulieren. Die Assassinen rekrutierten auf diese Weise ihre besten Meuchelmörder, die ihrerseits sicher waren, so das Paradies zu finden. *Für was werde ich rekrutiert?*

Aron lächelt sie nachsichtig an, als hätte er diesen Quatsch erraten, der gerade wie eine Nebelschwade durch ihren Kopf schwebt. „Keine Angst, für einen Scheich wärst du viel zu schade!"

„Na dann bin ich gespannt, was ihr beiden sonst mit mir vorhaben könntet!" Und das ist Coco tatsächlich.

Das Gelände, das parallel zum Wäldchen verläuft, erinnerte sie früher an eine große Thermenlandschaft, so wie jetzt auch. Aber es gab einfach keinen Hinweis darauf, außer in ihrer Vorstellungskraft. Die hatte sie dafür aber reichlich.

Ende letzten Jahres besuchte sie mit Isabell wieder einmal solch eine Therme. Das Saunieren macht ihr Spaß, aber auch das Drumherum, was sie natürlich nicht zugeben möchte. Besonders in einem großen Thermengelände konnte man was zum Erleben haben, zumindest, wenn man mit Isabell unterwegs war.

Ihr letzter Besuch in solch einer Vergnügungsstätte, die zumindest für ihre Freundin so etwas war, wurde zu einer besonders heißen Angelegenheit, an die sie noch viel denken musste, vor allem, wenn sie hier vorbeikam. Oft wählte sie beim Joggen gerade diese Runde, als würde sie gerade hier, neuen Antrieb erhalten. Und tatsächlich überwand sie hier meist den toten Punkt beim Laufen und wurde schneller und schneller.

Isabell war an diesem Tag so richtig scharf und hatte nur noch von heißen Typen geredet. Das hat Coco auch animiert und sie ließ sich von ihr mitreißen, zumindest soweit, wie sie es zulassen konnte. Isabell hatte sich da einen viel größeren Spielraum gegönnt, denn heiße Typen rennen in einer Therme nicht bloß rum, um zu schwitzen und was für ihre Gesundheit zu tun. Das war zumindest Isabells Meinung und Coco musste sich erst langsam an diese Tatsache gewöhnen.

Dort überspannte jedenfalls auch eine große Glaskuppel die Therme, unter der man es sich selbst im Winter gut gehen lassen konnte. Coco dachte damals, dieses Kuppeldach wäre schon riesig. Doch das hier ist mindestens doppelt so groß. Der Tag heute könnte noch viel heißer werden, als der von damals, an den sie gerade mal wieder erinnert wurde.

Eiskalt und verschneit war es damals, als sie sich in der Wintersonne unter meterhohen Palmen aalten. Coco hätte wissen müssen, dass Isabell diese Gelegenheit nutzen würde, um mal wieder Männer zu jagen. Es gefiel ihr, wenn sie sich in sie verschossen und anfingen, dumme Dinge zu machen. Und den Männern gefiel das offenbar auch, zumindest bis sich Isabell - wie meistens - einfach aus dem Staub machte. Isabell ließ die Kerle eine Weile zappeln, um sie schließlich fallen zu lassen. Das war ihre Art, die Coco allerdings nicht sehr nett fand. Aber das war so ziemlich das Einzige, was Coco an Isabell störte.

Manchmal hatte Isabell aber auch richtig Bock. Dann war sich Coco sicher, dass der Glückspilz alles bekommen würde, zumindest, wenn man sie darüber reden hörte.

Insgeheim war Coco froh, dass sie bei ihrer Freundin so Einiges über Verführungskünste lernen konnte, obwohl das eigentlich ihrer Art widersprach. Für sie war Verführen irgendwie nicht ganz ehrlich. Andererseits würde sie gern einmal wieder verführt werden. Und irgendwie war das schließlich auch eine Kunst, zumindest wie sie es bei Ihrer Freundin immer bewundern konnte.

Damals nun präsentierten sie ungeniert ihre nackte Haut und genossen es, den ein oder anderen zu reizen. Der Winter war inmitten der heißen dampfenden Sauna-Aufgüsse und den neugierigen Blicken vergessen. Nur ein paar kleine Schneelawinen, die langsam von der Kuppel rutschten, erinnerten an die schneeglatten Straßen, auf denen sie angeschlittert kamen.

Bei ein paar Kerlen hatten sie es bald geschafft, dass sie ihnen von Sauna zu Sauna folgten und die nur darauf aus waren, dass sie ihr Handtuch beiseitelegen würden. Das machten sie dann in präsentierender Weise vor lüsternen Blicken.

Doch ihre eigenen Blicke waren auch nicht ohne und verrieten, was sie von den Kerlen erwarten würden. Sie fixierten sie, bis es denen zu heiß wurde. Natürlich brauchten sie anschließend selber eine eiskalte Dusche, um von diesem Trip wieder runter zu kommen. Selbst Coco hatte ganz schön Appetit auf Männer bekommen, obwohl sie am Anfang von Isabell noch animiert werden musste.

Um sich noch mehr anzuheizen, irgendwie waren sie an diesem Tag etwas launisch, wählten sie sich für den Höhepunkt einen besonders heißen Typ.

Diesmal drehten sie den Spieß jedoch um. Ganz unschuldig folgten sie ihm, rekelten sich in der Hitze und trieben die Temperatur tuschelnd noch mehr in die Höhe. Ihr Gegenüber war bald verwirrt, da sie ihn merken ließen, dass ihr Interesse nur ihm gelten konnte. Es war ein Spiel mit ihren Reizen und ein Experiment, was sie damit bewirken würden.

Die stattlichsten Kerle verschwanden an diesem Tag meist schnell unter einer kalten Dusche. Sie waren in Höchstform und drehten mächtig auf. Natürlich hätte auch was anderes passieren können, aber das war das Risiko, das eben dazu gehörte und das Ganze noch spannender machte.

Auch dieser hier, den sie ganz besonders ins Auge gefasst hatten, wollte schnell nach draußen verschwinden. Isabell stellte sich ihm jedoch mitten in den Weg und ließ ihn nicht durch die Glastür verschwinden. Er hätte sie schon beiseiteschieben müssen, aber es sah nicht danach aus, als würde er sich auch nur trauen, sie anzufassen. Und tatsächlich verkroch sich ihr Auserwählter lieber in einer Ecke, um noch mehr zu schwitzen.

Das machte er dann und nicht gerade wenig. Isabell hockte direkt vor ihm, nackt und „unschuldig", wie sie war und himmelte ihn mit ihren großen Augen an. Er hingegen wusste nicht mehr, wohin er schauen sollte und wie er sein verräterisches Ding verbergen konnte. So versuchte er, noch weiter in die Ecke zu kriechen, und sein Handtuch in seinen Schoß zu pressen, woran Isabell immer wieder zupfte. Das fehlte natürlich woanders und so verbrannte er sich an den heißen Holzlatten, die er bald im Rücken hatte. Dabei hätte er auch „glücklich" werden können!

Coco tat der Typ leid, auch wenn sie die Situation unheimlich reizte und sie noch oft daran dachte, wenn sie sich mal wieder einen Orgasmus verschaffen wollte. Sie war regelrecht froh, als zwei junge Frauen plötzlich durch die Tür reinkamen und das Spiel damit beendet war.

Das Knistern bekamen sie aber sicher noch mit und wer weiß, ob sie ihre Vorarbeit ausgenutzt haben. Er war bereit für alles. Man musste ihm nur noch seine Scham wegreißen. Und so stellte Coco sich immer wieder lebhaft vor, was dann geschehen wäre.

Der Ort hier wäre ideal, ihn als solch eine Touristenattraktion vor dieser himmlischen Kulisse zu nutzen. Coco und Isabell müssten dann nicht immer zwei Stunden Autofahrt in Kauf nehmen, wenn sie mal wieder auf ihre Kosten kommen wollen.

Zoltan studiert Cocos Mimik, die ihm gerade einen interessanten Einblick gewährte. Sie bemerkt das plötzlich und mit Schrecken. *Was werde ich erst tun, wenn sie mir meine Scham wegreißen?*

Auf Cocos kaschierendes zuckersüßes Lächeln antwortet Zoltan beruhigend: „Keine Angst, wir werden auf dich aufpassen!"

Sie spazieren an der hohen Mauer schon eine ganze Weile entlang, während Coco einen geistigen Ausflug in diese Therme macht und sie sich insgeheim darauf einstimmt, was geschehen wird, wenn es nach ihrer kleinen feurigen Schnecke ginge. So empfindet sie diese gerade: brennend vor Lust. Und Coco lässt sich angesichts ihrer Begleiter schnell von ihr anstecken und ihrer Forderung nach ungehemmten Sex nachgeben, zumindest im Geheimen.

Über ihnen wiegen sich in einer frischen Brise sanft die Wipfel der uralten Bäume. Ein langsam dahinplätschernder Bach begleitet sie auf den letzten Metern. In Coco steigt die Neugier vermischt mit etwas Furcht vor dem, was sie erwarten könnte. Dann endlich erreichen sie das schwarze eiserne schwere Tor.

„Coco, wach auf bevor es zu spät ist!"

Doch diese letzte Warnung nimmt sie genau so wenig ernst, wie alle vor ihr.

In den Straßen

Ich streife ziellos durch die Straßen der Stadt und bin gespannt, wo ich ankommen werde. Das mache ich immer noch gern. Die Straßen riechen für mich irgendwie nach Abenteuer, besonders dann, wenn ich nicht weiß, wohin sie führen. Heute sind es zwar nur die in meinem Ort, aber irgendwie ist alles anders, was vielleicht am Frühling liegen könnte.

Ich habe Träume im Kopf, will endlich was erleben und raus aus dem Alltagstrott. Jede Kleinigkeit am Wegesrand, spielt mit meiner Phantasie. Selbst das Rauschen des Windes lässt mich aufs weite Meer hinaustreiben in fremde Länder, Abenteuern entgegen.

Ich denke an meinen letzten Urlaub. Den konnte ich stundenlang träumend am Strand verbringen. Auf der großen See gibt es genügend Platz, um in der Phantasie andere Welten vor sich erscheinen zu lassen. Im Spiel der Wellen tauchten sie vor mir auf und mit ihnen kleine hübsche Meerjungfrauen. Manch eine hat mich verführt in ihrer kleinen Lagune. Heute wäre ein perfekter Tag für Abenteuer.

„Da ist er wieder. Er ist es und sonst keiner. Schau Dir seinen verträumten Blick unter seinem schwarzen Wuschelkopf an. Da möchte ich jetzt mit meinen Fingern gern durchfahren."

„Wau, Du hast recht und wir wären fast vorbeigelaufen! Der sieht tierisch gut aus. Da möchte ich glatt Dummheiten machen."

„Wenn, dann machen wir die zusammen!" Juliette verpasst Joy einen Klaps auf ihren heißen Po, während sich scharenweise Kerle nach ihnen umdrehen.

Juliette sieht atemberaubend aus in ihrem viel zu kurz geratenen Minikleid. Ihre schlanken langen Beine sind ein Blickfang erster Klasse - eine perfekte Falle, die das Blut aus dem Kopf in Richtung Lenden pumpen wird. Und die Phantasie kann das weiß leuchtende Kleidchen schnell verschwinden lassen. Sie scheint eh nichts drunter an zu haben. Unter dem Kleidchen zeichnen sich keine Konturen ab, weder von einem Slip noch von einem BH, nur ihre glatten weiblichen Rundungen mit der Zierde ihrer Nippel.

Juliette lächelt mit einem süßen vollen roten Schmollmund, als sie daran denkt, wie es mit ihrem Auserwählten weitergeht. Ihr blonder Pferdezopf wippt lässig, während sie in seine Richtung gehen.

Ihre Freundin scheint ihr brünettes Gegenstück zu sein. Sie wirkt rassig mit ihren langen schwarzen Haaren und dunklem Teint. Blaue Augen blitzen gefährlich in ihrem hübschen Gesicht. Auf der Jagd fixiert sie damit ihre Opfer.

Ihre weichen geschwungenen Lippen, scheinen zum Küssen gemacht zu sein. Ihr Anblick allein wird schon reichen, einen lähmenden Eindruck zu hinterlassen, damit sie es in aller Ruhe genießen kann, wenn die lodernden Flammen, die sie im Inneren ihres Opfers entfachen wird, diesen züngelnd verzehren.

Joys Formen bedeckt ebenfalls nur ein gefährlich dünnes Kleidchen. Nur die Farbe ist statt unschuldig weiß, sündhaft heiß und feuerrot. Es sorgt, passend zum Braun ihrer eleganten muskulösen Arme und Beine, die bei einem knackigen Po enden, der gerade noch so bedeckt wird, für ein teuflisch verführerisches Aussehen. Ihre schlanken Füße sind verziert mit passenden roten Riemchensandalen. Einen BH hat auch sie nicht nötig. Ihre Nippel sind kirschkerngroß, das gewisse Etwas ihrer vollen festen Brüste. Diese scheinen ihr Kleidchen am Platz zu halten, denn die dünnen Träger wirken nicht sehr vertrauenserweckend.

Ich habe heute schon vielen Röcken hinterhergehechelt. Na ja, nicht wirklich, aber ich komme mir fast so vor. Meine Lust auf nackte Haut ist seit dem Morgen ungebrochen und verhindert, dass mein Verstand wie gewohnt arbeiten kann. Das soll er auch nicht, denn heute will ich heiße Abenteuer erleben, statt wie sonst, vernünftig zu sein.

Was auch immer das ist, dieser Verstand, der schon mein ganzes Leben lang klugscheißert und anscheinend nur, um mich von den schönen Dingen im Leben abzuhalten. Ab und an sich auf das Bauchgefühl zu verlassen, ist vielleicht nicht schlau, kann das Leben aber in jeglicher Hinsicht bereichern.

Die Sonnenstrahlen versetzen mich in einen Rausch. Ob ich mich diesem hingebe oder lieber einen klaren Kopf behalte, habe ich noch nicht ganz ausgetüftelt. In meinem Kopf-Kino laufen jedenfalls nur noch die heißesten Streifen. Mein Schweiß besteht förmlich aus Testosteron.

Dann sehe ich sie, als wären sie gerade einem meiner wildesten Träume entsprungen. *Und sie laufen direkt auf mich zu.*

Ich werfe ungläubige Blicke zu ihnen rüber. Da sie noch zwanzig Meter entfernt sind, traue ich mir das gerade noch. Doch je näher sie mir kommen, umso öfter fällt mein Blick aufs Straßenpflaster.

Mein Herz schlägt panisch. In meinem Gedanken blitzen Szenen der letzten Nacht auf. Ich vergleiche sie mit der Gegenwart und wage einen Blick auf die Beiden, die sich mir unaufhaltsam nähern. Sie sind wunderschön und viel zu sexy.

In der aufflackernden Illusion lassen sie ihre Kleidchen fallen. Mir wird es glutheiß und meine Beine drohen, den Dienst zu quittieren. *Wenn sie mich ansprechen sollten, bin ich maximal zu Gestammel fähig. Aber warum würden sie das schon tun*, versuche ich mich zu zügeln und aufzugeben, bevor sie an mir vorüberziehen und mich enttäuscht zurücklassen werden.

Bevor sie das machen, riskiere ich noch einmal einen Blick auf die beiden. Ich kann nicht anders und muss das tun. Doch das war einer zu viel. Es trifft mich wie ein Schlag aus dem Nichts, der mich fast umwirft.

Sie sind es. Nicht möglich, aber sie sind es.

Ich erkenne sie tatsächlich wieder - wie frisch aus meinen Träumen entsprungen. Das kann nur ein verdammter Zufall sein, wie ein Fünfer im Lotto. Oder es ist der Traum selber, weil ich immer noch schlafe. Ich kneife mich in den Schenkel und spüre verwundert den Schmerz. Also müssen die beiden real sein und sie laufen genau auf mich zu.

Krampfhaft überlege ich, wo sie mir sonst schon mal begegnet sein könnten. Irgendwann müssen sie Einzug in meine Phantasiewelt gehaltenen haben. Doch es fällt mir nicht ein.

Dass sie mir hier und heute ganz zufällig über den Weg laufen, kann gar nicht wahr sein. Obwohl - heute hatte ich diesen Entschluss gefasst. *Sollte es diesen vor sexueller Energie strotzenden Ort tatsächlich geben?*

Mit einem weiteren vorsichtigen Blick versuche ich mich zu vergewissern, dass sie doch anders aussehen, als das wahrscheinliche Trugbild von eben mir glauben machen wollte. Aber es bleibt dabei: *Sie sind es!*

Wellen der Erregung fahren mir durch Mark und Bein, während ich die beiden mit dem Spiegelbild über mir vergleiche. Erschöpft und unschuldig lagen sie neben mir - nach dieser wilden Orgie, die ich mir am Morgen zurecht geträumt hatte. *Und jetzt sind sie da, um mich endgültig zu schnappen!*

Noch versuche ich die Idee von mir fernzuhalten, dass das hier eine Inszenierung ist und ich manipuliert werde. Aber das liegt nahe. Das kann kein Zufall sein, wenn ich denselben Frauen im Traum und kurz darauf im tatsächlichen Leben begegne.

Die Blonde mit dem süßen wippenden Zopf schubst ihre brünette Freundin neckisch von der Seite. Sie schäkern und bemerken mich nicht, genauso wie ich es erhofft habe. Anderenfalls würde ich wohl tot umfallen.

Ich schaue verzweifelt zu den Pappeln am Straßenrand und versuche meinen Blick auf einen Zettel zu fixiere, der mit Reißzwecken dort befestigt wurde. Ich versuche, mich abzulenken und nicht wieder in diesem wilden Traum zu versinken, der mich gerade eingeholt hat. Ich hoffe, dass die heiße Blonde und sexy Brünette einfach vorübergehen und bete gleichzeitig, dass sie es doch nicht tun. Mein Verlangen erdrückt mich und mein Verstand schreit: *„Wach auf!"*

Was, wenn es wirklich die verführerischen Jägerinnen sind und mehr dahintersteckt, als nur die Fantasie meiner unerfüllten sexuellen Begierden? Die aufflackernde Hoffnung entführt mich erneut zu diesem Ort der Lüste, der mich jede Nacht zu sich ruft. Der Zettel an diesem Baum vor mir wird zu einem riesigen Portal, dessen eisernes Tor sich langsam krächzend öffnet.

Das Flammenmeer dahinter züngelt mir verfressen entgegen. Aus diesem erheben sich erhaben die beiden Sex-Göttinnen, die gerade an mir vorübergehen, halb nackt und nur mit einem durchsichtigen feurigen Gewand bekleidet. Und sie locken mich winkend zu sich heran. Mit lieblicher Stimme rufen sie, wie die Sirenen aus „Odysseus", gefährlich und doch unwiderstehlich. Und so trete ich langsam durch die vor Hitze flimmernde Pforte.

In meinem Kopf flackern teuflisch schöne Bilder auf. Mit letztem Willen schaffe ich, sie abzuschütteln, und bin sicher, der Hölle gerade noch einmal entkommen zu sein. Allerdings bin ich im Zwiespalt, ob ich nicht lieber hätte darin schmoren wollen.

Im selben Moment erhasche ich ihren lieblichen Hauch. Ihre Nähe lässt mich geradezu erstarren. Mir wird bewusst, dass sie gleich an mir vorbeigegangen sein werden.

Enttäuschung macht sich breit. Ich habe es geschehen lassen. Der Tag ist gelaufen und die alte Tretmühle wird mich unaufhaltsam wiederkriegen. Ein dicker Kloß steckt in meinem Hals und ich drohe in ein tiefes schwarzes Loch zu fallen.

Nicht wieder in dieses! schreit mein Innerstes mich an. *Der Tempel wäre mir tausend Mal lieber, was auch immer mich dort erwarten wird. Ohne Risiko kann man nun mal nicht gewinnen!*

Dann, auf halbem Weg in die Finsternis, auf dem ich meine letzten Kräfte mobilisiere und ich mich zu den verführerischen Schönheiten umdrehen möchte, in der Gewissheit, sie nur noch von hinten zu sehen zu bekommen, ihnen vielleicht nur noch was

Dummes nachrufen zu können, dringen freche vorwurfsvolle Worte an mein Ohr.

„Joy, lass den Mann in Ruhe!"

Dann bleibt mein Herz stehen und auch die Zeit. Ich schwebe. Ein betörender Duft vernebelt meine Sinne. Ihre schwarzen weichen seidigen Haare streifen mein Gesicht. Intuitiv schnellen meine Arme nach vorne und packen das fallende Mädchen. Sie lässt es bereitwillig zu, ohne die geringste Gegenwehr, völlig auf mich vertrauend. Gerade noch rechtzeitig konnte ich ihren Sturz verhindern. Und tatsächlich, sie wäre gefallen und hart aufgeschlagen.

Reglos stehe ich da, wie angewurzelt, eingehüllt in ihren frischen Blütenduft. Ihre Arme umschlingen meinen Nacken. Ich halte sie ganz fest. Meine Hand ist an ihrer schmalen Hüfte, sicher, dass sie da nicht hingehört. *Sollte ich sie küssen, wo sie jetzt in meinen Armen liegt?* Sie sieht mich an, als würde sie betteln: „Ja!"

Ich weiß nicht, wie lange ich sie so gehalten habe und was um mich herum geschah. Als sie vor mir wieder zum Stehen kommt und ihre blauen Augen mich fixieren, wache ich auf. Dabei bringe ich kein Wort zustande, nicht mal bloßes Gestammel. Keinen klaren Gedanken kann ich fassen, mich nicht mal erinnern, sie losgelassen zu haben. Ich sehe nur in dieses tiefe blaue Meer, ihren wunderschönen Augen.

Ich sage nichts, sie sagt „Danke". Die Zeit steht still, bis ich ihren warmen Kussmund spüre. Ohne Warnung drückt sie ihn auf meine Wangen. Ihre Lippen fühlen sich wie glühende Brandeisen an, *die mich als ihren Besitz markieren*. Träume sind manchmal wie Vorahnungen, die dann plötzlich in Erfüllung gehen. Zumindest könnte das diesmal bitte so sein!

Meine Gedanken kehren langsam heim von einer langen Reise. Der Lippenstift, der nun meine rechte Backe ziert, ist das Schönste, was ich jemals von unterwegs mitgebracht habe.

Ich höre mich sagen, „gerne wieder" und bin froh, dass ich meinen Mund noch bewegen kann und er nicht vor Erstarren offen stehen bleibt. Ihre schlanken Arme, die immer noch um meinen Nacken geschlungen sind, sollen sich nie mehr lösen.

Ein Luftzug kühlt den feuchten Kussmund auf meiner Wange, so dass ich ihn noch lange spüre. Sie hat mich erweckt aus einem langen tiefen Schlaf, in dem ich nur noch vom Leben träumte. Endlich spüre ich wieder, sogar mehr, als ich je gespürt zu haben glaubte. Es ist beinahe so, als hätte ich nie zuvor gelebt, geliebt oder auch nur geatmet. Jetzt rieche ich den Frühling und Joys Duft gibt ihm seine besondere Note.

Sie steht lächelnd vor mir und mein Herz schlägt so rasend schnell, als würde es den Stillstand von eben wieder wettmachen wollen. Ich komme zu mir, wie aus einem tiefen Rausch erwachend, ohne Kopfschmerzen zwar, aber mit Sicherheit süchtig, süchtig nach ihr.

Joy weiß, was sie angerichtet hat. Sie konnte es schon oft genießen, wenn Männer ihr verfallen waren. Was hier geschieht, macht ihr jedoch etwas Angst. Sie ist mit mir fortgetrieben. Ihr Kuss war ernst und sie wollte ihn nie mehr enden lassen. Sie wollte mich spüren mit Haut und Haaren. Sie wollte mich verführen, wollte aber auch selbst verführt werden. Statt Jägerin ist sie zum Opfer ihrer Beute geworden, zumindest für einen Moment und das durfte niemals passieren. Irgendwas läuft diesmal gründlich schief. Ihr Gefühl soll sie nicht täuschen.

Joy und Juliette hatten mich schon vor einer halben Stunde bei „Ricardo" bemerkt, wo ich einsam einen Eisbecher verdrückte. Sie wollten sich bereits dort ganz unschuldig an meinen Tisch setzen, doch bei diesem herrlichen Wetter und an diesem besonderen Tag waren freie Stühle Mangelware. Alle schienen auf der Flaniermeile gelandet zu sein.

Sie beobachteten mich dann erst einmal aus sicherer Entfernung und warteten auf ihre Chance. Ein wunderbarer Zufall sollte es werden. Von all dem wusste ich natürlich nichts, obwohl ich später an so viel Zufall nicht mehr glauben konnte. Aber selbst dann wollte ich nicht auf meine innere Stimme hören. Wenigstens eine von ihnen musste ich haben und würde jeden Preis bezahlen. Ja, so ist das, wenn die Hormone verrücktspielen.

In dem Moment muss ich ziemlich dämlich dreingeblickt haben, wahrscheinlich wie ein kleiner Junge, der seinen ersten Kuss bekommt. Joy bewahrt mich davor, irgendetwas Dummes zu sagen, indem sie als Erste das Wort ergreift. „Keine Angst, ich beiße nicht. Außerdem muss ich mich bei Dir entschuldigen, denn schließlich habe ich Dich fast umgerannt. Und bedanken muss ich mich auch noch, denn ohne Dich würde ich jetzt da unten liegen!" Joy zeigt aufs Straßenpflaster.

Wenn sie wüsste, dass ich sie fast geknutscht hätte, würde sie mich nicht wie einen Kavalier behandeln, sondern mir eher eine klatschen. „Ich hoffe, du hast dir nicht weh getan", meine ich schließlich bescheiden.

„Nein, ganz im Gegenteil. Immerhin hast du verdammt schnell reagiert und mich aufgefangen!" Joy lächelt mich an, als wäre ich Ihr großer ehrenhafter Ritter.

Mein Hirn ist leer und ich bleibe beim: „Bitte, das habe ich gerne gemacht!", was sich irgendwie komisch anhört, als wäre es nicht von mir. Und dann sprechen wir kein Wort mehr, schauen uns einfach nur an und verschmelzen.

Juliette schaut dem Treiben besorgt von der Seite zu. Ihre Freundin verhält sich wohl nicht so, wie sie es sollte. Vielleicht fühlt sie sich wie das dritte Rad am Wagen, da wir uns gerade anhimmeln. Vielleicht denkt sie aber auch: *Was willst du mit so einem verrückten Typen?*

Ich bereitete mich innerlich auf eine Abfuhr vor, in der Form von: *Danke, aber nun zieh weiter. Was glaubst Du, wer Du eigentlich bist?*

Aber sie sagt es nicht. Stattdessen flüstert Juliette etwas Merkwürdiges in Joys Ohr, von dem ich nur das eine verstand oder zu verstehen glaubte: „Ich hoffe, Du hast Dich unter Kontrolle und weist, was Du hier tust. Sonst suchen wir uns lieber einen anderen Typen!"

Natürlich bin ich mir sicher, dass falsch aufgefasst zu haben. In meinem Bauch ziehen sich trotzdem alle Eingeweide zusammen und ein Feuerwerk erfüllt meinen leeren Kopf. *Alle beide? Nein, da muss ich was falsch verstanden haben!* Ich sehe sicher ziemlich bescheuert aus, wie ich mit meinem verklärten Hundeblick dastehe und mit dem Schwanz wedle. Diese Vorstellung habe ich zumindest von mir selbst bekommen.

Juliette schaut mich an, als wäre ich Luzifers Sohn, der ihre Freundin mit in den Schwefeldunst der Hölle reißen möchte. *Sicher wird sie mir gleich klarmachen, dass es ihr gar nicht gefällt, wie ich hier ihre Joy bezirze!*

Ich schaue zu Joy, sie zu mir und wir gemeinsam zu Juliette, als würden wir sie um Erlaubnis bitten. Diese verdreht nur die Augen und windet sich, aber gibt schließlich mit einem „Na gut!", ihren Segen.

Ich kam mir nur kurz so vor, als hätte ich gerade um die Hand ihrer Freundin angehalten. Denn sie interpretierten es offensichtlich anders.

„Juliette, es ist alles ok mit mir. Lass ihn uns mitnehmen!"

„Ja, aber vergiss nicht, es kommt auf das Wörtchen ‚uns‘ an!",
antwortet ihre wohl beste Freundin mit einem ermahnenden
Unterton.

„Keine Panik, ich werde dir was von ihm übriglassen. Das habe
ich doch immer!" Joy zwinkert ihrer Juliette zu, als wisse die
schon, von was sie rede.

Ich leider nicht, auch wenn die Worte alles sagen sollten: *Sie
haben mich als ihr neues Spielzeug auserkoren!*

Jetzt, wo das geklärt zu sein scheint, wendet sich Joy wieder
mir zu. „Das ist so ein Ding zwischen uns. Das darfst du nicht ernst
nehmen!"

„*Die machen das öfters!*", warnt mich aufgebracht meine
innere Stimme.

„*Was machen sie öfters?*", reagiere ich genervt.

„*Keine Angst, dass weißt Du sehr genau!*", antwortet sie mit
vorwurfsvollem Unterton.

„*Das glaubst Du doch selber nicht, auf was Du hier
anspielst!*", versuche ich zurückzuschießen.

Meine innere Stimme lehnt sich grinsend zurück. „*Ha, ha, ha,
und ob!*"

Mit ihr brauche ich mich jetzt nicht mehr zu streiten. Ich weiß, sie hat recht und dass sie das auch weiß. Auf meine innere Stimme ist nun mal Verlass.

Wild spukt es unterdessen in meinem Kopf herum und raubt mir den letzten Verstand. Und immer wieder taucht der Satz auf: *„Sie wird ihrer Freundin etwas von mir übriglassen!"* Das hat Joy auch so beabsichtigt, sozusagen als Köder am Haken. Und habe ich ihn erst mal geschluckt, werden sie mich nicht mehr von ihm losmachen. Aber das wird mir erst später klar!

Leidenschaftlich stochert Joy mit einem verführerischen Lächeln in meiner offenen Wunde. „Oh, darüber würden wir jetzt gern mehr erfahren!"

Ich zucke zusammen und habe den Verdacht, dass sie meinen inneren Disput mitbekommen haben. Ein Blick, ein Lächeln und ich schmelze dahin wie ein Schneemann im Sommer mit einem Föhn in der Hand. *Ich sollte vorsichtiger werden!* „Was meinst du?", frage ich zögerlich.

„Das, was in deinem hübschen Kopf vorgeht!"

Es ist zu spät. Sie wussten, sie hatten mich da, wo sie wollten. Es lag wohl an meinen verzehrenden Blicken oder auch an meinen

Worten, die ich stotternd von mir gab. Sie gehen schnurstracks zum Angriff über.

„Wenn du nicht beichten möchtest, nehmen wir dich eben mit, um woanders mehr über deine schmutzigen Fantasien zu erfahren."

Ich hole tief Luft und halte den Atem an. Doch es wird nicht besser.

Ganz nebenbei, nachdem alles andere geklärt zu sein scheint, stellen sie sich höflich vor. „Übrigens, ich bin Joy, wie du bereits mitbekommen hast. Und diese schnuckelige Maus an meiner Seite, ist Juliette. Sie freut sich auch, dir über den Weg gelaufen zu sein. Nur zeigt sie es nicht ganz so offen. Sie ist manchmal recht skeptisch, was meine Eroberungen angeht. Aber das mit dir haben wir gerade geklärt!" Sie schmunzelt mir zu und drückt mir einen Kuss auf die Wange.

„Und wer bist Du?", fragt sie, nachdem ich nicht von selbst draufkomme, mich ihnen vorzustellen.

Ich reiche ihr meine verschwitzte Hand, die ich noch schnell an der Hose abwischen konnte. Mit meiner wiedergefundenen Stimme schaffe ich es, meinen Namen zu nennen. „Ich bin Rico!"

Die Ankunft

Coco starrt das schwere gusseiserne Tor an, auf das sie geradewegs zuschreiten. Es ist bestimmt drei Meter hoch, wie auch die Mauern, die das Anwesen vor neugierigen Blicken schützen. Seine Mitte ziert ein großer schwarzer Panter, erhaben und abschreckend zugleich, zum Sprung bereit, mit golden funkelnden Augen. Darunter sind zwei schwere Türklopfer, die aussehen, wie die dazugehörigen Pranken.

Coco kann sich sehr gut den Krach vorstellen, der entsteht, wenn sie jemand benutzen würde. Die wummernden Geräusche wären sicher auf dem ganzen Grundstück zu hören und sind damit viel lauter als eine moderne Türglocke, deren Bimmeln man nur am Hauseingang hört.

Links und rechts klettert wilder Wein über die hohe natursteinerne Mauer. Darüber ragen riesige alte Kiefern, die auf eine ebenso alte Villa, oder natürlich, wie die beiden hier meinen, alten „Tempel" schließen lassen.

Coco glaubt immer noch nicht, dass sie da reingehen werden. *Gleich werden wir vorbeigehen und sie werden sagen: „War doch nur Spaß."*

Aber Zoltan klopft tatsächlich, drei Mal lang und zwei Mal kurz. Dann wiederholt er das auf die exakt gleiche Weise, bis sie es knacken und kratzen hören. Anscheinend war das ein Code. Langsam öffnet sich quietschend das schwere Tor.

Zwei große kräftige Typen stemmen sich mit ganzer Kraft gegen die eisernen Flügel. Trotz ihrer Muskelmasse sehen sie aus wie Models, na ja wie Models für Kraftfutter eben. Aber einigen Damen werden sicher solche Muskelpakete gefallen. Coco könnte glatt Lust auf sie bekommen, zumindest in dem Zustand, in dem sie sich gerade befindet.

Einmal mehr wird ihr klar, welchen Ort sie hier gleich betreten werden. Und wenn auch nur ein Teil ihrer Träume wahr wird, wird sie diesen Muskelmännern ebenfalls gehören.

„Hallo ihr beiden, schön das ihr gekommen seid und so was Hübsches mitgebracht habt." Sie grinsen Coco an, die das als *Kompliment mit Hintergedanken* annimmt. Aber die hatte sie schließlich selber.

„Die lassen niemanden rein, der ihnen nicht gefällt", meint Zoltan scherzend, was wohl seinerseits als Kompliment gedacht war. Natürlich standen auch ihm die Hintergedanken auf der Stirn geschrieben.

„Ich wusste heut Morgen schon, dass das mein Glückstag wird", erwidert Coco, um sie weiter anzustacheln. Jedes Kompliment klingt gerade wie Musik in ihren Ohren.

Neugierig sucht sie ein Klingelschild oder irgendeinen Namen. Außer dem Türklopfer kann sie nichts entdecken, nur ein schmales eisernes Schiebefenster daneben, was sicher nicht mehr in Gebrauch ist, wie der Rost und die angebrachte Kamera über dem Tor vermuten lassen. *Selbst in diesen Gemäuern hat der Fortschritt Einzug gehalten. Der Schutzwall konnte ihn wohl nicht fernhalten, höchstens allzu neugierige Blicke.*

„Wer versteckt sich hinter so hohe Mauern?", fragt Coco schließlich.

„Keine Angst, hier versteckt sich niemand. Es muss nur nicht jeder wissen, was am exotischsten Ort dieser Stadt passiert", antwortet ihr Zoltan in seiner etwas arroganten Weise.

Anscheinend wurde alles so errichtet, dass das Grundstück abgeschottet ist und man von nirgendwo einen Einblick erhaschen kann, es sei denn man ist lebensmüde und klettert über den Burgwall bis an den Rand der Felsen, um nach unten zu blicken.

„Ich dachte eigentlich, der exotischste Ort wäre bei mir Zuhause", imitiert Coco Zoltans überhebliche Weise.

„Ja, aber jetzt nicht mehr, denn Du bist ja hier!" Er grinst bis über beide Ohren.

Unwillkürlich denkt Coco an einen der heißen Typen, der sie Nacht für Nacht in ihren Träumen gevögelt hat – genauso arrogant, aber sexy und hatte immer was Neues auf Lager. Der hat Sex kunstvoll arrangiert. Dass er es tatsächlich sein könnte, wird nur ein Spuk ihrer Phantasie sein. *Wird er mir eine neue Sinfonie komponieren?* denkt sie trotzdem. Sie weist sich zurecht, während ihr Puls rast.

Vor ihren Augen erscheint die große Halle mit den unzähligen Türen, in der sie Nacht für Nacht eine durchschritten hatte, als sie ihren verbotenen Trieben folgte. Und jetzt ist sie tatsächlich im Schlepptau der beiden, bereit ihr anständiges Dasein aufzugeben?

Coco möchte am liebsten fortrennen. Ihre Füße tragen sie jedoch immer weiter, als würden sie nicht mehr zu ihr gehören und folgen stattdessen jemandes anderen Willen. Ihr Herz wummert. Dann tritt sie aus dem dunklen Schatten auf die andere Seite der Mauer. Geblendet versucht sie, sich zurechtzufinden.

Die Statue

Ich laufe brav zwischen meinen beiden Eroberinnen - traue mir kaum, nach links und rechts zu blicken. Zuviel verführerische Weiblichkeit. Die übermannt mich, ist zu viel für mich.

Ab und an nehme ich Joys Blicke wahr, wage aber nicht, sie zu erwidern. Sie sagte: „Komm mit, wir haben noch was vor!" Und das tat ich. Es war ja das, worauf ich aus war!

Ich muss bei Sinnen bleiben. Alles hat sich innerhalb einer halben Stunde verändert. Es ist ein Zeitsprung, mitten rein in einen meiner schärfsten Träume.

Ungläubig schaue ich auf Joys süße Zehen in den roten Riemchensandalen und lasse den Blick weiter nach oben wandern, hin zu ihren braunen Waden. Ich zwinge mich, wegzuschauen, denn ich weiß, wie freizügig es weitergeht.

Wir gehen seit einigen Minuten am Wäldchen entlang, da wo ich sonst immer meine Joggingrunde drehe. Links sind die weiten Wiesen, die normalerweise von Schafen kurzgehalten werden. Doch hier haben sie es wohl nicht mehr geschafft.

Ab und an stehen Bänke am Wegesrand, wo sich knutschende Pärchen ihren Frühlingsgefühlen hingeben. Ich schaue zu Joy, meiner süßen Begleiterin zur Rechten. *Ob sie vielleicht an Ähnliches denkt?*

Sie lächelt, als wolle sie sagen: „Du musst dich nur trauen!"

Dann blicke ich zur Linken, um Juliette um Erlaubnis zu bitten. Mir wird es anders, denn sie lächelt mindestens genauso süß. Es ist eine Phantasterei von mir, überhaupt wählen zu dürfen, da bin ich mir sicher. Ich atme lieber tief durch, um Klarheit im Kopf zu finden.

Wir kommen an einer hohen Eiche vorbei mit einem gewaltigen Stamm, der wohl einen Meter im Durchmesser misst. Plötzlich schnappen mich die beiden und ziehen mich runter vom Weg in Richtung Wäldchen.

„Schnell!", spornt mich Juliette an.

Während sie mich hinterherziehen, frage ich leicht irritiert: „Wo wollt ihr mit mir hin?"

„Warte es ab!", erwidert Juliette. „Komm einfach!"

Vor uns erstreckt sich undurchdringliches Buschwerk, das zu einem hohen Mischwäldchen anwächst.

„Da geht es doch nicht durch, höchstens auf allen vieren und mit einem Haufen Kratzern am Ende", versuche ich meine Bedenken, zu äußern.

„Wir kennen uns aus. Schaue uns an!"

Das mache ich und ihr Anblick lässt mich schmelzen.

„Und haben wir welche?", fragt Juliette.

„Kratzer?", frage ich verloren.

Sie nickt.

Meine Gedanken sind inzwischen ganz woanders.

Ich reiße mich zusammen und versuche den Faden wiederzufinden. Dann kann ich ihn mir wieder schnappen.

„Noch habt ihr keine Kratzer im Gesicht!"

Noch ein paar Meter, dann erreichen wir das Gestrüpp.

Kein Weg ist zu sehen, doch ich wage nicht, erneut zu zweifeln.

Schon treten wir zwischen zwei Sträuchern hindurch, wenden uns dann scharf nach rechts und wieder nach links. Jetzt erkenne ich ihn. Wir stehen mitten auf ihm. Der Weg ist geschickt von den Sträuchern verborgen – absichtlich, wie es aussieht.

„Uns sollte wohl keiner sehen, wie wir uns hier in die Büsche schlagen?"

„Ja, der Weg hier ist nicht für die Allgemeinheit gedacht und so soll es auch bleiben." Joy schaut mich prüfend an.

„Ja natürlich, wenn ihr es so wollt", versuche ich, sie zu beruhigen. „Aber was, wenn uns doch einer aus Zufall beobachtet hat, wie wir hier eine Abkürzung nehmen? Hätte doch leicht passieren können, bei dem Betrieb, der heute herrscht", frage ich, um meine Neugier zu befriedigen, wohin sie mit mir auf diesen Schleichweg wollen.

„Erst einmal passiert uns das nicht und falls doch, was natürlich nicht möglich ist, wären wir wieder rausgerannt, im Versuch den riesigen Ameisen zu entkommen, die uns überfallen hätten und die Mücken abzuschütteln, die uns stechen würden. Dann hätte keiner Lust bekommen, es auch zu versuchen!" Joy sieht nicht gerade harmlos aus, bei dieser Antwort.

„Ein guter Plan!", pflichte ich ihr bei. „Hoffentlich gibt es die hier nicht wirklich! Im Übrigen stechen Mücken erst im Sommer ihre Opfer."

„Mücken vielleicht!" Joys Augen blitzen, wie die einer gefährlichen Raubtierkatze, die hier durchs Dickicht kraucht. Ich betrachte sie. *Gefährlich ist sie wirklich.*

Ich erinnere mich an einen Ausflug mit Google in diese Gegend und mir fiel sofort die Form des Wäldchens auf. Es sah mathematisch exakt aus, wie eine langgezogene Raute, wobei es in der Mitte etwas zu verbergen schien. Zumindest hatte Google das Gebiet unkenntlich gemacht, genauso wie das Grundstück dahinter. Das erweckte meine Neugier, die im Alltagsstress allerdings schnell wieder nachließ.

Das Wäldchen ist vielleicht drei Kilometer lang, aber nicht mal die Hälfte in der Mitte breit und scheint undurchdringlich, es sei denn, man findet diesen Pfad hier. Auf der anderen Seite führt ein öffentlicher Weg direkt an dieser schattenspendenden Mauer entlang, die selbst an heißen Tagen für ein kühles Klima sorgt.

Hinter der Mauer, die eher ein Schutzwall ist, verbirgt sich der Steinbruch inmitten eines großzügigen Grundstücks mit dem merkwürdigen tempelartigen Bau, dessen Zentrum von einer riesigen Glaskuppel überspannt wird. *Dahin werden wir also diese Abkürzung nehmen?* Meinem Instinkt schenke ich mal wieder zunächst keinen Glauben.

Dank des Wäldchens, das vielleicht genau deshalb hier undurchdringlich gewachsen ist, kann man unmöglich über die hohen Mauern blicken, was ich öfters von den Wiesen aus probierte. Ich hätte schon einen Ausflug zur Burg machen müssen, über die Absperrung klettern und gefährlich nahe zum Rand kriechen müssen. Dafür war die Neugier aber noch nicht groß genug. Heute würde ich es mit schlotternden Knien wahrscheinlich wagen.

Wir laufen hintereinander auf diesem schmalen Pfad und sind so still wie das Wäldchen selber. Nicht mal ein Knirschen der Steinchen unter unseren Füßen ist zu vernehmen, so vorsichtig bewegen wir uns auf unseren Sohlen – als könnten wir Waldgeister aufschrecken, die uns nicht freundlich empfangen werden. Es gibt nur Vogelgezwitscher und meine Neugier.

Nicht lange und dann gibt es nicht mal mehr das - als wären wir auf einen falschen Ast getreten. Das Wäldchen hält seinen Atem an, so wie ich es auch gleich machen werde.

„Der Weg ist doch nicht verboten, oder?", frage ich beunruhigt, als wären wir im Begriff, etwas Unerlaubtes zu machen.

„Kommt drauf an, wie du das meinst?", drückt sich Joy schon wieder bewusst zweideutig aus.

„In jeglicher Hinsicht!", gehe ich darauf ein und kann diesmal nicht verhindern, dass es mir bei dieser Antwort verdammt mulmig zumute wird. Ich versuche sofort, mich etwas zurückzunehmen, bevor ich noch als notgeil eingestuft werde.

Juliette versucht mich aber, daran zu hindern. „Keine Angst, für uns ist dieser Weg nicht verboten, weder der, auf dem wir gerade laufen, noch der, den du dir gerade ausmalst!"

Das hört sich wie eine Aufmunterung an, mutiger zu werden. *Ich bin ertappt und das ist gut so? Sollte ich mutiger werden?*

Wir kommen zu einer kleinen Lichtung. Ich muss zweimal hinschauen, bevor ich das glaube. Inmitten der freien Fläche steht leuchtend im Sonnenlicht eine mehr als überlebensgroße Venusskulptur aus weißem Marmor, aber so wie sie ursprünglich erschaffen wurde, bevor ihr die Arme abhandenkamen. Sofort verzehre ich mich nach der Schönheit, die dafür Modell gestanden hat. Und Joy und Juliette sorgen mit ihrer aufreizenden Art, dass es mich voll erwischt.

Diese atemberaubende Skulptur, soll sie ein Hinweis auf mein Schicksal werden? *Sollte ich wirklich das verwirklichen, was in meinem Kopf vorgeht?* Wir sind sicher nicht zum Pilze sammeln hierher abgebogen und auch nicht nur, um eine Abkürzung zu nehmen. Noch suche ich lieber eine andere Antwort auf meine Frage, als einfach nur: *„Sie wollen mich heiß machen und wild! Sie wollen mir die Geilheit aus dem Leib saugen, wie in diesen* *verückten Träumen!"* Ich atme tief durch, während ich mich maßregle. *Verdammt, ich bin dabei, meinen Verstand zu verlieren!*

Die Skulptur steht erhaben auf einem Sockel in der Mitte eines kleinen Plateaus, das umringt wird von einer Rosenhecke, an der kein einziges welkes Blatt zu erkennen ist. Jeden Tag muss hier jemand mit einer Nagelschere akribisch am Werk sein, um sie in diesem Zustand zu halten. Und sie steht, unüblich für diese Jahreszeit, in voller Blüte. *Wie meine beiden Begleiterinnen!*

Die Aussicht, die sich dahinter bietet, ist in dieser Konstellation magisch. Von nirgendwo sonst kann man das haben. Ich muss es wissen, denn ich habe beim Joggen fast alle Stellen ausprobiert. Ich bin von einer Ecke zur anderen im Park gerannt, um die Mauer herumgeschlichen, habe nach irgendwelchen Rissen und Löchern Ausschau gehalten, um dann zu beschließen, dass ich es eigentlich gar nicht wissen möchte. Nur hierher, in dieses vermeintliche Dickicht, bin ich nicht vorgedrungen. Warum auch, denn das hier habe ich sicher nicht vermutet.

Durch eine große schmale Schneise hat man einen einzigartigen Ausblick direkt auf die Glaskuppel mit den Säulengängen am Rande und den hohen Türmen, die davor himmelwärts ragen und dem imposanten Gebäude dieses tempelartige Aussehen verleihen.

Dahinter erheben sich die Felsen des Steinbruchs mit dem Wasserfall, der aus einer Spalte, wie aus einem großen schwarzen Maul heraussprudelt. Darüber leuchtet mystisch das rot glühende Auge, das das Grundstück oder was auch immer, zu bewachen scheint. Vielleicht hat es aber auch eine ganz andere Aufgabe. Denn in ihm scheint das Feuer zu lodern, dass mich mehr und mehr zu verschlingen scheint.

Und jetzt steht vor mir die Venus auf ihrem Thron, wie eine einzige Offenbarung. Wir gehen die Stufen hinauf, die zu dem Plateau hinführen, in deren Mitte sie auf einen Sockel im strahlendsten Weiß leuchtet. Vor Staunen bekomme ich meinen Mund nicht zu. Das glühende Auge scheint zu wandern, was natürlich nur eine optische Täuschung ist. Es nähert sich scheinbar dem Kopf der Statue mit jeder Stufe, die wir erklimmen, bis es direkt darüber leuchtet, als wäre es ihr Heiligenschein. Noch ein Stück weiter und ihr Kopf ist vollkommen vom glühenden Auge eingeschlossen. Ich reiße meinen Blick los, als würde ich sonst erblinden.

Am Sockel kann ich ein kleines goldenes Schild erkennen. Eine Widmung steht drauf: *In Gedenken an Lady Samira, die die Glut in uns entfacht hat, auf dass das Feuer in uns immer brennen möge. (Sponsored by BOSOUL)*

Joy und Juliette sind neben mich getreten und haben meine Hand ehrfurchtsvoll ergriffen. „Wie passend!", stammle ich vor mich hin. Zusammen bewundern wir diese sinnlichste aller Skulpturen, die ich je gesehen habe. Wir lassen das Glühen in uns dringen. Und dieses Glühen dringt selbst in den verstecktesten Winkel, der bisher verschont geblieben ist und aus züngelnden Flammen wird eine einzige Feuersbrunst werden, wenn wir uns nicht sofort diesem Sog entziehen.

Ich versuche, die Feuersbrunst abzuwenden und bei klarem Verstand zu bleiben. Noch halb geistesabwesend zeige ich in Richtung Burgruine, die über allem thront. „BOSOUL, heißt nicht so die Stiftung auf der anderen Seite des Berges?"

„Ja, dahinter liegt BOSOUL!" Joy und Juliette blicken weise in diese Richtung.

Joy denkt sich wohl, dass sie dem Ganzen noch eins draufsetzen muss und meint mit einem gewissen Unterton: „Und du darfst herausfinden, was es mit dem Tempel auf sich hat!"

Sofort schlagen meine Gedanken Purzelbäume. Ich kann aber nicht einfach sagen: „Eure Einladung nehme ich an!" Zu gut weiß ich, was das bedeuten wird. Das, woran ich denke, entspringt direkt meinen heißen Träumen, die mich verfolgt und bis hierhergebracht haben. „Klärt mich auf. Wer ist diese Lady Samira?", frage ich stattdessen.

Joy und Juliette hüllen sich zunächst in Schweigen, aber sie tauschen vielsagende Blicke. Sie müssen sich wohl erst einig werden, was sie verraten und was nicht. Zudem kann ich das Gefühl nicht abschütteln, dass sie gerade als Zuschauerinnen in meinem Kopfkino sitzen und sich köstlich amüsieren. Dieser Szene sollten sie bitte nicht beiwohnen, denn sie ist völlig unzensiert. Ich versuche daher, schnell den Projektor außer Gefecht zu setzen. Funkenspuckend stellt er seine Vorführung ein.

Nach einer gefühlten Ewigkeit antwortet mir endlich Juliette auf meine Frage. „Diese Statue ist so etwas, wie ein Sinnbild ihrer Träume. Sie hat BOSOUL gestiftet, um ihre Träume wahr zu machen."

Irgendwie muss es hier mehr, als um Schönheit gehen, denke ich bei mir *und um sehr viel „Leidenschaft", die damit verbunden ist.* Leidenschaft geht wohl immer mit besonders viel Schönheit einher und wenn nicht, spricht man wohl besser von Besessenheit. Manchmal kann man beides nicht auseinanderhalten, da es verschleiert wird, bis man das Resultat erkennt. *Das hier ist wunderschön und wirklich „Leidenschaft" entfachend.*

„War es ihr Traum, so auszusehen?", frage ich, um mich an die Wahrheit heranzutasten.

„Ja, das war er sicher!" Joy schaut mich an, als ob das noch nicht alles ist. „Aber eigentlich wollte sie, dass die ganze Welt so aussieht!", präzisiert sie schließlich ihre Antwort.

„Eine erregende Vision!"

„Ja das stimmt", pflichtet mir Joy bei. „Da das aber anscheinend nicht ohne Weiteres geht, wollte sie zumindest mit ihrer eigenen kleinen Welt beginnen."

„Die, die mir im Traum meinen Verstand raubt?", wage ich einen Vorstoß.

„Genau die! Wie auch immer sie das macht. Vielleicht ist aber auch jemand anderes oder was auch immer daran schuld, dass das in dir vorgeht. Wir wissen es selbst nicht so genau und suchen schon lange nach einer Antwort. Vielleicht werden wir sie diesmal mit Deiner Hilfe finden. Lass uns rausfinden, wie diese Träume entstehen, was dahintersteckt und vor allem, wohin sie schlussendlich führen. Aber erst einmal sollten wir beherrschen lernen, was uns sonst vielleicht in Abgründe reißt, aus denen wir niemals mehr rauskommen werden.

„Heißt das, nicht nur ich habe diese Träume, die mir so langsam den Verstand rauben, sondern ihr habt auch solche?" Ich bin völlig überrascht.

Joy windet sich. „Jeder, der hier landet, hat sie. Also mach dir keinen Kopf. Ich weiß, was in dir vorgeht."

„Das weiß ich selber nicht einmal", erwidere ich so unschuldig, wie es mir in meinem erregten Zustand möglich ist. Dass ich mich am liebsten verstecken will, sieht man mir sicher an. Vielleicht sind sie ja hier, um mich von den Dummheiten abzuhalten, die ich kurz davor bin, zu begehen. Juliette sieht allerdings nicht wie ein braves Mädchen aus und Joy erscheint nur so.

Juliette steht bestimmt nicht auf Blümchensex und wäre beleidigt, wenn man in ihrer Nähe nicht vor wildem Verlangen strotzen würde. Genau das scheint sie gerade zu genießen. Sie lächelt, als würde sie wissen, wie mein Verlangen mich genau in diesem Moment quält. „So, du weißt es nicht? In Deinen Augen steht aber was ganz anderes geschrieben. Du wirst schon beichten müssen, was in dir vorgeht!" Sie kommt ganz nah an mich heran und beäugt mich scharf, als würde sie hinter meine Fassade blicke, um alles hervorzuholen, was sie dort entdecken kann.

Außer Schlucken erlaube ich mir keine Regung. Eine Welle von Geilheit durchströmt meinen Körper bis in meine Schwanzspitze. Unwillkürlich drücke ich ihre Hände fester und hoffe, dass nicht Besessenheit aus mir spricht. „Ihr habt also auch diese Träume und diesen Hunger nach Sex, diese Lust, die einen an nichts anderes mehr denken lässt?" Ich beiße mir auf meine Zunge, die diese unverschämte und verräterische Frage geformt hat.

Joy neben mir atmet schwer und in ihren Augen flackert unverwechselbar heftiges Verlangen. „Ja, aber ich habe gelernt, mich nicht zu verlieren. Und damit fangen wir an!" Ihr Blick wird strafend und Juliette nickt, als solle ich meinen Hunger erst einmal unter Kontrolle bringen, bevor ich hier schamlos versuche, die beiden triebhaft zu verführen. Allerdings ist es unübersehbar, dass sie mich lechzend anstarren, dass sie scharf sind, so wie ich gerade.

Ich sollte mich für mein Benehmen entschuldigen, denke ich kurz. Aber etwas in mir brüllt mich an: *„Hör endlich auf damit. Das will keine hören!"*

„Bringt es mir bei!", stammle ich stattdessen und wünsche mir unendlich, sie werden *„Ja!"* sagen. Mit geschlossenen Augen warte ich ab, dass sie mir eine feuern. Hätte ja gleich sagen können: *„Treibt es mit mir!"*

Aber das würde es nicht treffen, denn ich möchte mit ihnen exzessiv einen Rausch erleben, völlige Hingabe ohne Grenzen. Ich merke, wie mir schwarz vor Augen wird und ich der Wirklichkeit entfliehe.

Eine warme Stimme lässt es nicht zu und holt mich zurück. „Was meinst du, warum du hier bist?" Joy packt mein Kinn, hebt meinen Kopf und fixiert mich mit ihren blauen stechenden Augen.

„Das, an was ich denke, kann ich nicht aussprechen, kann nicht darauf hoffen und kann es auch nicht in Erwägung ziehen!", stammle ich nach einer Weile.

Ihr stechender Blick zwingt mich in die Knie. „Bist du bereit?"

Ich schaue Joy sprachlos an und dann Juliette.

„Und bist du es?", fragt auch sie.

Ich fühle mich jung, lebendig und voller Lust, so wie der Frühling selber. Keine Sekunde meines neuen Lebens möchte ich missen. Ich verliere mich in einem Rausch und bin doch ganz nüchtern. „Ja das bin ich!", platzt es aus mir heraus. Ich schaue zu diesem glühenden Auge rüber, in dem jetzt ein Feuer brennt. Sofort denke ich an die Hintergrundmelodie, die mich Tag für Tag begleitet, bis ich den Namen des Tempels jetzt tatsächlich höre.

„Das ist der Tempel der Venus, so wie wir ihn nennen!"

Ich habe ihn gefunden, falls ich nicht träume. Noch weiß ich nicht, was es mit BOSOUL tatsächlich auf sich hat. Doch für eine Parfümpanscherei, für die ich BOSOUL immer hielt, erscheint mir das Gelände zu groß und zu weitläufig zu sein, auch wenn Wohnhäuser, Läden etc. dazugehören sollten, wie man zumindest sagt. Damals reichte es mir als Begründung, denn mein Interesse ist erst jetzt erwacht, jetzt wo ich diesen sagenhaften Tempel gefunden habe. Er ist sagenhaft, wenn er das ist, wofür ich ihn halte.

„Der Tempel dort gehörte Lady Samira so wie auch BOSOUL?"

„Da du jetzt zu uns gehörst, können wir denke ich, schon etwas von deiner Neugier stillen." Joy prüft mich mit einem kurzen Blick, bevor sie fortfährt. „Man sollte eher von *gestiftet* sprechen, denn das ist eigentlich Stellas Werk!", antwortet sie mir schließlich.

„Und wer ist Stella?", bohre ich tiefer.

„Stella muss man kennenlernen, denn man kann sie nicht beschreiben. Du wirst sie aber lieben! Lady Samira hat ihr die Stiftung vermacht und das aus guten Grund."

Joys Bewunderung könnte ich glatt teilen. Dafür würde schon der Anblick der Venusstatue reichen. Was mir sonst noch den Atem nimmt, muss sie nicht gleich wissen.

In möglichst trockenem Ton frage ich weiter: „Und was ist das für eine Stiftung?"

„Nun ja, BOSOUL ist die Forschungsstätte und das dort ist Stellas Reich!"

Ich will noch mehr darüber erfahren. Meine Neugier ist mir offensichtlich anzusehen. Ohne erst fragen zu müssen, ergänzt Juliette die Ausführungen ihrer Freundin: „BOSOUL ist die offizielle Forschungsstiftung und der Tempel Stellas ganz private Erkenntnisstätte, wie man sagen könnte." Sie lächelt genervt, was wohl heißen soll, dass ich langsam die Klappe halten und nicht weiter bohren soll.

Joy schaut verständnislos zu ihrer Freundin. „Wie kannst du ihm seine Neugier verübeln?" Dann fährt sie selber mit der Erklärung fort. „Stella hat eine ganz eigene Idee, wie man sich die Jugend erhalten kann. Und du kommst dem Ganzen schon ganz schön nah." Joy mach eine Pause und schaut zu ihrer Freundin, bevor sie fortfährt: „Wahrscheinlich kann unsere Juliette deine Gedanken nur allzu gut erraten!"

Doch die verdreht nur die Augen.

„Juliette meint wohl, dass du das noch nicht wissen solltest!" Joy zuckt mit den Schultern.

Ich bin nicht gekränkt oder sowas, denn immerhin sind wir uns vorhin erst über den Weg gelaufen, bzw. Joy mir in die Arme gefallen. Also sage ich nur: „Entschuldigt meine Neugier!"

„Kein Problem", meint Juliette. „Höre einfach auf zu nerven. Du wirst schon früh genug dahinterkommen!"

Joy versucht, sich für ihre Freundin zu entschuldigen. „Leider ist sie im Umgang mit anderen manchmal ein bisschen ungeschickt, um das höflich auszudrücken. Hat nichts mit dir zu tun!" Joy erntet dafür einen bösen Blick, der sie aber nicht weiter zu stören scheint. *Es ist wohl öfters zwischen den beiden so, oder gehört einfach zu ihrem Spiel, dass sie wohl recht gut beherrschen.*

Das mit „der Jugend erhalten" spukt noch einen Moment in meinem Kopf herum. Vielleicht erforschen sie ja das Geheimnis von Vampiren oder sind selber welche, die es geschafft haben, dem Tageslicht zu trotzen. Vampiren sagt man zumindest nach, dass sie die ewige Jugend besitzen, unheimliche Kräfte haben und kein Altern kennen, außer sie schauen versehentlich in den Spiegel. Doch dann muss ich an meinen Traum denken. Über mir im

Spiegel sah ich sicher keine verfaulenden Blutsauger. Aber es war nur ein Traum. *Ich werde es wohl in der Wirklichkeit testen müssen.*

„Ja, ihr beiden seid bestimmt schon hundert Jahre alt, während ihr wie zwanzig ausseht, verführerisch und unwiderstehlich!", versuche ich meinen merkwürdigen Gedankengang zu entschuldigen, als ob sie ihn ebenfalls verfolgen konnten.

„Danke für das Kompliment. Ja wir sind jung, frisch, knackig und haben die Weisheit von Tausendjährigen!" Juliette schaut mich versöhnlich an.

Den Kommentar konnte sie sich wohl nicht verkneifen. Einmal mehr denke ich, dass sie sich in meinem Kopf befinden. *Sollte ich mich kneifen? Ist das hier wirklich wahr?*

Ich versuche, cool zu bleiben und nicht ihren Reizen nachzugeben. Zumindest versuche ich, nicht allzu offensichtlich zu zeigen, dass ich sie auf der Stelle vernaschen möchte, sie mir den Kopf verdrehen und ich in ihrer Nähe kaum noch atmen kann. So bleibe ich beim Thema. „Und diese Erkenntnisstätte hat Stella im Schatten der Burg errichtet?", frage ich scheinbar ungerührt weiter, so als würde es nicht in mir brodeln und bei nächster Gelegenheit zum Ausbruch kommen.

Juliette lacht. „Oh, da ist sehr viel Sonne. Der Schatten ist eher auf der anderen Seite der Mauer. Und den lassen wir da nicht rein!"

„Aber jetzt verraten wir nichts mehr!" Joy verbietet diesmal Juliette den Mund, die wohl zu einem ganz anderen Thema übergehen wollte.

Juliettes Blicke sind ziemlich eindeutig und ihre aufreizende Art macht sie unwiderstehlich. Man muss mir wohl ansehen, dass ich mich ihrer Wirkung nicht entziehen kann. Zumindest fühle ich mich, als hätte sie mich von einem Wolkenkratzer gestoßen und ich falle schier endlos, ohne etwas dagegen unternehmen zu können. Ich habe weder einen Fallschirm, noch kann ich fliegen.

„OK, ich werde schon dahinterkommen!", spiele ich den Eingeschnappten.

„Er hat es begriffen!" Juliette klatscht Beifall.

Ich runzle die Stirn.

„Na dafür bist du hier!" Mit einem freundschaftlichen Stupser versucht sie mir, auf die Sprünge zu helfen.

„Ihr wollt mich an den freien Fall gewöhnen oder gar mit dem Geheimnis der ewigen Jugend vertraut machen?", frage ich zweifelnd.

Juliette schmunzelt verschmitzt, als hätte sie mich auf frischer Tat ertappt. „Vielleicht, wenn du uns verrätst, was eigentlich Sex ist?"

Und so fühle ich mich auch, frisch ertappt. Natürlich denke ich die ganze Zeit an nichts anderes, nur; dass ich über Sex nicht wirklich viel weiß, außer dass er berauschend geil sein kann und vor allen in meinem Kopfkino, dass ich lieber nicht mehr so oft besuchen sollte. Das mit dem Sex ist magisch und manchmal unheimlich. Man benimmt sich tatsächlich, als wäre man in einem Rausch. Ich schlucke und bringe kein Wort als Antwort zustande, versuche nur, „normal" zu wirken.

„Siehst du, man muss das erfahren!" Juliette grinst, als hätte sie mich gerade zu dieser Erfahrung eingeladen.

„Bisher schlägst du dich prima!", versucht Joy, mir ihrerseits Mut zu machen.

Ich versuche, nicht an Sex zu denken, aber bei ihnen gelingt es mir nicht. Ich fühle mich wie ein offenes Buch, in dem sie gerade blättern. „Es ist hart", versuche ich, ihr Kompliment vorsichtig anzunehmen.

„Es heißt: Er ist hart!" Joy korrigiert mich geradewegs heraus, bereit mich nicht mehr vom Haken zu lassen und jetzt endlich zum Wesentlichen zu kommen.

Ich überlege kurz, ob sie meine Grammatik korrigieren möchte, und sage auch noch: „Ja!" Da sie mich provozierend anblickt, begreife selbst ich schließlich, was sie tatsächlich meint. Und das war er, schon eine ganze Weile. *Und jetzt haben sie es auch bemerkt.*

„Und, hast du noch alles im Griff?", reitet Juliette ungeniert auf meinem Problem herum.

Ich kann nur ertappt stammeln: „Ich nicht, vielleicht ihr!"

Sie mustert mich. „Lass uns wissen, wenn wir etwas für dich tun können!"

Ich wünschte mir, sie würden, aber spreche es nicht aus. Alleine der Gedanke daran, ist nicht gut für meinen Kreislauf. Ich drohe zusammenzusacken und sie nur darauf zu warten.

Joy erlöst mich schließlich aus meiner Qual. „Lasst uns gehen!" Sie klingt gnädig, aber nicht so, als würden sie mir lange Aufschub gewähren.

Meine Stimme ist verschwunden und so kann ich nicht fragen: „Wohin?" Wir drehen uns um, gehen die Treppe wieder runter und statt zurück, um die Statue herum, zur anderen Seite der Lichtung.

Der Boden unter meinen Füßen wird allmählich fester. Etwas abseits im Wäldchen kann ich einen Eingang erkennen, der vielleicht in eine Höhle führt. Er wird von einem Gittertor versperrt, das mit einer Kette gesichert ist. Dahinter scheint eine Treppe hinabzuführen, vielleicht in einen Tunnel für den Gärtner, der jeden Tag diesen Ort akribisch zu bewirtschaften scheint. „Ein Geheimgang zu dem Grundstück da vorne?", stammle ich, meine Stimme allmählich wiederfindend.

Juliette schaut mich an. „Oh, bist du wieder angekommen?" Sie mustert mich von oben bis unten. Dann fährt sie fort, als hätte sie mit dem Training bereits begonnen. „Da geht es hinunter in die Abgründe, die dich gerade verschlingen wollen!"

Ich schaue rüber zum Tempel, als würde der Tunnel genau dorthin führen.

Joy beobachtet mich von der Seite scharf. „Keine Angst, wir nehmen einen anderen Weg." Sie lächelt, als wäre sie gnädiger als ihre Freundin mit mir.

Über den Weg, der auf der gegenüberliegenden Seite weitergeht, verlassen wir den Ort, an dem Sex das erste Mal offen das Thema zwischen uns war und ich darauf eingestimmt wurde, was später passieren sollte. Eines war mir aber jetzt schon klar: *Ich werde lernen müssen, zu fliegen, sonst werde ich die beiden nicht überleben.*

Schon bald sind wir auf der anderen Seite des Wäldchens angekommen und verlassen uns vorsichtig umschauend das Buschwerk wieder. Niemand soll uns bemerken. Das ist diesmal nicht schwer, da kaum ein Mensch heute im Schatten der Mauer sein möchte, die wir nach nur ein paar Metern erreicht haben. Hier ist es merklich kühler. Die Meisten wollen heute lieber Sonne tanken. So wie ich auch. Aber erst mal tut mir die Abkühlung gut, bevor wir auf die Sonnenseite wechseln werden.

Immer noch muss ich daran denken, was wir im Angesicht der verführerischen Venus hätten tun können, wenn ich mich nur getraut hätte - vielleicht. Der Ort wirkt wie ein Liebestrank. Und ich fühle mich, als hätte ich ihn gerade bekommen.

Das glühende Auge erscheint mir wie ein Symbol der in mir schlummernden Glut, die unter alter Asche verborgen darauf wartete, endlich neu entfacht zu werden. Ich sehe das Auge immer noch genau über der Venus schweben, diesen merkwürdigen Heiligenschein.

In Gedanken versunken, spazieren wir an der Mauer entlang. Keiner spricht ein Wort. Ich spüre, wie die Spannung steigt und nicht nur bei mir selber. Wir müssen fast am Ziel sein.

Das Tor schließt sich

Beeindruckt schaue ich auf das große Tor, vor dem wir zum Stehen kommen. „Sind wir etwa da?", fragte ich, als es nicht weitergeht.

Joy nickt und klopft dreimal lang und zweimal kurz, dreimal lang und zweimal kurz.

Quietschend öffnet sich das schwere Tor und der furchteinflößende Panter verliert seine Anmut und Gefährlichkeit. Er wird geteilt durch gleißendes Sonnenlicht, das durch den immer größer werdenden Spalt hindurchdringt.

Blinzelnd schaue ich auf die riesigen Torflügel, wie sie knarrend und quietschend auseinandergeschoben werden. Ich bin geblendet, gewöhne mich aber recht schnell an das grelle Licht, da ich es kaum noch erwarten kann, einen Blick dahinter zu werfen.

Das sich öffnende Tor gibt einen langen breiten Weg mit rötlichem Schotter frei, gesäumt von saftig grünen Rasenstreifen zu beiden Seiten. Sie werden begrenzt von hochgewachsenen dunkelgrünen Hecken. Sie sind wohl zwei Meter hoch, exakt geschnitten und führen bis kurz vor das große weiße ehrfurchtgebietende Portal des ungewöhnlichen Gebäudekomplexes.

Vor der Hecke leuchten auf Sockeln stehend etliche überlebensgroße Statuen, wiederum aus weißem Marmor, am Tage angestrahlt vom Sonnenlicht und in der Nacht von den kleinen Strahlern, die am Wegesrand kauernd auf den Sonnenuntergang warten.

Zwei vor Kraft strotzende springende Panter stehen gleich am Eingang, als würden sie sich auf jeden stürzen, der sich unter ihnen hindurchwagen sollte. Ich bin mir fast sicher, dass auch richtige hier rumlaufen oder zumindest ein paar Zähne fletschende Doggen. Auf dem fast 100 Meter langen und zirka zehn Meter breiten Weg, ist zum Glück nichts von ihnen zu sehen.

Schwer beeindruckt von diesem Anblick, treten wir aus dem Schatten ins Licht. Es hat etwas Heiliges an sich und auch der Anblick von diesem Gebäude mit den hohen Säulen und der strahlenden Kuppel, die vor den dunkelgrauen steilen Felswänden leuchtet, die zirka fünfhundert Meter dahinter drohend in den Himmel ragen. Von Weiten dringt das Rauschen des kleinen Wasserfalls an mein Ohr, den ich unter dem rot funkelnden Auge ausmachen kann.

Joy und Juliette halten meine Hand ganz fest, während wir unter den Pantern hindurch das Grundstück betreten, als wäre das ein gewagter Schritt. Ich denke nicht ans Umdrehen, obwohl ich das vielleicht machen sollte. Stattdessen bestaune ich die weißen Marmor-Figuren links und rechts am Wegesrand, an denen vorsichtig grüner Efeu hochzuklettern scheint, ohne über den Sockel zu kommen.

Ich denke unwillkürlich an die Schneekönigin, die alle in Eis erstarren ließ, um sie für immer in ihrem Reich zu behalten. Hier posieren sie, unverhüllte Mädchengestalten, als wären sie die Nachkommen der Venus selber. Und auf der anderen Seite stehen ihre starken Verehrer in den männlichsten Posen, bereit ihrer Liebsten alles zu geben.

„Unübliche Skulpturen", bemerke ich verlegen.

Joy grinst frech. „Aber reizend, oder?"

„Im wahrsten Sinne des Wortes", bleibt mir nur zu sagen.

„Tja, und am Ende bist du der, der hier stehen wird!", ist Juliette am Scherzen.

Dankbar gehe ich drauf ein, denn das Ganze locker anzugehen, könnte uns nicht schaden. Meine Anspannung weicht ein wenig.

„Jetzt habe ich die Antwort, warum ihr mich hierher verschleppt habt!"

„Ja wirklich?"

„Ja!", erwidere ich Juliettes herausfordernden Zweifel. „Ihr braucht eine neue Figur in eurem Lustgarten! Aber glaubt ihr nicht, dass ihr mich überschätzt?"

„Ich denke, du weißt schon lange, dass wir dich nicht überschätzen." Juliette starrt ungeniert auf mein bestes Stück.

Die lange Beule in meiner Hose kann ich schwer verbergen. Die Gefühle, die damit verbunden sind, ersetzen meinen Verstand. Meine Zunge macht auch nicht mehr das, was sie sollte, und so beiß ich mir besser drauf, um sie im Zaum zu halten.

Und wenn ich an meine Träume denke und dass ich mir vorgenommen habe, mal nicht zu verhindern, dass sie wahr werden könnten, hoffe ich, dass Juliette recht haben wird. Ich möchte nur nicht den ersten Schritt wagen. Bin ja schließlich in der Unterzahl und falls ich mich doch irre, könnte das böse ausgehen.

Mit der unschuldigsten Mine, die ich aufsetzen kann, folge ich meinen Verführerinnen entlang der Figuren, die alles nur noch schlimmer machen.

Aber hier ist noch mehr am Werk. Etwas durchdringt mich. Etwas, was ich schon früher spürte. Etwas, das meine lüsternen Träume schuf und mich schlussendlich hierherbrachte. Es war schon im Wäldchen zu spüren und wird jetzt immer stärker. Ich schaue zum Wasserfall rüber und in diesen Schlund, aus dem er sprudelt und wie ein Vorhang nach unten fällt. Das rote Auge funkelt nur noch schwach, so als hätte es sein Werk vollbracht.

Ich versuche, mich zu bremsen, an das zu denken, was passiert, wenn ich nicht umdrehe, bevor das Tor geschlossen ist. Doch ich schaffe es nicht. Das Knistern zwischen uns ist unerträglich. Ich schaue über meine Schulter. Dann ist es zu spät. Mit einem Rumsen fällt der Riegel ins Schloss.

Wir laufen über den roten Schotter. Joy und Juliette sind schweigsam. Nur das knirschende Geräusch unter unseren Füßen, ist zu hören. Kurz bevor wir das hohe Portal erreichen, ziehen mich Joy und Juliette ganz unvermittelt in die nächsten Büsche.

Die Cocktailbar

Kurz zuvor hatte Coco diesen Weg beschritten. Beim Anblick der Statuen staunte sie nicht schlecht. Natürlich kannte sie dieses Phänomen bei den Kerlen schon, denn schließlich war der ein oder andere ihr verfallen.

Diesmal schien es jedoch anders zu sein. Oft genug träumte sie in letzter Zeit von harten Schwänzen und hatte seither einen aus Gummi für den Notfall im Schrank unter den Slips vergraben. Das ist ein guter Platz, wie sie dachte. Bevor sie einen davon anzog kam sie an dem Ding nicht vorbei. So machte er sie vibrierend fast täglich glücklich, wobei das nicht selten zwei oder dreimal am Tag vorkam.

Aber bei steinernen Figuren hat sie sowas noch nie gesehen. Nie hatte sie die Geilheit der Männer dort bewundern dürfen. Komisch, wie sie dachte, kam niemals jemand auf die Idee, diesen Zustand in Stein zu meißeln.

Jede Figur spiegelt ungeheures Verlangen wieder. Und die weiblichen Figuren auf der gegenüberliegenden Seite zeigen das anhand ihrer Posen. Und diese Lust wird sicher nicht von ihrem eigenen supersexy Outfit genährt, das sie heute gewählt hatte. Steine kann Coco schließlich nicht in Wollust versetzen, auch wenn man das bei diesem heißen Anblick fast meinen könnte. Bei den beiden attraktiven Typen neben ihr ist es allerdings anders, die genauso harte Knüppel versteckt in ihren Hosen tragen.

Coco fühlt sich fast bedroht bei der geballten Lust, die hier zur Schau gestellt wird. Es ist wie ein Spießrutenlauf zwischen Lanzen und hingebungsvollen Damen, auf deren Seite sie wohl schlussendlich landen wird, wenn sie niemand beschützen wird, zumindest vor sich selbst. „Habt ihr hier Modell gestanden?", fragt sie unverfroren.

Zoltan betrachtet Coco, als könne er unter ihr Sommerkleidchen blicken, um dann festzustellen, dass sie dafür wohl eher in Frage käme. Er antwortet in diesem Sinne: „Die Statuen standen schon vor uns da und wer die verführerischen Damen sind, wurde uns auch nicht verraten. Aber wenn du den Wegesrand zieren möchtest, können wir gern mit dem Künstler reden. Sollen wir?"

„Nun ja, mal sehen!" Coco hält Zoltans Lächeln tapfer stand, als könne er sonst ein „Ja" bekommen.

Sie lenkt seinen schmachtenden Blick auf das Gebäude vor ihnen. „So wie die Figuren aussehen, ist das wohl der Tempel der Lust?"

„Genau, diese Figuren sollen dich einstimmen auf eine wilde leidenschaftliche Orgie voller Sex und Begierde. Aber da gehen wir nicht rein, es sei denn, du willst es jetzt schon wissen!", entgegnet Zoltan grinsend. Das Flattern in seiner Stimme verrät jedoch sein Verlangen, selber an einer teilzunehmen.

„Ich kann kaum an was anderes denken, seid ihr mich hierher verschleppt habt", erwidert Coco mit ihrem verführerischsten Lächeln, das sie aufsetzen konnte.

„Das ist nicht unsere Schuld, oder?", spielt Zoltan das Unschuldslamm.

„Oh, nein doch! Ein Lustgarten mitten in meiner Stadt. Das hätte ich einfach nie gedacht. Und zwei harmlose Typen, die mich hierher verschleppen!" Coco setzt ein zufriedenes Lächeln auf. „Nein, Ihr seid die Unschuld selber!" Provozierend blickt sie die beiden an.

Ihr wird es indes immer heißer beim Anblick all der erregenden Posen, die hier in Stein zu bewundern sind. Aber das konnte sie ihren neuen Bekannten nicht einfach sagen. Sie sind wie in Ekstase versteinert, um diesen Moment für immer einzufangen. Und diese Lust geht auf ihre Gäste über, noch bevor sie das Ende des Weges erreicht haben. Und dann - *wir werden sehen!*

Coco fühlte sich, als würde sie leuchten, so rot muss ihr Gesicht geworden sein. Auch ihre Begleiter scheint es erwischt zu haben - so still sind sie, wie Pilger am Ende der Reise, wenn sie am Ankommen sind, an dem heiligen Ort ihrer tiefsten Verehrung. Ja, so fühlt es sich an, wie eine Pilgerreise zum heiligen Ort, an dem ihr Sexgott bereits auf sie wartet.

Coco hat jedoch noch nie gehört, dass es einen heiligen Ort wie diesen gibt, höchstens einen Ort der Sünde. *Das kleine Cocochen auf dem Weg zum Sexgott der Fleischeslust und die beiden hier sind seine gefallenen Engel.* Bei diesem Gedanken muss sie grinsen.

Zoltan mustert sie. Coco versucht, seine Gedankengänge zu erraten. Seine Mimik zeigt keine Regung. Doch dann lässt er ein Zischen durch seine Lippen, so als müsse er den Überdruck ablassen. „Lass es uns lieber langsam angehen!" Seine Stimme zittert.

Wer hätte das gedacht! Er ist nicht der coole Typ von vorhin, der immer alles im Griff hat. Coco ist erleichtert, dass er auch diese andere Seite hat. Sie kippt den Kopf nach links und folgt seinen Fingern, die gerade in der Hosentasche verschwinden. Sie lässt ihn wissen, dass sie weiß, dass er nicht nach seiner Marschverpflegung in Schokoladenriegelform greift.

„Warum ich?", will Coco wissen, kurz bevor sie das Portal erreichen.

„Schau dich an. Du gehörst hierher!"

„Das war keine Antwort", faucht Coco Zoltan an, gereizt durch die übermächtigen Gefühle. Feucht vor Erregung zelebriert die Lust in ihrer Liebespalte.

Sie nähern sich den Stufen, die nach oben zu einem schneeweißen Portal führen. Auch hier weitere Statuen, die links und rechts einladend den Weg weisen - doch diesmal verschlungen im Liebesakt.

„Wir scheinen langsam anzukommen", stellt Coco fest, wobei sie die letzten Silben kaum noch herausbekommt.

Neben dem breiten Portal erheben sich beeindruckend die beiden hohen Säulenbögen, die schon etwas längere Schatten werfen. Die Sonne steht nicht mehr am höchsten Punkt, aber es ist immer noch ein verdammt heißer Tag, in jeder Hinsicht.

Die Säulenbögen haben hohe schmale Fenster, durch die sie einen Blick auf den sonnenüberfluteten Innenhof erhaschen kann. Dort sieht sie unter dem gläsernen Kuppeldach, Wasserfontänen inmitten grüner Palmen spritzen. Gespannt erwartet sie, gleich die paar Stufen hochzulaufen und entweder eine Orangerie zu betreten, oder einen schlimmen Sündenpfuhl.

Doch stattdessen soll sie plötzlich in die Büsche gezogen werden. Coco bleibt stehen wie ein bockiger Esel, nur, dass sie eleganter dabei aussieht, aber genauso entschlossen, nicht weiterzugehen.

„Schleichwege benutzt ihr anscheinend lieber!", faucht sie die beiden an.

„Nein, wir wollen es nur langsam angehen wie gesagt und nicht gleich mit der Tür ins Haus fallen." Aron nickt mit dem Kopf in Richtung des schmalen Weges als Aufforderung, ihm zu folgen.

„Eine Haustür ist aber gerade dafür da, seine Gäste gebührend zu empfangen. Stattdessen werde ich von Euch in die Büsche gezerrt?" Coco bockt weiter - ein bisschen enttäuscht, dass sie den Sündenpfuhl nicht gleich betreten haben.

Aron setzt eine entschuldigende Mine auf.

„Die Hausherrin lässt nur selten jemanden rein und wenn, dann nur auf ihr ausdrückliches Verlangen. Vielleicht würde sie bei dir eine Ausnahme machen. Aber wir haben versäumt, zu fragen."

„Oh, eine Hausherrin gibt es hier! Ihr versucht nicht zufällig, mich über den Dienstboteneingang heimlich einzuschleusen?"

Aron schmunzelt und reicht ihr seine Hand.

Cocos Sturheit weicht, denn langsamer ist manchmal besser. Vielleicht sollte sie vorher herausbekommen, wohin das am Ende führt. „Das hier nennt sich der Tempel der Venus, oder?", fragt Coco vorsichtig.

„Ja, so heißt er", meint Aron. „Aber das haben wir noch gar nicht erwähnt, oder?"

„Nein, ich habe es geraten." Coco macht eine Pause, damit er vielleicht reagiert. Aber er überhört sie einfach, wie es so viele machen, wann immer sie was Wichtiges zu sagen hat. „Was anderes kann das hier gar nicht sein", ergänzt sie leise. Sie nimmt seine Hand, damit er sie über den sandigen Pfad geleitet, wo auch immer der hinführt.

Durch die Bäume und Sträucher schimmert linker Hand das bunte Glas hoher Rundbogenfenster. Dahinter kann Coco nichts Genaues erkennen, vermutet aber die Säulengänge, die sie auf dem Luftbild gesehen hatte. Das Gemäuer scheint sehr alt zu sein. Nur die große helle Kuppel stammt aus neuerer Zeit und vielleicht auch die strahlend weißen Statuen, die einen sozusagen als

Einstimmung auf dem Weg begleiten, wenn das hier tatsächlich ein Tempel der Lust sein sollte.

Coco beschließt, nicht vorschnell zu urteilen. Vielleicht hat alles einen anderen Grund, so wie hier auf dem zweiten Blick alles ganz anders ist, wie es auf den ersten Blick erscheint - die Typen sind anders, sie selbst ist anders und die künstlerischen Werke auch. *Ich wollte es anders und nun bekomme ich es so,* resümiert Coco.

Nach ein paar Metern können sie leises Stimmengewirr vernehmen. Kurz darauf stehen sie auf einer großen Wiese, die umsäumt ist von riesigen alten Buchen, Eichen und kleineren Eschen. In der Mitte steht einsam eine Trauerweide, deren Zweige bis zum Boden reichen.

Sie sind an der Rückseite des Gebäudes angelangt. Der sieht einem zu groß geratenen Wintergarten ziemlich ähnlich, allerdings mit Bars, Springbrunnen und kleinen gemütlichen Sitzecken aus Korbgeflecht. Auch hier gibt es Palmen, als wären sie in der Südsee gelandet.

Hinter den Theken mixen braun gebrannte muskulöse Typen in Bermudashorts exotische Getränke. Fesche Mädchen in kurzen

Röckchen und bauchfreien Blusen, tragen sie elegant zu den zahlreichen Tischen unter den Sonnenschirmen, die wie zu groß geratene Pilze planlos rings um die Weide aus dem Boden geschossen sind. Pärchen plaudern vergnügt und welche, die es noch werden wollen. Dazu spielt leise Samba Musik.

An der Bar sitzen die einsamen Herzen. Nur die Weide selbst wirkt fehl am Platz - irgendwie traurig, als dürfe sie nicht dazugehören, auch wenn sie den Mittelpunkt bildet. Daraufhin stellt sich Coco vor, sie würde gleich tanzen. Das Bild, das vor ihren Augen erscheint, lässt sie schmunzeln.

Coco schaut sich verwundert um. So etwas hat sie hier nicht erwartet. Ein Sündenpfuhl, aber kein schlechter. Er gleicht den Hotelbars exotischer Strände, angepriesen auf Hochglanzpapier, wo freizügige Kleiderordnung dazugehört, so wie hier wohl auch.

Coco hat sich auf ihren Reisen nie getraut, solche Bars zu besuchen, höchstens um die Mittagszeit herum. Aber jetzt ist ja zum Glück noch nicht Abend und bei einem Becher Eis, wird ja kaum was passieren.

Coco würde allerdings selbst am Abend perfekt hierher passen, denn freizügig ist sie heute wirklich. Bei ihrem mutigen Griff in den Kleiderschrank hat sie also doch nicht ganz so danebengelegen. Sie fängt an, sich in ihren Klamotten wohl zu fühlen, da alle anderen hier ähnlich wie sie „gekleidet" sind.

„Magst Du was von der Cocktail-Bar?", fragt Aron und bittet Coco an einen der rustikalen Holztischen Platz zu nehmen.

„Wenn ich auch eine Kleinigkeit gegen den Hunger haben kann?"

„Natürlich Coco, Du bist unser Gast und herzlich eingeladen. Suche Dir ruhig was aus. Allerdings gibt es tatsächlich nur Kleinigkeiten. Den großen Hunger, kannst du anders stillen!" Coco kann sich denken, wie er das meint, und wirft ihm einen erwartungsvollen Blick zu.

Sie nehmen Platz unter einem der Sonnenschirme und Aron reicht ihr die Karte, sicher, dass sie mit Hunger eigentlich was anderes meinte. Er kann sich nicht vorstellen, dass sie jetzt wirklich was essen könnte. Er selbst bekäme zumindest keinen Bissen herunter.

„Und ich bekomme was ich will?" Coco schaut dabei zu den knackigen Barkeepern rüber, die neugierig ihren Blick gehoben haben.

„Ja klar!"

„Dann bitte den dort auch", versucht sie, über ihre Geilheit hinweg zu scherzen.

„Vielleicht später, mit uns hast du sicher erst mal genug zu tun. Oder willst Du uns jetzt schon verlassen?"

„Natürlich nicht! Ihr habt ja bis jetzt nicht zu viel versprochen!" Coco zeigt begeistert in die Runde und hätte fast dem spärlich bekleideten Mädchen, das gerade neben ihr erscheint, die Getränke- und Speisekarte aus der Hand geschlagen.

Man ist die süß! Verführerische sinnliche Augen blicken in ihre. Coco braucht gefühlte Minuten, bis sie die Karte aus ihren Händen nimmt. „Hier kommt wirklich nicht jeder rein, oder?"

Die Blicke kreuzen sich

Zwei Tische weiter flirten zwei Typen mit ihrer überaus hübschen Begleiterin. Ich habe mir ein Bild über die Gäste machen wollen und mein Blick ist genau an diesem Tisch hängengeblieben. Sie scheint anders zu sein, als die anderen hier, die sich vertieft ineinander amüsieren. Irgendwie ist sie recht angespannt, auch wenn sie versucht, entspannt zu wirken.

Vielleicht ist sie, wie ich auch, das erste Mal hier und versucht mit der Situation klar zu kommen. Das kann ich nachvollziehen, denn von entspannt sein, ist auch bei mir keine Rede. Immer wieder ringt sie mit ihren Fingern, was nur Erregung oder Zweifel bedeuten kann.

Meine Finger machen dasselbe.

Sie sieht unschuldig aus – noch! Vielleicht will sie es bleiben, vielleicht auch nicht. Die knackigen Typen an ihrer Seite wollen ihr die Entscheidung jedenfalls leichtmachen. Der Erfolg scheint ihnen sicher, so wie die aussehen. Und sie machen im Moment alles, um sie rum zu kriegen. Wäre ich an deren Stelle, würde ich es nicht anders machen.

Auf einmal schaut sie auf, als fühle sie sich von mir beobachtet. Statt mir mit anklagenden Blick zu drohen, lächelt sie verständnisvoll, als wolle sie sagen: „Du bist in den gleichen Schwierigkeiten, wie ich es bin. Viel Spaß!" Da hat sie Recht. Wenn Joy und Juliette noch einen Schritt weitergehen, werde ich durchdrehen.

Ich zwinge mich, meinen Blick von ihr abzuwenden, muss aber gleich wieder hinschauen. Dieses Lächeln ist so anders. Es zieht mich an und gewinnt mich in einer einzigen Sekunde. Dieses flehende Lächeln vermittelt: „Bitte, bitte, sie rauben mir den Verstand!"

Genau das ist es, was ich auch empfinde, außer dass ich mir kaum vorstellen kann, dass wir gerettet werden wollen. So wende ich mich wieder meinen Begleiterinnen zu, die rücksichtslos damit weitermachen, mir den Verstand zu rauben. Diesmal werde ich es nicht vermasseln. Hier ist das Abenteuer, für das ich heute Morgen ausgezogen bin.

Trotzdem lässt sie mir keine Ruhe. Sie nagt an meinem Unterbewusstsein, das immer noch bei ihr rumhängt. Das möchte wissen, wer sie ist. Mein Finger schreibt einen Namen, den ich nicht entziffern kann. Ich stiere auf den Tisch, wie heute Morgen aufs Laken. In meinem Kopf wirbeln die Gedanken wie trockenes Laub bei stürmischem Wetter.

Noch bevor ich einen Gedankenfetzen fassen kann, taucht ein Bauchnabel mit Piercing auf. Darunter ein kurzes Röckchen, das fast von den aufreizenden Hüften rutscht.

„Magst Du was bei mir bestellen?"

Mir wird es mehr als heiß bei diesem Anblick. Und beim Gedanken daran, was es bedeuten würde, mich wirklich fallen zu lassen, verdammt mulmig zumute.

„Puh, schon. Was Eiskaltes!"

„Tonic mit Eis?"

Ich nicke.

Mit einem Knicks verschwindet sie, um meinen Wunsch zu erfüllen.

Fragend und hilfesuchend schaue ich zu Joy und dann zu Juliette, die vor mir bestellt haben müssen.

„Was ist das hier?", frage ich zaghaft.

Joy fixiert mich mit ihren unglaublich blauen Augen. „Was glaubst Du wohl?" Es sitzt wie ein Dolchstoß in meine Magengrube.

Das, was ich glaube, sollte ich besser nicht kundtun. Sie würden mich nur für übergeschnappt halten. Ich zucke mit den Schultern. Es ist ja offensichtlich, auch ohne dass ich was sagen müsste.

„Komm, traue Dich, wir beißen nicht! Was denkst du wirklich?"

Juliette grinst und ergänzt die Aussage ihrer Freundin: „Und wenn, dann knabbern wir bloß ein bisschen!"

Der Gedanke daran ist unerträglich. Ich stottere das zum Glück in einer fremden Sprache. Sie bleibt geduldig. „Komm schon, was siehst du hier?"

In die Ecke getrieben wie ein wildes Tier, suche ich nach einem Fluchtweg. Sie lässt mir keinen. Das macht mich wütend und ich presse die Zähne aufeinander, dass es knirscht. „Ich will nicht wirken wie ein geiler Bock, der ständig nur an das *Eine* denkt. Was anderes ist bei euch aber gar nicht möglich!", flüstere ich kaum vernehmbar.

Ihre Augenbrauen heben sich. Sie haben alles verstanden und wollen wohl, dass ich mich um Kopf und Kragen quatsche. Bevor sie mich wegjagen, lege ich einen Schalter um. Mit einem Sprühfunkenregen brennen all meine Sicherungen durch. Ohne die beiden anzusehen, quetsche ich durch die Lippen: „Ihr seid die schärfsten Modelle mit oder ohne Waffenschein und ich will euch haben!"

„Wir sind Modelle für Dich?", erregt sich Juliette, wobei sie die Stimme am Ende bis ins Piepsige hebt.

Ich wusste, ich hätte lieber nichts sagen sollen. Wie kann man sie auch als Modelle bezeichnen. Die Wortwahl ist wirklich grottig. Normalerweise müssten sie mir eine klatschen. Spontan ziehe ich den Kopf zwischen meinen Schultern ein.

Nachdem keine Ohrfeige folgt, öffne ich vorsichtig meine Augen. Ihre Blicke sind immer noch auf mich gerichtet, als würden sie auf eine Fortsetzung warten. *Irgendjemand muss jetzt was sagen - bitte!*

Doch es passiert nichts. Wie sie mich anstarren, kann ich nicht ertragen. Eigentlich ist es längst egal, was ich sonst noch von mir gebe. Und so rede ich mich weiter um Kopf und Kragen. „Ihr seid die schärfsten Ausgaben einer Frau, die ich je gesehen habe. Euch sollte man lieber nicht allein auf die Straße lassen. Man könnte natürlich auch alle Kerle anleinen, an denen ihr vorbeikommt. Das wäre allerdings recht aufwendig und der ein oder andere würde sich wieder losreißen, denn nicht nur eure Kurven reizen gefährlich. Aus allen Richtungen würden sie sich schließlich auf euch stürzen!" In der anschließenden Stille überlege ich, ob ich mich nicht lieber aus dem Staub machen sollte.

„Ist das ein Kompliment?", beendet Juliette endlich meinen peinlichen Auftritt und die Ruhe vor dem erwarteten Sturm der Entrüstung.

Jetzt bin ich gar nicht mehr vorsichtig und lasse die Wahrheit aus mir herausplatzen. „Ihr bringt mich um den Verstand und wenn es das ist, was ihr wollt: Bitteschön!" Ich gehe zum Angriff über.

Statt mich anzuschreien, schauen mich die beiden mit einem zufriedenen Lächeln an. „Ein Kompliment also? Das kann man auch netter sagen!" Juliette scheint mir tatsächlich meine verbale Entgleisung zu verzeihen.

Ich stehe nicht mehr fauchend in der Ecke, sondern besiegt und zahm und dabei irgendwie froh, dass es endlich über meine Lippen gelangt ist.

Es ist ausgesprochen. Und jetzt?

Meine maßlosen Gedanken werden schnell unterbrochen. Joy ist anscheinend noch nicht besänftigt. Sie schaut mich an, wie eine wilde Katze, die gerade eine kleine Maus erblickt hat. Jetzt wird die erwartete Entrüstung kommen. „Und was bist Du?", raunzt sie mich an. Sie fixiert mich und mustert mich aus blitzenden Augenschlitzen.

Im ersten Moment weiß ich nicht, was sie damit meinen könnte. Dann scheint sich auch bei ihr, ein Schalter umzulegen. „Scharenweise Mädchen rennen dir hinterher und du siehst es nicht. Das bist du, blind und mit einem Manko an der richtigen Selbsteinschätzung. Oder meinst du etwa, dass wir jeden Typen abschleppen würden? Sehen wir so billig aus?"

Das hat gesessen. Ich bleibe wie versteinert sitzen. Habe ich sie wirklich verletzt, meinen Fuß auf eine Mine gesetzt und sie ist hochgegangen? Selbst Juliette hat wohl was von den Splittern abbekommen und blickt erschrocken zu ihrer Freundin.

Per Augenkontakt einigen sie sich auf das, was sie mit mir machen werden. Joy lässt Juliette den Vortritt, mir ihren Entschluss kundzutun, während sie selbst nur bockig dasitzt. „Wir haben gehofft, dass dich keine vor uns wegschnappt!"

Ich schaue verdattert aus der Wäsche. „Ihr seid mir absichtlich vor die Füße gefallen?"

„Nein, zum Glück hast du mich aufgefangen!"

Ich bin sprachlos. Ein paar Minuten vergehen, bis ich wieder Worte sinnvoll formen kann. *Alles kein Zufall, zumindest nicht der, nach dem es aussah.*

Ich versuche, zu glauben, dass sie mich vorsätzlich aufgerissen haben. Und wenn das wahr ist...

Was wäre, wenn?

Joy legt mir einen Finger auf den Mund.

„Du solltest jetzt lieber nichts mehr sagen!"

Sie schaut abwechselnd mich und ihre Freundin an, nimmt meine Hand und legt sie auf ihre und dann Juliettes oben drauf. Unser Bund ist besiegelt.

Für einen Moment scheinen wir die Einzigen auf der Welt zu sein. Wo wir hier eigentlich sind, interessiert mich kaum noch. Es scheint tatsächlich, alles gesagt zu sein.

Noch bevor mir klar wird, wo dieses Abenteuer hinführt, taucht das Piercing erneut neben mir auf. Die Süße mit den schwarzen geflochtenen Zöpfen reicht mir das Bestellte. Aufgebracht nehme ich das mit Perlen beschlagene Glas entgegen. „Danke, das werde ich jetzt brauchen!"

„Das sieht man. Viel Spaß noch ihr Drei!" Dann lächelt sie vielsagend. Anmutig schwebt sie mit ihren langen Beinen über das Gras davon. Mein Schweben ist ähnlich.

Ich kann mich nicht mehr zurückhalten und muss Joy küssen. Seit ihrem Sturz, wo ich das verpasst hatte, habe ich mich gesehnt, das nachzuholen. Sie wehrt sich nicht und öffnet bereitwillig ihre Lippen, um mir ihre Sinnlichkeit rüber zu hauchen. Ich erwidere das mit heftigen Geknutsche.

„Du gehörst mir!", flüstere ich leise, bevor wir uns ganz verschlingen.

„Nein, du uns!", meint sie in der nächsten Atempause.

Die brauche ich auch. Perplex schaue ich Joy und dann Juliette an, als hätte ich das immer noch nicht begriffen. Schweigend ringe ich um Fassung, während ich versuche, mir das auszumalen. *Was wäre, wenn ...?*

„Du musst nichts sagen. Wir wissen, wie es Dir geht. Genieße es einfach und lasse Dich fallen."

Joy platziert dabei ihre Hand auf meinen Schenkel.

Ich zucke zusammen, beiße mir auf die Lippen und schlucke die verräterischen Laute herunter. Doch man kann sie an meinem Adamsapfel erkennen, der unstet auf und nieder hüpft.

Unwillkürlich lege ich meine Hand auf die ihre, die weit oben auf meinem Schenkel brennt und versuche, sie festzuhalten. Mein Glied ist hart und pulsiert unter meiner gespannten Hose. Näher darf sie da auf keinen Fall ran. Mein ganzer Körper ist gespannt wie ein Bogen, bereit seinen Pfeil abzuschießen.

Juliette packt mich am Kinn, um mich schleunigst zu belehren. „Das musst Du aushalten können und noch viel mehr. Und vor allem merke Dir, uns gibt es nicht einzeln!"

Ich schlucke.

„Du musst doppelt so viel aushalten und vor allem doppelt so gut sein!"

Bevor ich ihren bockigen Blick ernst nehmen kann, presst sich nun ihr Schmollmund ebenfalls auf meinen.

„Nachdem das jetzt endgültig besiegelt ist, möchtest Du noch was sagen?"

Nach Fassung ringend sehe ich die beiden an.

„Ich brauche unbedingt eine kalte Dusche!"

Im Rausch der Sinne

Aron spürt, Coco ist im Rausch der Sinne. Das wird sie ihnen gleich anvertrauen. Er weiß, jetzt kann das Spiel beginnen. Sie wird sich hingeben und es nie mehr missen wollen.

Die Schönheit mit den langen Beinen kommt zurück mit dem Bestellten. Ihre schwarzen dünnen Seidenstrümpfe werden von Strapsen gehalten. Ein String Tanga aus Spitze bedeckt ihre Scham. Der wird von einer schwarz-weiß karierten Minischürze notdürftig bedeckt. Von der Seite bekommt Coco einen reizvollen Einblick.

Coco bewundert, wie sie elegant auf ihren Pumps zu ihnen herüber schreitet - *wie ein Modell auf dem Laufsteg*. Sie selbst würde das niemals so hinbekommen, weshalb sie hohe Absätze von Kindheit an meidet.

Ihr Hintern ist knackig, mit zwei kleinen Venusgrübchen am unteren Rücken und glänzt unverhüllt in der Frühlingssonne. Coco hat dort auch solche und nicht nur die kleinen süßen Grübchen im Gesicht. An dieser Stelle sollen sie besondere Sinnlichkeit verraten und heftige Orgasmen prophezeien.

Feste runde Brüste werden von einer halbdurchsichtigen Bluse in Form gehalten, was sicherlich nicht nötig wäre. Eher geben ihre Brüste der Bluse die gewünschte Wölbung. Türkisene Ohrringe ergänzen den reizvollen Bauchnabelschmuck. Ihre frechen schwarzen Zöpfe geben ihr ein unschuldiges Aussehen mit einem Schuss Verruchtem.

Coco ist immer noch fasziniert. Das Schürzchen ist das Einzige, an dem man die schwarzhaarige Schönheit als Bedienung erkennen kann, wenn man sie denn dafür halten möchte.

Verdammt ist die sexy.

Aber nicht nur für Coco.

„He Aron, kannst du deinen Blick mal abwenden, auch wenn es dir schwerfallen sollte?" Coco ist tatsächlich beinahe eifersüchtig, kann aber gut verstehen, dass Mann bei so einem Anblick nicht einfach wegschaut. Macht sie ja nicht mal selber.

„Verzeihung Coco, ich war gerade abgelenkt", meint er mit unschuldiger Mine.

Coco setzt sich „rein zufällig" kerzengrade auf und streckt ihre Brüste provozierend raus. Auch wenn sie es verstehen kann, will sie nicht jetzt schon vernachlässigt werden. Der Mittelpunkt gehört gefälligst ihr.

Und in den kommt sie ganz schnell zurück und genießt die Blicke, die ihr sofort unter die Haut gehen. Wenn sie nicht aufhört mit diesem Unsinn, werden sie ihr gleich hier die Kleider vom Leib reißen. *Ich kann es kaum erwarten, dass bei ihnen zu tun,* denkt sie derweilen selber.

Ihre Erregung vermischt sich mit Ungeduld.

„ Ihr habt mich hierher verschleppt, in diesen Lustgarten, wo es anscheinend nur um das Eine geht. Jetzt kümmert euch gefälligst um mich und schaut nicht anderen Schicksen hinterher, denn man macht mich nicht ungestraft wuschig. Ihr lasst mich die ganze Zeit schmoren. Jetzt will ich wissen, was ihr eigentlich von mir wollt!" Coco lässt ihren ganzen angestauten Frust der letzten Jahre raus.

Sie will dieser Lust endlich nachgeben, die sie ansonsten wahnsinnig macht. Sie weiß inzwischen, das kann sie hier und wahrscheinlich am Ende sogar ohne Reue, wie es sonst oft der Fall war. Voller Ungeduld will sie nachholen, was sie in der Vergangenheit nicht zulassen wollte - ihren Anstand verlieren und ihre keusche Unschuld - und am besten mit diesen schnuckligen Typen hier.

Seitdem das Tor hinter ihr mit einem dumpfen metallenen Krachen zufiel, ist sie wie ausgewechselt. Sie hat weder Angst noch ihre übliche Zurückhaltung. Coco besteht eigentlich nur noch aus Begierde. Sie will Aron und am liebsten gleich auch diesen Zoltan haben. Alle beide könnten sie vielleicht wieder runterholen.

Ihr morgendlicher Orgasmus kommt ihr in den Sinn, während sie auf die Antwort wartet. Da hatte sie noch vom perfekten Sex geträumt. Das Vorspiel hat gerade begonnen. Sie spürt ihren Slip in ihre glitschige Spalte rutschen.

Zoltan merkt, in welchem Zustand sie ist. Er selbst war immer messerscharf hinter diesen Mauern und er weiß noch sehr genau, wie es bei ihm das erste Mal war. Ihm war schlecht vor Geilheit und mit seiner Beherrschung war es schneller vorbei, als heute bei Coco. Er kam immer wieder an diesem Abend. Das erste Mal passierte es tatsächlich schon hier, hier in diesem Garten bei Schampus und Wein und zwei zuckersüßen Jägerinnen. Es ging voll in die Hose, als er realisierte, was ihn erwarten würde. Und das hat Coco sicher gerade auch! Sollen sie ihr das tatsächlich auch noch sagen?

„Hey, ich brauch jetzt Bewegung!" Coco rutscht auf ihrem Stuhl hin und her, so kribbelig ist ihr geworden. Ungeduldig springt sie auf und zupft sich ihr Kleidchen zurecht. Zu willig will sie schließlich nicht erscheinen und wenn sie sie betteln lassen wollen, haben sie sich verrechnet. Es wird eher anders herumkommen. „Ich werde jetzt darüber gehen und ihr könnt euch derweilen überlegen, was ihr von mir wollt!"

Coco lächelt die beiden vielsagend an, dreht sich um und läuft zielsicher zur Bar. Sie weiß, dass ihre Blicke sich in ihren Rücken bohren und sie sich fragen, ob sie gerade durchdreht. *Sollen sie es doch tun!*

„He Jungs, ich brauche unbedingt eine Abkühlung, irgendwas Spritziges mit einem Schuss!", ruft sie schon von Weitem.

Zwei knackige Bar-Männer schauen von ihrer Spüle auf, neugierig, wem es wohl zu heiß geworden ist. Der ihr am nächsten stehende Typ lässt alles stehen und liegen, holt schweigend einen Sekt aus dem Kühlregal und wirft etwas Kirschartiges gekonnt ins Glas.

Zurückgekehrt lässt er den Korken knallen und eine Fontaine im hohen Bogen zielsicher darin landen, wobei Coco das Spiel seiner Bizeps und Brustmuskulatur in sich aufsaugt. Braungebrannt steht er vor ihr in hautengen Boxershorts, die eine gute Bestückung unter seinem Waschbrettbauch erkennen lässt.

„Ich wollte eigentlich eine Abkühlung!"

Der Barkeeper überlegt nicht lange, da ihr Zustand wohl offensichtlich ziemlich kritisch ist. Er schnappt sich eine

Sprudelflasche, schüttelt kurz und ein feiner kühler Regenschauer, fällt auf Coco nieder und benetzt ihr erhitztes Gesicht, den Hals und die nackten Schultern.

Die Perlen glänzen auf ihrer Haut, wie frischer Morgentau auf einer Blume, deren Blütenknospen sich gerade öffnen wollen. Sie lächelt ihn an und sagt: „Danke!" Nicht mal Überraschung, scheint auf ihrem Gesicht zu stehen.

Ohne den Blick von ihm abzulassen, nimmt sie das kühle Glas aus seinen schlanken Fingern, die sie wie aus Versehen streift. „Schade, dass man hier nicht bezahlen braucht, ich will es aber trotzdem tun."

Coco stellt ihr Glas ab und holt den erstbesten Schein aus ihrem kleinen roten Portemonnaie, ohne sich um seinen Wert zu kümmern. Dann beugt sie sich flink über den Tresen, zieht an seiner hautengen Shorts bis sein hellbrauner kurzgeschorener Schamhaaransatz sichtbar wird und klemmt den Schein dahinter.

„Vielen Dank schöne Lady, es war aber nur ein Glas und kein ganzer Kasten." Der Barkeeper bedankt sich professionell, als ob ihm das jeden Tag passiert.

Kurz darauf stehen Zoltan und Aron plötzlich neben ihr. „Wollt ihr mich etwa beschützen?", fragt Coco völlig entrückt.

„Noch nicht, aber du brauchst jetzt mehr als einen kühlen Schauer". Aron reicht ihr eine der Servietten für die nassen Spritzer. „Lass uns weiterziehen! Vielleicht finden wir was Besseres für deinen erhitzten Zustand."

Im Labyrinth

Sie schlendern Arm in Arm über die saftig grüne Wiese auf eine zwei Meter hohe Hecke zu. Coco, die aussieht, als würde sie abgeschleppt werden, entdeckt die schmale dunkle Schneise, über der ein Holzschild hängt. „Verlauft Euch nicht!", steht dort in Schnörkeln geschrieben.

Diese Warnung kommt viel zu spät! Hätte schon am Eingangstor stehen müssen oder besser noch an meiner Wohnungstür, und zwar von innen. Allerdings hätte diese Warnung sie eh nicht aufgehalten.

Zoltan weist ihr mit seiner Hand, vorauszugehen.

„Danke, dass du mir den Vortritt gibst!" Coco schaut misstrauisch über ihre Schulter, während sie unter der Warnung in das Labyrinth eintritt.

„Keine Angst, da müssen wir aber durch bevor du deine Abkühlung bekommen kannst!"

Prompt erwidert Coco: „Du aber auch!" Aufgekratzt schaut sie auf die konturvolle Wölbung in Zoltans Hose. Coco wundert sich, wie er so laufen kann, und ist dabei irgendwie stolz, solch einen

Effekt kreiert zu haben. Sie versucht, es mit einem Lächeln wettzumachen.

Zoltan steckt seine Hand in die Tasche, um die unvorteilhafte Ausbuchtung wenigstens etwas zu verbergen. Angestrengt versucht er, seine Erektion in eine günstigere Position zu drücken, eine die ihn nicht so sehr behindert *und nicht noch mehr heiße Blicke auf sich zieht*. Coco würde ihm jetzt gern helfen.

Sie genießt sein umständliches Gehabe. „Muss dir nicht peinlich sein! Über den Punkt sind wir hinaus."

Dann wendet sie sich Aron zu, dem es wohl nicht anders ergeht. „Scheint tatsächlich ein Irrgarten zu sein. Haben wir keine Heckenschere dabei?"

„Nein, wir wollen uns hier ja mit dir verlaufen", spielt Aron auf seine Hintergedanken an, die er auch bei ihr vermutet.

„Auch, wenn genau davor am Eingang gewarnt wird?"

„Steht ja nur da, weil verbotene Dinge mehr Spaß machen!"

Coco erwidert sein vielsagendes Grinsen. Jetzt hat sie ihre Herausforderung und eine gute Vorstellung, wo sie am Ende mit ihnen landen wird. „Na dann bekommt ihr jetzt die Chance!"

Sie bittet, ihre „Beschützer" vorauszugehen. Um ihnen nicht die ganze Zeit auf den Hintern zu klotzen, bewundert sie die hohen gepflegten immergrünen Hecken zu beiden Seiten der unübersichtlichen Gänge, die langsam breit genug werden, so dass sie Coco in ihre Mitte nehmen können. Das ist auch nicht besser.

„Der das hier in Form halten muss, hat eine Menge zu tun", meint Coco, während ihr Blick geistesabwesend den messerscharfen Kanten der Hecke folgt.

„Ja, beeile dich lieber, denn heute hat er frei. Und du willst doch nicht, dass das hier zuwuchert, bevor wir wieder draußen sind!" Zoltan gibt ihr einen leichten Schubs, um sie weiter zu drängen.

Oh, er hat was vor, ist sich Coco sicher. Und bei dem Gedanken wird ihr noch heißer.

Sie schlendern eine Weile durch die schattigen Irrwege weiter. Überall gibt es Abzweigungen, die nirgendwo hinführen. Schon bald hat Coco keinen Plan mehr, wo sie sich befinden. Zum Glück gibt es ab und an kleine Nischen mit weißen Bänken, auf denen man verschnaufen kann, um sich dann erneut aufzuraffen für den nächsten Versuch, hier raus zu finden. Allerdings kommt erschwerend hinzu, dass hier wieder die eine oder andere lebensgroße Skulptur in erregender Pose herumsteht. Die Orientierung wird dadurch mächtig erschwert, wie Coco findet.

„Wie soll man sich da noch auf den Weg konzentrieren?" Die Figuren sind zum Anfassen nahe und sie muss sich verdammt beherrschen, das nicht zu tun - so wie auch bei Zoltan und Aron. „Mein Gott", flüstert sie bei einer der Statuen und klatscht ihr auf den steinernen Hintern, was sie sonst bei den Kerlen neben ihr getan hätte.

Da sich außer ihnen nicht mal das kleinste Lüftchen hierher verirrt, herrscht zwischen den Gängen eine erdrückende Hitze. Aber nicht nur das lässt Cocos Schweißdrüsen übermäßig ihre Arbeit verrichten. Auch diese merkwürdige Phantasie, die sich ihr aufdrängt, trägt ihren Teil dazu bei. Dabei scheint das nicht mal, ihre Phantasie zu sein. Als würde sie irgendwo anders herstammen.

In dieser verrückten Vorstellung halten sie Fremde am Handgelenk fest und reißen ihr das verschwitzte Kleidchen vom Leib. Nackt wird sie frontal an eine kühle Wand gepresst, so dass sie nicht sehen kann, wer sich alles an ihr vergreift. Sie spürt ungeduldige Hände über ihren Körper wandern und sogar die Blicke, mit denen sie verschlungen wird. Sie genießt es, ausgeliefert zu sein zwischen Hecken, die sich zu kaltem Stein verwandeln.

Dann wird es still. Niemand berührt sie mehr. Alle treten zurück, um zwei Auserwählten den Weg freizugeben. Coco hält den Atem an, bis sie Aron vernimmt. Hinter sie getreten, haucht er in ihr Ohr: „Du wolltest es so!" Dann schnappt er sie und bringt sie zu Boden. Zoltan ist mit dabei. *Als könnte er nicht mal das alleine machen!*

Coco kommt willig auf dem Rücken zum Liegen. Aron lässt ihr keine Zeit, es sich anders zu überlegen. Er drückt ihr die Beine auseinander und hockt sich dazwischen, bereit in sie einzudringen. Sie stiert auf seinen harten riesigen Schwanz und könnte fast Angst vor seiner Größe bekommen, aber mehr noch vor seinem gefährlichen Blick.

Erschrocken weicht Coco zurück wie ein Krebs. Aber Zoltan ist bereits da, um ihren Rückzug zu verhindern. Er packt ihre Arme, mit denen sie sich wegschiebt und presst ihren Kopf zwischen seine Schenkel, wo auch sein Schwanz bedrohlich zuckt.

Zoltan lässt sie nicht entkommen, während Aron sie nimmt. Machtlos lässt sie geschehen, wozu sie schon lange bereit ist. Sie ist den beiden völlig ausgeliefert.

Geheimnisvolle Männer und Frauen in schwarzen und roten Caps beobachten durch Masken, mit denen sie ihre Gesichter verbergen, wie Aron und Zoltan sie von einem Orgasmus zum nächsten treiben. Die vermummte Gemeinschaft stimmt einen merkwürdigen Singsang an, der schneller und schneller wird, im Einklang mit ihren Stößen. Immer wieder hört sie: „Coco, Coco, Coco." Bis sie wieder zu sich kommt.

Was war das denn? Wird so mein Aufnahmeritual werden? Coco schüttelt sich, um diese unheimlichen Bilder loszuwerden. Trotz allem elektrisiert sie diese merkwürdige Phantasie, was wohl nur an diesem Ort oder der Hitze liegen kann.

Sanft holt Aron sie in die Wirklichkeit zurück. „Hey, da bist du ja wieder!"

Coco nickt völlig entgeistert.

„Vielleicht solltest du anfangen, sie als Wegweiser zu benutzen und dich nicht nur an ihnen festhalten!"

Erschrocken stiert Coco den Phallus an, von dem sie rot geworden, sofort die Finger wegnimmt. *Es muss heiß hergegangen sein, bevor sie versteinert wurden.*

Krampfhaft schüttelt sie die Bilder von sich, die sich ihr immer rücksichtsloser aufdrängen. *Vielleicht bin ich einem Hitzeschlag nahe.*

Verzweifelt wendet sie sich Aron zu. „Das da soll ein Wegweiser sein? Ein Wegweiser wohin? Das ist nicht dein Ernst!" Verstohlen schaut sie aus dem Augenwinkel auf das mächtige versteinerte Ding, das tatsächlich ein Wegweiser sein könnte.

Aron erinnert sie daran, dass sie noch immer planlos herumlaufen. „Versuch es doch mal, bevor wir alle hier vertrocknen oder selbst versteinert werden!"

Vertrocknen? Das fühlt sich anders an! Coco ist ausgefüllt mit einer Lust, die langsam unerträglich wird. Sie denkt sofort an die Szenen aus der Phantasie von eben, an die versteinerte Hecke und an die Typen, die bald über sie herfallen werden. In ihrem Kopf hallt der Singsang nach, um sie anzufeuern.

„Das ist normalerweise kein guter Wegweiser", versucht sie, den Vorschlag herunterzuspielen, der sich sehr nach Machogehabe anhört. „Und wenn, dann höchstens für euch. Aber ihr verlauft euch ja öfters!" Coco steckt ihnen die Zunge raus, auf die sie sich lieber gebissen hätte.

Wie hypnotisiert folgt sie dann doch der vorgeschlagenen Richtung, die sie noch weiter in eine andere Welt hinab saugt, in eine Welt, mit der sie sich inzwischen anfreunden konnte. Und tatsächlich, sie scheinen schließlich auf den „richtigen" Weg zu gelangen, zumindest auf den Weg hier raus, wo auch immer sie dann landen werden.

Coco ist auf vieles gefasst. Eigentlich dachte sie, auf alles!

Am See

Ein leises Rauschen und Plätschern dringt an ihr Ohr. Der Wasserfall scheint nicht weit weg zu sein. Die Abkühlung rückt in greifbare Nähe. Coco sieht sich schon unter ihm rekeln. Bei diesem abwegigen Gedanken muss sie schmunzeln, denn Aron und Zoltan würden ihr am liebsten sofort die Kleider vom Leib reißen. Ihre durstigen Blicke verraten es ihr.

Noch sieht sie nur das Grün der Hecken zwischen denen sie auf der Suche nach dem Ausgang umherirren. Die eine oder andere Skulptur hat sie schon dreimal gesehen. Es scheint fast so, als könne sie sich nicht von ihnen trennen. Aber jetzt gibt es Hoffnung, dass es ihr doch gelingt.

Kaum fünf Minuten später treten sie aus dem Schatten in die Nachmittagssonne. Coco kneift ihre Augen zusammen, bis sie sich an das grelle Licht gewöhnt, mit der die Sonne und der gleißende See sie blenden. Nach einer weiteren Minute kann sie endlich ihre Lider öffnen und ihrer Neugier nachgeben.

Eine romantische Badelandschaft lädt sie auf die versprochene Erfrischung ein. Coco möchte sich sofort in die Fluten stürzen, aber erst einmal begnügt sie sich mit der beruhigenden Idylle, die der See zu bieten hat und versucht, die Orientierung wiederzufinden.

Sie sieht kleine Inseln und versteckte Buchten mit exotischen Bäumen, Sträuchern und hölzernen Stegen. Der Wasserfall, der auf den felsigen Vorsprung fällt, ist zweifellos die Attraktion des Ganzen. Wenn Zoltan und Aron sich unter ihm rekeln, wird nicht einmal die aufspritzende glitzernde Gischt ihre Geilheit verbergen.

Aus sicherer Entfernung wird Coco diesen Auftritt genießen. Sie wird diese lustvoll verzierten Phallusse ertragen lernen, die die beiden noch krampfhaft versuchen zu verbergen. Doch die Konturen sind unübersehbar und das Zucken verrät ihre Kraft, mit der sie sich bemühen, auszubrechen. Und das wird bald sein. Die versprochene Abkühlung braucht sie wirklich!

Coco verweilt noch etwas beim Wasserfall und genießt das Bühnenstück, das Aron und Zoltan ihr bieten könnten. Dann lässt sie ihren Blick nach oben wandern.

Das Wasser sprudelt aus einer breiten flachen dunklen Öffnung, die wie das grinsende Maul einer Inka Maske aussieht, über dem jedoch nur ein Auge lacht und in der jetzt nahezu jede Glut erloschen ist. Es sieht nicht mehr gefährlich aus und Coco käme sich fast wie auf einem gelungenen Sonntagsausflug vor, wäre da nicht diese hemmungslose Lust, die sich in ihr immer rücksichtsloser breitmacht. Coco hofft, dass sie in dieser Oase ihren überhitzten Zustand schnell in den Griff bekommt. Eine Sicherung nach der anderen brennt bereits durch und viele sind nicht mehr übrig.

Sie reist sich von den Bildern los, mit der ihr Verstand versucht, sie zu quälen. Ein letzter sehnsüchtiger Blick auf die Schwellung ihrer beiden Männer, dann lässt sie ihn über das Wasser schweifen.

Vereinzelt tummeln sich dort Badegäste, deren Köpfe wie schwarze Bojen aussehen. Am rechten Ufer erhebt sich der steile felsige Hang, auf dem sich schmale gefährliche Wege nach oben winden, die gesichert mit Pfählen und Seilen so wirken, als ob sie tatsächlich benutzt werden. Der Rest des Sees wird gesäumt von einer frisch gemähten Wiese mit Sträuchern und alten Bäumen, auf der man sich ungeniert in der Sonne aalen kann. Strandmuscheln zum Kuscheln gibt es ebenso, wie Liegen unter den zahlreichen Sonnenschirmen.

Für den Hunger zwischendurch entdeckt sie etwas abseits gelegen einen kleinen recht gut besuchten Kiosk mit rustikalen Bänken und Tischen unter einem kleinen Vordach und dem angrenzenden Rasen, wie es sich von hieraus erahnen lässt.

Rechts von ihnen ist ein brauner Bretterverschlag, was wohl die Umkleiden sein werden. Coco ärgert sich sofort, ihren Bikini nicht dabei zu haben. Den könnte sie jetzt gut gebrauchen. Dabei hatte sie ihn erst vor einer Woche in Vorfreude auf den nahenden Sommer gekauft. Und jetzt wird sie sich was leihen müssen, wenn man das hier überhaupt kann. Dabei wäre ihr eigener todschick gewesen.

Doch weiter drüber ärgern kann sie sich nicht. Plötzlich taucht jemand aus dem Wasser auf. Bis eben war er nur einer der schwarzen Bojen, die langsam dahintrieben. Doch jetzt hat er festen Boden unter seinen Füßen gefunden.

Genüsslich streift er sich die nassen Haare aus dem erfrischten Gesicht, während er langsam aus dem Wasser steigt. *Würde er jetzt noch eine kleine Flasche in der Hand haben, wäre das ein perfekter Werbespot für Duschgel vor einer traumhaften Kulisse.*

Sein Bauchnabel kommt zum Vorschein. Plötzlich wird Coco nicht mehr von den Strahlen der Sonnen geblendet, sondern eher von dem perlenden Wassertropfen auf seiner Haut.

Eine gute Strecke sind sie noch getrennt, aber der Abstand wird kleiner. Im Kopfkino wird es ganz still, auf dessen Leinwand er schon etwas weiter herausklettern durfte. Das Wasser scheint, um seine Taille herum zu verdampfen.

Sie wartet gespannt, dass sie auch den Rest zu sehen bekommt. Aber statt mit einer Shampoo-Flasche strahlend auf sie zuzulaufen, bleibt er mitten im Wasser stehen, schaut sie bittend an, als wolle er, dass sie sich umdreht. *Um den Rest der Show zu verpassen?*

Coco überlegt, ob es ihr Anstand nicht verlangen sollte. Doch das dauert zu lange, wahrscheinlich, weil ihr Anstand bereits abhandengekommen ist und sie ihn erst suchen muss. Das Duschgel-Model zuckt daraufhin resignierend mit den Schultern und fährt fort, aus dem Wasser aufzusteigen.

Er taucht mit seiner mächtigen Lanze wie Neptun aus den Fluten auf, nur, dass sie kein Dreizack ist. Wasser perlt von seiner schimmernden göttlichen Haut. Coco realisiert, dass sie ihre letzte Chance nicht genutzt hat. Er hatte sie ihr gegeben. Er wusste warum. Sie nicht - noch nicht, bis er jetzt auf sie zuschreitet, als wolle er sie auf der Stelle nehmen.

Statt sich wenigstens jetzt doch noch wegzudrehen, ist sie zu Stein erstarrt, unfähig zur kleinsten Regung. Cocos Gesicht ist aschfahl, während er noch immer lächelt - nur etwas Verlegenheit, ist hinzugekommen.

Dieser Typ ist völlig nackt und bemüht sich nicht mal, seine Lust zu verbergen? Wie auch, denn selbst mit zwei Händen würde er nicht die kleinste Chance haben. Es hätte nur verklemmt und lächerlich ausgesehen. So geht er lieber voller Stolz mit einem „Tschuldigung" auf den Lippen, an ihnen vorüber.

Cocos Kopf dreht sich dann doch noch, aber nur um ihm nachzublicken. *Mein Gott, ich bin im Paradies gelandet, oder hat sich meine Wirkung auf Kerle verändert?*

Erstarrt und mit offenem Mund schaut Coco hinter ihm her, bis er im Bretterverschlag verschwindet. Mit ihm verschwindet auch die Starre, die sie überfallen hat.

Der Schock lässt nach und weicht der üblichen Erregung. „Ihr hättet mich wenigstens warnen können, dass man hier streifenfreie Bräune erhält und wenn man nicht aufpasst, gleich noch ein Kind. Ich habe lediglich mit einem Gartenschlauch gerechnet, aber nicht gleich mit einer Oase voller nackter göttergleicher Männer!"

Coco stiert auf den Bretterverschlag, als würden seine Umrisse dort noch zu erkennen sein. Dann schaut sie zurück zum See, wo er gerade aufgetaucht war. „Ist da vielleicht ein Scharfmacher drin statt des üblichen Plastemüllweichmachers?"

Ihre Augen suchen das Gelände nach weiteren Überraschungen ab. Und tatsächlich, ungefähr dreißig Meter weiter, unter dem kleinen Wasserfall, rekelt sich jetzt eine Splitternackte. Sie bewegt sich geschmeidig, als würde sie tanzen und Coco kann beinahe eine Melodie dazu hören. Auch dieser Anblick ist anmutig und fasziniert sie sofort. Sie muss ihrem Tanz bis zum Ende folgen, an dem sie sich mit einem Bilderbuchsprung, in den See zurück hechtet.

Etwas weiter links, in einer kleinen Bucht, sitzt ein Mädchen eng umschlungen auf dem Schoß ihres Lovers. Coco ist fast neidisch auf das, was die da grade machen. Ihr zurückgeworfener Kopf und die kleinen Wellen, die von ihnen ausgehen, erzählen geradezu Bände.

Selbst am Kiosk scheint niemand eine Badehose, Bikini, geschweige denn ein Handtuch zu tragen. „Mein Gott, sind hier etwa alle nackig?"

„Du wolltest doch eine Abkühlung haben!", antwortet ihr Aron kleinlaut.

„Ja, aber ist das hier etwa eine?"

„Ja, wie bei einem Eis, wenn es so richtig heiß ist. Man könnte es einfach verschlingen!" Er mustert Coco mit einem sexhungrigen Blick, der ihr sofort unter die Haut geht - als würde er über sich sprechen und sie gleich seine süße Versuchung werden. Sie muss ihre Augen schließen, um das Gefühl zu verdrängen. *Scheiße, der zieht mich schon mit bloßen Blicken aus!*

Zoltan neben ihr meldet sich leise, dass sie doch wohl zu den Kabinen gehen sollten.

Coco reißt ihre Augen auf, als hätte er das gerade geschrien. „Das glaubst Du doch selber nicht. Daraus wird nichts!", widerspricht sie aufgebracht.

Zoltan reagiert darauf völlig gelassen. „Entweder zurück in die Hecken oder nackt ins Becken."

Coco schnappt nach Luft. „Das hättet ihr wohl gern!"

„Ja!", klingt es gleichzeitig aus beiden Kehlen.

Dann drehen sie sich um, gehen zu dem Bretterverschlag und in die nächsten freien Kabinen rein.

„Ohne Bikini?", ruft Coco fassungslos den beiden hinterher.

Aron steckt seinen Kopf durch die Schwingtür, während er sich weiter entkleidet. „Sehen wir aus, als würden wir Bikinis tragen?"

Coco zeigt ihm einen Vogel.

„Hast du einen?" Aron meint natürlich den Bikini.

Ihr bleibt nur, wütend zu schnaufen.

„Na also!" Und damit ist Arons Kopf wieder in der Umkleide verschwunden.

Coco schaut auf die nackten Füße der beiden, die als einziges noch unter dem Türspalt zu erkennen sind, mit dem wohlbekannten Kribbeln im Bauch, das heiße Nächte vorhersagt. Allerdings hat sie dem nur äußerst selten nachgegeben und wenn, hat sie es ziemlich oft bereut. *Dumm von mir,* denkt sie heute.

Nur einen Moment später sieht sie ihre Hosen fallen und gleich darauf ihre gestreiften Shorts. Sie hatte nicht einmal Zeit, sich auf diesen Punkt vorzubereiten und hält den Atem an. Das Einzige, das sie jetzt noch kann.

Die Tür geht auf. *Verdammte Geilheit,* schießt es wie ein Hilferuf durch ihren leeren Kopf, der sich nach einer Halle anhört. Entrückt schaut sie dem Spiel der Muskeln zu, vor allem denen von Arons Hintern, als er an ihr vorbei zum Wasser läuft. Sie dreht sich zögernd und wie in Zeitlupe zu Zoltan um, der auch gleich kommen sollte.

Und tatsächlich tritt er aus seiner Kabine raus. Da steht er nun vor der noch schwingenden Flügeltür und zeigt auf die zwischen seiner und Arons und das nicht nur mit den Händen.

So sieht also das Klappmesser aus, das ihm beim Laufen störte! Coco schnappt nach Luft, als hätte sie vergessen zu atmen.

„Die ist noch frei, komm schon Coco", herrscht Zoltan sie an, ohne dass auch nur das kleinste Schamgefühl, zu erkennen wäre.

Der Tag läuft im Schnelldurchlauf vor ihrem geistigen Auge ab, angefangen bei der morgendlichen Trostlosigkeit, der warmen erregenden Dusche und dem Nachgeben ihrer Triebe in der Morgensonne, bis hin zu dem Zeitpunkt, als diese beiden ihr erschienen sind, um sie von ihrem langweiligen Dasein zu befreien, zumindest was den Sex betrifft. Und nach weniger als vier Stunden rennen sie splitternackt herum, erregend und strotzend vor Männlichkeit. Die kommen ganz schön schnell zur Sache. Sie wissen wohl genau, was sie wollen und wie sie es bekommen werden.

Coco denkt an heute Morgen, wo sie sich völlig kahl rasiert hatte. Sie erinnert sich an die Sehnsucht, dies für einen Mann zu tun, an das Verlangen, was sie damit auslösen könnte, an das Verlangen nach ihrem Venushügel. Sie machte es nicht nur für sich oder für ein hübsches Spiegelbild, sondern hatte, wenn auch nur im Hinterkopf, sich für ein Abenteuer hergerichtet. Hier ist es also, rein in dieses!

Und plötzlich fühlt sie sich nackter als nackt und noch entblößter als heute Morgen auf ihrer Terrasse. Bei dem

Gedanken, gleich in dieser Kabine zu gehen, dreht sich ihr der Magen um. Aber das ist gut so.

Zoltan hat sich indes mit wild entschlossener Miene aufgebaut, um auf keinen Fall nachzugeben. Er steht da und schaut sie an, als würde er einen Anzug tragen. Doch er trägt rein gar nichts.

Aron ruft aus dem Wasser: „Kommt endlich rein!"

Zoltan, der ihr die Schwingtür aufhält, versucht sie mit einem Kopfnicken, zu ermuntern.

Ganz bleich im Gesicht zwingt Coco sich, zu Zoltan rüberzugehen, der ihr noch immer mit seiner Lanze die Richtung weist, wie die Steinfiguren von eben. Hypnotisch tritt sie ein. „Umkleiden ist was anderes!", flucht sie hilflos.

Die Rückwand ist komplett verspiegelt, als wäre das hier die Garderobe der Dessous-Abteilung, die ihr den letzten Kaufrausch beschert hat. Drei Haken zieren die ansonsten spärliche Holzwand.

Langsam zieht Coco ihr gelbes immer noch mit schmutzigen Tatzen verziertes Kleidchen aus, bis sie sich nackt im Spiegel sieht. Sie muss sich auf die kleine Eckbank setzen, denn der Gedanke, gleich so raus zu gehen, macht ihr die Knie weich. *Das werde ich unmöglich tun,* stammelt sie mit schwindendem Mut.

Krampfhaft hält Coco ihre Kleidung vor ihr nacktes Antlitz, versunken im Zwiegespräch. Die Zeit vergeht, während sie sich mit ihrem kleinen Biest streitet.

Hinter ihr öffnet sich die Flügeltür einen kleinen Spalt breit. Coco springt auf und bedeckt mit dem Kleidchen ihren entblößten Körper.

Aron und Zoltan stecken ihren Kopf hindurch und blicken in ein beinahe verzweifeltes Gesicht. Aron streckt ihr seine nasse noch tropfende Hand entgegen. „Hier passiert dir nichts, nichts was Du nicht wirklich möchtest!"

Coco stiert ihn an und schüttelt langsam ihren Kopf.

Aron geht nicht drauf ein, lächelt stattdessen und meint: „Du bist wunderschön. Du brauchst Dich nicht zu verstecken!" Dabei betrachtet er ihre nackte Rückenpartie, die sich zu seiner Freude im Spiegel zeigt.

Coco dreht ihren Kopf, als wüste sie nicht, was die beiden dort anglotzen. Ihre Blicke bohren sich wie Nadeln in ihren Rücken, krallen sich in ihren Po und tasten sich langsam an ihren Schenkeln entlang. Sie kriechen ihr förmlich unter die Haut und verpassen ihr ein himmlisches Kribbeln. Eine andere Wahl, als zu lernen das auszuhalten, wird sie nicht bekommen.

Ihre Angst, sich ganz zu zeigen, weicht. Heute Morgen fühlte Coco sich schön, sie fühlte sich sexy und will dafür auch bewundert werden. Es war ihr einen Moment lang egal, ob sie vom Weg her beobachtet wurde. Nicht umsonst hat sie anschließend das freizügige gelbe Kleidchen gewählt und verzichtete auf den sonst so üblichen keuschen BH. Sie will verschlingende Blicke ernten, auch wenn sie sich das nicht eingestehen möchte, genauso wenig, wie dass ihr Traum heute Nacht sie so richtig scharfgemacht hat. In dem hat sie es wild getrieben - zu wild, um mit ihrer wohlerzogenen Seite jetzt noch friedlich zusammenzuleben. Aber die hat Coco sowieso vorsorglich Zuhause gelassen. Sie will nicht nur von allem träumen. Bis jetzt war es himmlisch und den Rest will sie auch.

Ihre Hände lassen das Kleidchen los. Es fällt zu Boden und umhüllt ihre nackten Füße, wie es zuvor die Shorts der beiden Kerle gemacht hatten. Den Rest nicht mehr.

Nie hätte sie gedacht, dass so ein Moment sie so erregen könnte. Und nicht nur sie. Aron und Zoltan wollen sie haben. Das ist nicht zu übersehen. Coco versucht, diese Blicke zu ertragen. Sie atmet einmal mehr tief durch.

Das Schwerste ist, jetzt in ihre Augen zu blicken.

Aber Coco findet ihre Haltung wieder. Entschlossen schaut sie die beiden an. *Ok, dann lasst uns spielen!*

Coco tritt zwischen ihnen hindurch nach draußen. Die Berührung ihrer Haut, die sie dabei kurz streifen musste, lässt sie erzittern. Kurz hofft sie, dass sich ihre Arme um sie werfen.

Ungläubig stehen Aron und Zoltan noch in der Schwingtür, während Coco bereits draußen auf sie wartet. Erst als sie ihnen die Hände entgegenstreckt, beginnen auch sie sich zu bewegen. Gemeinsam laufen sie zum Luxuspool.

„Eine Abkühlung habt ihr jetzt nötiger als ich!" Stolz auf ihre Wirkung schaut sie auf die verräterische Schwellung ihrer Männer, die ihnen beim Laufen sichtlich in die Quere kommt. *Unvorteilhaft, so durch die Gegend zu laufen.* Coco muss grinsen – *aber geil!*

Chemieunterricht

Eine gute halbe Stunde sind wir zwischen den Hecken herumgeirrt. Und nun plätschert vor uns der Wasserfall und bildet einen romantischen See. An einen so heißen Tag wie diesem sollte selbst dieser Anblick schon Erfrischung bieten.

Erst als Joy und Juliette begannen, die Figuren als Wegweiser zu benutzen, haben wir aus dem Labyrinth herausgefunden. Zeitweise erschien es uns riesig, mit unzähligen Möglichkeiten zum Verlaufen. Ich wäre sicher nicht auf die rettende Idee gekommen, aber meine beiden Begleiterinnen ließen sich gerne von den provokanten Statuen inspirieren.

Mich machten diese versteinerten Erektionen nur auf mein eigenes Problem aufmerksam, dass ich nicht länger verbergen konnte. Ich musste mir vergleichende Blicke von Joy und Juliette gefallen lassen, immer, wenn wir an einer Figur vorübergingen.

Sicher ist, ich habe die falsche Hosenwahl getroffen, denn mein Schwanz fühlt sich genauso hart an, wie der der Figuren. Den kann ich so nicht verstecken, nicht in diesem viel zu dünnen Hosenstoff - etwas, worauf ich früher peinlich genau geachtet hätte. Die Hose musste eng sein und aus harten Stoff, der nicht so leicht ausgebeult werden konnte. Jeans waren da die perfekte

Wahl. In dieser hier, war kaum was von meinem Problem zu verbergen. Wer rechnet denn auch gleich mit sowas. Mir ist übel und ich glühe, als hätte ich Fieber. Am liebsten würde ich mich jetzt sofort in das hoffentlich eiskalte Wasser stürzen.

Noch versuche ich mich, an das grelle Licht zu gewöhnen. Wir sind endlich rausgekommen. Der See liegt flimmernd vor uns. Es könnte aber auch nur eine Fata Morgana sein. Heiß genug ist mir inzwischen geworden!

„Wohin habt ihr mich denn jetzt wieder verschleppt?", versuche ich, aus Joy und Juliette herauszubekommen, während ich mich erstaunt umschaue.

„Du wolltest doch dringend eine Abkühlung, also beschwer dich nicht!"

Ich ahne Schlimmes und schaue skeptisch.

„Da, unter dem Wasserfall, bekommst du so viel Abkühlung, wie du willst", meint Joy vielsagend.

Ich versuche, mich ahnungslos zu geben. Ihr Grinsen verrät, dass es mir nicht gelingt.

Ich mache Joy mit umständlichem Gehabe darauf aufmerksam, dass das ja nicht geht - versuche es zumindest. Meine Badesachen hatte ich zu Zuhause gelassen, denn mein

Bestimmungsort an diesem Tag, war schließlich nicht abzusehen. Dass ich mich plötzlich in so einer sexy Begleitung hier wiederfinde, war höchstens ein vorsichtig gesponnener Wunschtraum, an den ich selber am allerwenigsten glauben konnte.

Joy sieht mich erstaunt an, als hätte sie kein Wort verstanden. Juliette sieht Joy an, als würde sie fragen: „Häh?" Ich sehe die beiden an und frage sie, ob das ihr Ernst sei.

Joy und Juliette haben eindeutig auch keine Badesachen dabei und noch nicht mal was drunter, was als sowas herhalten könnte. Ich schaue sie verständnislos an, bzw. unter die spärliche Wäsche.

Juliette betatscht ihre Brüste und Joy ihren Hintern und dann fragen sie mich im Chor, ob irgendetwas nicht stimmt?

„Nein, es stimmt alles!", erwidere ich verwirrt. „Nur wollt ihr wirklich ... nackt hier rumlaufen?" Ich hole tief Luft, als müsste ich meinen Atem eine ganze Weile lang anhalten.

Juliette tritt an mich heran, so dass ihre Brustwarzen mich fast berühren können. Dann haucht sie in mein Ohr: „Würde dich das etwa stören?"

Mein Kopf schüttelt sich von alleine und ich stammle: „Nicht wirklich!"

Hilfesuchend schaue ich mich in der Gegend um. Doch es kommt keine. Stattdessen sehe ich die Süße von vorhin mit ihren beiden Verehrern im Schlepptau aus dem Bretterverschlag treten. Wie zur Bestätigung, dass es meine Begleiterinnen ernst meinen, rennen sie splitternackt und Hand in Hand an uns vorbei - sie, schüchtern in der Mitte, links und rechts begleitet von diesen geilen Typen, die nur mit ihren Lanzen bewaffnet sind. Der Anblick brennt sich wie ein Blitz in mein Hirn.

„Die brauchen wirklich eine Abkühlung, so wie auch du sie nötig hast. Stell dich also nicht so an!", höre ich Joy neben mir halb vorwurfsvoll flüstern.

„Bei so einer Frau ist das wohl auch nicht anders zu erwarten, oder?", stimmt Juliette mit ein. Sie sieht dabei nicht aus, als würde sie eine Antwort haben wollen. Stattdessen inspiziert sie mich von oben bis unten. Dann lächelt sie, als hätte ich ja gesagt.

Ich weiß nicht, ob ich zugestimmt habe. Joy muss mich erst am T-Shirt zupfen, bevor ich wieder zu mir komme. „Alles klar mit Dir?"

Ich nicke und schlucke einen dicken Kloß herunter.

Unvorstellbar, dass wir gleich selber so rumlaufen werden. Allerdings haben sie in meiner Vorstellung schon alle Kleider abgelegt.

„Ich hoffe, du bist nicht allzu keusch?" Juliette weißt mit ihrem Kopf in die Richtung, wo diese Traumkörper sich ins Wasser stürzen. Bei dem, was mir offenbar bevorsteht, werden meine Knie weich. Ich kann nicht glauben, dass sie das als so selbstverständlich ansehen, wie sie es anscheinend tun.

„Habt ihr das hier nicht auch gesehen?", frage ich, nur um ganz sicherzugehen.

„Wenn du das meinst, was du so hingerissen angestarrt hast? Ja!"

Juliette mustert mich, aber ich gebe keine Antwort. Ich versuche, noch zu glauben, dass ich das gesehen habe und versuche dieses Gefühl zu ergründen, das mich gerade überfällt. Es hat sicherlich mit Sex zu tun, aber fühlt sich auch noch anders an, so als würde ich *nach einer langen Reise nach Hause kommen.*

Juliette lässt mir keine Zeit, dieses Gefühl weiter zu ergründen. Offenbar ist sie auf Sex aus und nicht bereit, mich vom Haken zu lassen. Sicher bin ich mir allerdings nicht mehr, ob das der einzige

Grund ist, warum ich hier bin. Sehnsüchtig schaue ich auf den See hinaus, der jungen scharfen Frau hinterher, die dort verschwindet.

Um mich aus meinen Gedanken zu holen, fragt Juliette noch einmal: „Bist du wirklich so keusch, oder kannst Du auch anders?"

Schon wieder dieser lüsterne Blick, mit dem sie mich betrachtet und mir wohlige Schauer durch meinen Körper jagt.

Da ich immer noch nicht antworte, sondern erst einmal überlege, was für folgenreiche Antwort ich geben könnte, versucht Joy es ihrerseits mit Schocktherapie.   „Wir haben sie auch gesehen, die harten Dinger zwischen den Lenden der beiden, oder die Schamröte in ihrem und deinem Gesicht. Du wirst Dich nicht verstecken müssen!"

Die beiden haben es gesehen und ich damit auch. Nur ein weiterer Traum, scheint es also nicht bloß zu sein. Zur Sicherheit kneife ich mir trotzdem in den Schenkel.

Es ist zu viel für mich, nach dieser langen Abstinenz und den vielen erregenden Phantasien, die mich in letzter Zeit quälten. Soll das hier wirklich wahr werden, halte ich das nicht aus. Und ganz plötzlich muss ich an die Zeit denken, als Sex mein Denken noch nicht durcheinandergebracht hatte und dann daran, als er sich heimlich und langsam in meinen Kopf geschlichen hatte und mich plötzlich völlig verändert zurückließ.

Da war sie, die Schulzeit. Oft hatte ich, so wie heute wieder, ein „Problem" zu verbergen. Damals gelang es mir hingegen, unauffällig durch den Alltag zu kommen. Ich war eben gut darauf vorbereitet. Zu peinlich wäre es gewesen, wenn ich aufgeflogen wäre. Selbst heute ist das kaum zu ertragen, wie mein Ständer mich zu verraten scheint. Zum Glück bekam ich ein Schmunzeln statt Gelächter.

Manchmal wurde ich von rücksichtslosen Lehrern aus meinen Gedanken gerissen, die so gar nichts mit dem Unterricht zu tun hatten und die ich lieber für mich behalten wollte und selbst unter Folter nicht preisgegeben hätte. Nur extra enge Jeans konnten verhindern, dass sie offensichtlich wurden.

Dann auch noch an die Tafel treten zu müssen und so vor der ganzen Klasse zu stehen, wäre zu einem Alptraum mutiert. Meine Scham wäre zu groß und die Bloßstellung unerträglich gewesen. Da habe ich lieber gleich gar nichts zum Thema gewusst und mich einfach blöd gestellt.

Damit das nicht zu oft passieren würde (denn meinem Notendurchschnitt tat das nicht gut), trieb ich mich immer wieder verzweifelt an, an was anderes zu denken, als an das, was ich mit all den hübschen Mädels anfangen könnte, die in meinem Kopf aufreizend posierten. Ich versuchte nicht, an die roten Lippen zu denken, die mich zärtlich küssen würden, nicht an die weichen warmen Hände, die über meinen Körper gleiten, nicht an den Geschmack und den Duft verlockender Haut. Ich wollte nicht daran denken, wie und wo wir uns berühren könnten und erst recht nicht an die noch erleseneren Dinge, die wir miteinander machen würden, wenn es nach meinem verdammten Verlangen gegangen wäre. Niemand hatte mich vor dem Überfall dieser erregenden Gefühle gewarnt, die damit verbunden waren.

Mit einem Mal waren sie mehr als nur kleine freche zickige Mädels, mit denen Jungs auf keinen Fall etwas zu tun haben wollten. So was Uncooles, wie mit Mädchen spielen, macht man doch nicht. Aber dann ist sie erwacht, diese merkwürdige Lust. Und das Spielen mit Mädels besetzte meinen Verstand. Es gab kaum etwas anderes, an das ich noch denken konnte.

In der Schule lernt man vermeintlich was für das Leben, aber nicht was man tut, damit der eigene Verstand diesen merkwürdigen Wünschen nicht erliegen würde. Und diese

Wünsche fraßen meine Gedanken und das bis zum heutigen Tag, an dem ich sämtliche Zurückhaltung verlieren sollte, wenn ich das hier alles richtig deute.

Damals war mein größtes Problem in der Hose und nicht, dass der Lehrer mich mit seinen Fragen zum unwissenden Deppen machen könnte. Ich zog es sogar vor, nichts zu wissen, nur um nicht vor die ganze Klasse treten zu müssen.

Manchmal war mein „Problem" so groß, dass ich es vorzog, kurz aufs Schul-WC zu verschwinden, vor allem dann, wenn ich mal nicht meine Röhrenhose anziehen durfte. Schwitzend in meinem langen Parka, schlängelte ich mich durch die Reihen, als würde es mir gerade nicht gut gehen und mein Kreislauf schlappmachen. Das hätte er auch tatsächlich gemacht, wenn ich nicht schnell was unternommen hätte.

Im Chemieunterricht passierte dann das Unfassbare, das Schlimmste in dieser Hinsicht, was ich mir bis dahin ausmalen konnte - oder auch nicht.

Meine Jeans war mal wieder, ohne dass ich mein Einverständnis gegeben hätte, in der Waschmaschine gelandet - unnötiger Weise, wie ich dachte. Zugegeben, es wurde Zeit, aber am Wochenende hätte es sicher auch noch gereicht. Nun musste ich die dünne graue extra leichte Baumwollhose anziehen, die meine Mutter mir stattdessen herausgesucht hatte. „Die ziehst Du an, alle anderen müssen gewaschen werden. Immer nur enge Jeans sind auch nicht gerade gut für dich." Wenn sie wüsste!

Ich hasste sie - die Hose und meine Mutter, zumindest in diesem Moment. Notgedrungen reagierte ich mich lieber vor der Schule ab, in der Hoffnung, so über den Tag zu kommen, ohne dass mein Ding vor aller Welt zelten würde. Die Hoffnung war gering und diese Aktion, schien tatsächlich eher das Gegenteil zu bewirken. Mit schlimmsten Vorahnungen machte ich mich auf den Weg und versuchte mir Strategien auszudenken, für den Fall der Fälle.

Der Lehrer schrieb Formeln langer Kohlenstoffketten quietschend an die Tafel. Vor lauter langer Weile, formte ich die Kohlenstoffketten in meinem Kopf zu reizenden vollbusigen Körpern. Ich nahm also diesmal rege teil am Unterrichtsgeschehen, denn Kohlenstoff ist Kohlenstoff. Ich war unvorsichtig und meine Strategien vergessen.

In Gedanken lag ich bald auf einer weichen Decke inmitten einer saftig grünen Wiese. Langsam knöpfte ich die weiße Bluse auf, die sich bei jedem Atemzug über ihren Busen straffte. Ihre Finger tasteten sich auch bei mir vorsichtig in tiefere Regionen. Schon bald spielten sie ungeduldige an meinen Hosenknöpfen.

Im Chemiebuch war schon lang nichts mehr zu erkennen. Es hielt nur noch als Alibi her, auf das ich mich unauffällig berufen konnte. Die Schulbank war vorn und an den Seiten geschlossen, aber das konnte die konturvolle Wölbung meiner Hose nicht vor den Blicken meiner Banknachbarin verbergen. Und die schaute heute ziemlich oft in meine Richtung, wie ich dachte.

„He Rico, träumst du schon wieder?" Erschrocken blickte ich den Lehrer an. „Steh auf wenn ich mit Dir rede!"

Das war's, dachte ich, erhob mich zögerlich, das offene Chemiebuch vor meine pulsierende verräterische Schwellung haltend. Ich spürte alle Blick auf mich gerichtet. Außer, *ich will tot sein*, konnte ich an gar nichts mehr denken.

Das Blut schoss in meinen Kopf, obwohl keines mehr da sein sollte. Zum Glück, denn woanders wurde es dafür abgepumpt. Rot war kein Ausdruck, so heiß war meine Birne. Aber lieber rot als bloßgestellt.

Die Sekunden gingen vorüber. Sie fühlten sich an wie Stunden, Stunden am öffentlichen Pranger stehend, den Blicken der Leute und ihrem Spott schutzlos ausgeliefert. Ich wartete nur noch darauf, dass sie lachten oder mit dem Finger auf mich zeigen würden. Dann wurde ich was Neues gefragt und ich stammelte eine einstudierte Antwort, ohne zu wissen, ob es die Richtige war.

„Rico, setz Dich und pass gefälligst auf!" Das tat ich schleunigst und dankbar. Meine Knie haben gezittert. Lange hätte ich das nicht mehr ertragen. *Danke liebes Chemiebuch, mal wieder gerettet.* Ich schaute mich in der Klasse um. Niemand machte sich lustig, niemand schien was bemerkt zu haben.

Ich verfluchte mein peinliches Ding mit seinen unkontrollierbaren Erektionen. Dass das so hieß, hatte ich erst vor ein paar Monaten herausgefunden. Glücklicherweise hatte dieser peinliche Begleiter inzwischen an Größe verloren und sah jetzt fast unschuldig aus. *Beim nächsten Mal benimmst Du Dich besser! Es ist mein Ansehen, dass Du hier aufs Spiel setzt.* Ich ermahnte mich, jetzt nicht auch noch mit ihm zu reden.

Urplötzlich verwandelte sich meine gerade eingesetzte Erleichterung in blankes Entsetzen. Meine sonst so brav wirkende Banknachbarin schaute wie eine Schlangenbändigerin auf meinen Schoß. Das Blut schoss unwillkürlich dahin, wo ich es jetzt auf keinen Fall wiederhaben wollte - aus meinem Kopf in meinen verfluchten Penis.

„Kannst Du das nochmal?", fragt sie derweilen mit unschuldigster Mine.

Dummerweise hatte ich das Chemiebuch vor mir auf den Tisch gelegt, anstatt auf meinen Schoß und schaffte es nicht mehr, diesen

Fehler in Ordnung zu bringen. Ich machte einen Versuch, aber sie hielt meinen Arm fest.

„Lass das. Es ist OK!" Jasmins Blick fiel dabei einmal mehr auf die lange Wölbung, die sich gebildet hatte und mal wieder klar die Konturen meines Schwanzes zeichneten.

Sie ließ vorsichtig meinen Arm los, als mein Widerstand erlahmte und legte ihre Hand auf meinen nervösen Schenkel, als ob sie mich beruhigen wollte. Doch es gelang ihr nicht und sollte es auch nicht. Stattdessen jagten ihre Finger regelrecht Stromstöße durch meinen Körper und ließen mich erschauern.

Ich traute mir nicht, auch nur zu atmen. Sie genoss es und vergrub ihre spitzen Fingerspitzen immer tiefer in meine übermäßig gereizten und inzwischen brennenden Muskeln. Ihr verträumter Blick verriet, sie machte gerade meine Lust, zu der ihren. Mit ihren haselnussbraunen Augen beobachtete sie jede Regung und genoss jedes Zucken, das ich nicht unterdrücken konnte.

Plötzlich bildeten ihre sonst so sanften Augen Schlitze. Mit ihren strahlend weißen Zähnen fing sie an, auf ihrer Unterlippe herum zu kauen. Etwas, was mich seither zum Wahnsinn treibt.

Diese prickelnde Energie schoss nicht nur durch meinen Körper. Ich sah, wie auch sie unter Spannung geriet und sich unmerklich geraderichtete. Ihre Beinmuskeln waren angespannt. Sie schien, regelrecht zu wachsen.

Ab und zu lockerte sie ihren Griff, aber nur um höher zu gleiten und wieder zuzugreifen. Immer wenn sie zu merken schien, dass meine Anspannung sich lösen wollte, probierte sie eine etwas gefährlichere Stelle.

Wenn ich überhaupt was dachte, dann wie weit sie wohl gehen würde. Ich versuchte, es am Blitzen ihrer Augen zu erkennen, es von ihrer Atmung abzuleiten oder der Anspannung ihrer Muskeln.

Ich beobachtete sie und konnte nicht umhin zu bemerken, wie sie leicht die Beine spreizte. *Sie will mich!* schoss es mir durch den Kopf. Und vorsichtig nahm ich ihre Einladung an.

Mein verkrampfter Griff löste sich von der Tischplatte. Flecken von meinen schwitzenden Fingern, blieben noch einen Moment lang zurück. Zögerlich berührte ich ihre schlanken festen Beine. Nie zuvor hatte ich auch nur daran gedacht. Ich saß schon so lange neben ihr und hab so etwas Aufreizendes einfach links liegen gelassen? Eine Banknachbarin, mehr war sie nicht für mich und wäre das auch geblieben, hätte mich die Pubertät nicht mit voller Wucht erwischt.

Alles an ihr erschien plötzlich anders, so unheimlich sexy und ich wollte sie auf der Stelle haben. Ich wollte mit ihr auf einer Wiese spielen, langsam ihre Bluse öffnen, mein Gesicht zwischen ihren Busen drücken, mit meinen Fingern ihren BH öffnen, mit meinen Lippen ihre Knospen reizen, meine Hand auf ihren bebenden Bauch legen, um dann langsam in ihr heißes Höschen zu fahren und zu spüren, wie die feuchte Lust ihr die Unschuld rauben möchte. Meine hatte ich noch, plante jedoch gerade, wie ich sie verlieren könnte. Ich war verrückt danach und sollte es noch eine Weile bleiben.

Ich war kaum zu bremsen und wollte fragen: „Kommst du am Nachmittag mit zu mir?"

Ich krallte mich fester in ihre Schenkel, statt es auszusprechen - zu fest, wie es mir erschien. Darum lockerte ich erschrocken den Griff ein wenig. Doch Jasmin legte ihre Hand auf meine, um zu zeigen, *sie will es so.* Also achtete ich nicht mehr auf meine Bedenken, sondern nur darauf, was sie wilder machte.

Irgendwann war die Grenze für sie erreicht. Anscheinend in letzter Sekunde schob sie meinen Arm zur Seite. Vielleicht hatte ich ihr aber auch nur die nötige Bewegungsfreiheit genommen, die sie jetzt haben wollte. Denn zärtlich ließ sie nun ihre Finger wieder über meine Schenkel wandern, während der wilde Ausdruck in ihren Augen friedlicher wurde. Das Beben in ihr verschwand, aber nicht die Anspannung. Etwas Entschlossenes lag in ihrem Blick.

Ihre Fingerspitzen krabbelten immer weiter rauf, bis sie nur noch Millimeter entfernt an den Konturen meiner Erregung entlang streiften. Sie genoss es, wie der Stoff sich spannte und sich geschmeidig um die Erhebung meines Schwanzes legte, während die Erwartung mich auffressen sollte.

Ich fragte mich, wie es sich anfühlt, würde sie diesen Millimeter auch noch überwinden. Statt endlich zuzupacken, zog sie jedoch ihre Hand zurück.

Enttäuschung und darauffolgender Wahnsinn machte sich in mir hämisch lachend breit. *Hätte ich mir ja wohl denken können!*

Sehnsüchtig ließ ich meinen Blick ihre Brüste streifen und lenkte ihn hin zu ihren Schenkeln, die ich für verloren glaubte. Dann schaute ich ihr in die Augen, um zu erfahren „Warum". Doch das Einzige, was ich dort sah, war pure Lust.

Sie spielte ihr Spiel mit mir und ich war ihr Spielzeug. Und sie war das meine - eines das ich nie zuvor besessen hatte und erst lernen musste, damit umzugehen. Eine neue Leidenschaft hatte sie in mir entfacht. Die war gefährlich, ruchlos und eine, die Brandflächen hinterlassen würde. Aber wann auch immer das

Feuer brannte, zählte nur diese unbändige Lust selber und nicht, was danach übrigblieb.

Wir sahen uns tief in die bettelnden Augen, als würde sich darin all das verbotene Verlangen wiederspiegeln, das wir wie eine Lawine ausgelöst hatten. Nur zu gern hätte ich gewusst, was sie am liebsten mit mir angestellt hätte.

Trotz allem schafften wir es, uns unauffällig zu verhalten. Ein wahres Kunststück, wie ich hinterher dachte. Wir saßen zum Glück in der letzten Reihe. Damit hatten wir Glück, denn Ben und Frank wurden beim Kartenspielen erwischt und wir wurden wohl für brav genug gehalten, dass man uns diese Plätze anvertraute. Die Gunst der Stunde ließ den Rest geschehen.

So taten wir etwas, von dem niemand wissen durfte. Das machte es doppelt spannend. Sex im Unterricht war sicherlich schlimmer, als ein Kartenspiel, sogar schlimmer, als heimlich auf dem Schulklo zu rauchen. Ja, es war schlimmer und unheimlich spannend und so erregend, dass man sich selbst vergisst und alles um einen herum ebenfalls, wenn man sich nicht verdammt zusammenreißen würde.

Ich merkte, wie gefährlich nahe wir dem kamen und versuchte, wieder zur Vernunft zu kommen. Ich atmete tief durch. Einen Bruchteil von einer Sekunde stand Enttäuschung auf Jasmins

Lippen geschrieben, als ich sie tatsächlich fragte: „Wollen wir nach der Schule uns treffen und zu Ende bringen, was wir angefangen haben?"

Sie sah mich an, als würde ich spinnen. Ich bekam Angst, zu viel gefordert zu haben und zu unverschämt gewesen zu sein. Denn das lag nahe. Aber ihre großen Augen sprachen was anderes und ihre Lippen flüsterten: „Oh nein, so entkommst du mir nicht - jetzt nicht!" Jasmin biss sich dabei schon wieder lüstern auf ihre Unterlippe, als wüsste sie, dass nichts weiter nötig wäre, um mich willenlos zu machen.

Und das war auch so. Mein Herz pochte immer wilder.

Sie ergriff meine Hand, die schüchtern auf ihrem Bein lag. Nur zögerlich ließ ich zu, dass sie diese erfasste und über ihre Schenkel weiter zu ihrem Schoß hinschob.

Jasmin machte einen tiefen Atemzug, schnappte sich meine zu zaghaften Finger und steckte sie wie einen Dildo zwischen ihre gierigen Schenkel. Sie spreizte sie weit, um sie dann sich aufbäumend wieder zusammenzupressen.

Wir hielten den Atem an. Da wollte ich hin, in vielen meiner Träume. Dieses unbeschreibliche unbekannte Land, ein Paradies zum Erobern, öffnete für mich seine Pforten. Und ich trat ein, auch wenn meine Finger nur den Stoff berührten. Doch bald spürten sie mehr.

Nach ein paar unentschlossenen Sekunden bewegte ich meine Finger selber und Jasmin erlaubte es mir. Ich traute mich, die Konturen ihre Schamlippen zu ertasten, um dann dazwischen zu rutschen. Warm und weich wurden meine Finger empfangen. Ihre feuchte Lust drang durch den dünnen Stoff und ließ erahnen, was Jasmin empfand. Fordernd rieb sie ihre lüsterne Spalte an meinen Fingerkuppen, in die ich tiefer und tiefer vordringen durfte. Immer gieriger wurde sie und vor allem unheimlich feucht. Meine Finger steckten in ihr und spürten, was sonst keiner durfte. Jasmin schmolz dahin, während ihr lüsterner dunkler Blick erahnen ließ, dass ihre Zeit als braves Mädchen vorbei war.

Ich arbeitete mich tiefer in sie hinein, nur Millimeter, aber für mich kam es einer Weltreise gleich. Jasmin bewegte sich schneller und schneller, unmerklich für die anderen, aber ich spürte alles, ihr Schlucken, ihr unmerkliches Stöhnen und dann ihren Höhepunkt, der überraschend schnell daraufhin folgte und mich völlig verwirrte. Schließlich hatte ich noch keine Frau dahin gebracht, höchstens mich selber.

Es war etwas völlig Neues, auch wenn ich das in meinen Träumen schon hundert Mal gemacht hatte. Ja, ich war recht schlimm gewesen, zumindest wann immer ich meine Augen schloss oder Tagträumen hinterherjagte.

Auf dem Höhepunkt sah sie mich strafend an, als hätte ich ihr die Unschuld genommen. Nur Sekunden später wich ihre Anspannung einem tiefen zufriedenen Lächeln, wie ich es nie zuvor bei ihr gesehen hatte.

Instinktiv wusste ich, dass sie gekommen war. Ich empfand ihren Orgasmus fast selber. Es war ein guter Punkt, um zurückzukehren.

Langsam hörte ich wieder die Stimme des Lehrers. Von weiter Ferne drang sie an mein Ohr. Und dann ihr Flüstern. „Danke Rico, das war einfach wunderbar, aber nichts im Vergleich zu dem, was ich mit Dir machen werde!"

Meine Drüsen schütteten etwas aus, das weitaus stärker sein musste, als Testosteron. Dieses Hormon ließ mein Bewusstsein schwinden und mich irgendwo im All wiederfinden.

Als ich zu mir kam, war ihr Blick zur Tafel gerichtet, als wäre nie etwas geschehen. Aber ich spürte ihre Finger, dort wo sie aufgehört hatten zu reizen. Nur diesmal war sie entschlossen, nicht halt zu machen, wenn sie meiner aussagekräftigen Kontur zu nahekam.

Vorsichtig berührte sie mich und nur mit den Fingerspitzen, genau da, wo ich es kaum aushalten konnte. Sie schaute zu, wie mein Glied in der Hose zuckte und immer stärker anschwoll. Sie erkundete alles, was sie so zum Leben erwecken konnte.

Bei der Spitze meiner geschwollenen Eichel, die man jetzt unschwer durch den Stoff erkennen konnte, bildete sich langsam ein kleiner Fleck. Diese Stelle berührte sie besonders gerne und verrieb dann genüsslich den samtig leicht klebrigen Vorfluss zwischen ihren Fingerkuppen, der durch den dünnen Stoff inzwischen hindurch sickerte.

Doch sie wollte mehr und sah aus, als würde sie sich gleich auf mich stürzen. Ich sah sie schon wie wild mich küssen und hoffte kurz, dass sie sich unserer Umgebung noch bewusst sein würde. Dann war ich es selber nicht mehr.

Jasmin hatte einen Weg gefunden, ohne dass es auffallen würde. Unschuldig fuhr sie mit ihren Fingerspitzen, über ihre roten süßen Lippen. Ich malte mir aus, wie es wäre, sie mit meinen zu berühren. Das erahnte sie wohl und öffnete sie sinnlich.

Statt mit ihrer Zungenspitze nun meine zu berühren, kostete sie sehnsüchtig von meinem Saft, den sie zuvor zwischen ihren Fingerkuppen verrieben hatte. Sie leckte meine Geilheit von ihren Lippen, nachdem sie sich Nachschub von dem Rinnsal holte, der inzwischen eine gefährlich große nasse Stelle gebildet hatte. Ihre Augen bildeten Schlitze.

Kurz darauf war ich am Luftholen, denn sie griff zu und hielt mich fest gepackt. Egal wie flehend ich sie anstarrte und wie sehr ich meine Beine zusammenpresste, sie ließ nicht mehr locker. Ich griff nach ihrer Hand, zog sie aber schnell wieder weg, als sie mich mit einem giftigen Blick ansah.

Ihre Vergeltung war, noch mehr zuzudrücken. Ich war fest in ihrer Hand, im wahrsten Sinne des Wortes. Sie hatte einen Weg gefunden, mich zu verschlingen, ohne über mich herzufallen oder auch nur zu küssen. Und das empfand ich als verdammt elektrisierend.

Sie hatte von meiner Lust gekostet, die mich tagtäglich quälte. Und jetzt haben wir sie geteilt. Ich muss zugeben, diese Lust ist so leichter zu ertragen. Trotzdem bettelten meine Augen: „Bitte nicht weiter!" Doch das half nichts. Feucht und glitschig wurde es in meiner Hose. Ich wusste nicht einmal, ob ich geschrien oder gestöhnt hatte, spürte nur, dass sie zu weit gegangen war und es geschehen war - das erste Mal, wo es nicht nur heimlich unter meiner Decke passiert ist.

Es war Sex, auch wenn ich nicht wirklich in ihr steckte. Ich wollte ihren Duft und ihre Wärme mit mir nehmen. Ich wollte mit ihr verschmelzen und es richtigmachen. Mein Samen war für sie bestimmt und nicht für meine Unterhose, in der er diesmal noch gelandet war.

Jasmin förderte mitleidig ein Taschentuch zu Tage. Es war bestickt mit einer roten Rose. Mit einer Hand knöpfte sie mir meine Hose auf und schob dann ihr Tuch hinein. Sie beobachtete mich scharf, während sie lustvoll mal wieder auf ihrer Unterlippe kaute.

Ich schaute dabei peinlich berührt, in ihre verzückt lächelnden Augen, als sie mit ihrem Tuch mein immer noch hartes unartiges Stück erreichte. Es war kein Gefühl von Explosion mehr da, aber dafür von Zuneigung und Dankbarkeit.

Es war jedoch auch etwas peinlich, ihre Finger in dort zu spüren, jetzt wo es geschehen war. Also nahm ich das Tuch dankbar aus ihren Händen, um mich um den Unfall selbst zu kümmern.

„Ich gebe es Dir morgen gewaschen zurück, entschuldige!"

„Nein Rico, das ist mein Lieblingstuch, das gebe ich nicht her, nicht mal bis morgen. Du bist der einzige Mensch, der es ausnahmsweise benutzen durfte und auch nur, weil ich nicht ganz unschuldig an diesem Vorfall bin." Sie riss ihr feuchtes klebriges

Lieblingstuch aus meiner Hand, bevor ich es in meine Tasche stopfen konnte. „Das brauch ich für meine einsamen Nächte!"

Bevor ich widersprechen konnte, mischte sich die Pausenglocke ein. Ich zog mir noch im Sitzen meine Jacke an, die zum Glück etwas länger war und so die nassen Flecken verbergen konnte.

Später verloren wir nie wieder ein Wort darüber. Es war verboten, was wir taten und so behandelten wir es auch. Wann immer sich unsere Blicke aber später trafen, erinnerten wir uns daran, was wir getan hatten. Jeder ging seiner eigenen Wege, aber dieses kleine Geheimnis verband uns lange und vielleicht bis zum heutigen Tag.

Heute trage ich mal wieder keine enge Jeans. Etwas, was sich schon jetzt als Fehler erwiesen hat. Mein „Problem" ist riesig und schwillt noch weiter an. Wie das gehen kann, ist mir nicht klar und auch nicht, wie ich es so verbergen werde. Rücksicht nimmt darauf niemand. Aber so wie damals, begegnen mir zärtliche Blicke, die die Peinlichkeit schließlich von mir nehmen.

Überwindung

„Sind Kleider hier tatsächlich tabu?" Die Frage war rein rhetorisch, denn die Antwort ist inzwischen sonnenklar. Spontan denke ich an meinen Lügendetektor, der ganz schnell verraten wird, dass ich nicht nur lieb und nett bin. *Wäre es wirklich so peinlich? Die beiden von eben hatten Ihren auch nicht unter Kontrolle und das Mädel lief trotzdem mit ihnen Hand in Hand zum See hinunter.*

„Es wird Zeit, dass wir uns besser kennenlernen und ich finde, das hier ist der perfekte Ort!" Joy schaut mich mit einem etwas verklärten Blick an, der verrät, was sie damit meinen sollte.

Ich muss ähnlich ausgesehen haben und hatte zudem noch die Stimme verloren. Da ich kein Wort herausbekam und weder bejahte, noch den Kopf schüttelte, packte sie mich einfach an den Schultern und drehte mich in Richtung Bretterverschlag.

Ein paar kleine auffordernde Schubse und wir erreichen bald die Kabinen. Ein Letzter und sie meint: „Das ist Deine." Die Tür schwingt auf und ich stolpere unbeholfen über die Stufe.

Erschrocken schaut mir mein Spiegelbild zu, wie ich das Gleichgewicht wiederfinde. „Aus dieser Nummer komme ich nicht mehr raus, oder?" Mein Spiegelbild schüttelt überzeugt den Kopf. Ich wage nicht, mich umzudrehen.

Langsam ziehe ich meine Sachen aus, wie von Geisterhand getrieben. Erst bei den Shorts wird mir klar, was ich eigentlich mache. Die Geisterhand habe ich schnell wieder unter Kontrolle gebracht, aber nicht die beiden, die bestimmt schon ungeduldig vor meiner Kabinentür warten.

Wollen sie wirklich, dass ich auf meine Shorts verzichte? Vielleicht ist das Ganze nur ein Spaß und sie möchten, was zum Lachen haben! Schnell ziehe ich sie wieder über meinen Hintern und sage mir, *bis hierher und nicht weiter.*

Hinter mir schwingt die Tür auf und Joy und Juliette stecken ihren Kopf zum Türspalt rein. *Als hätten sie das gerade mitbekommen.* Als sie mich so unschlüssig erblicken, schütteln sie ihren süßen Schopf. „Alles!"

Das Wort hallt zwischen meinen Ohren nach: *Alles! Alles! Alles!* Ich schaue abwärts. „Ist das wirklich euer Ernst?"

Die beiden nicken. Ich schüttle den Kopf. Daraufhin tritt Joy in meine Kabine ein, um mich zu überzeugen. An hat sie nichts mehr. Nur noch ein dunkelbraunes Lederkettchen ziert ihren Hals, an dem ein eng umschlungenes Liebespärchen aus Silber hängt.

Wie hypnotisiert stiere ich drauf. Als ob von dort die Energie ausgeht, die mich immer mehr mitreißt, in eine Welt, in der die Lust nie vergeht und so stark ist, dass man völlig in ihr untergeht. Vielleicht will ich in meiner Verlegenheit auch nur nicht auf ihre Brüste glotzen, zwischen denen das Pärchen ihren Liebesplatz gefunden hat. Und dann fällt es mir ein.

Vor gut 3 Monaten, als das alles begann, hatte ich auf dem hiesigen Trödlermarkt eine Kerze erstanden. Sie zeigt ein verschlungenes Pärchen, genau wie dieses hier. *Hatte mich vorher schon diese wahnsinnige Lust ergriffen, oder kam sie erst, als ich dieses Stück Wachs mitgenommen hatte?* Ich weiß es nicht mehr.

Auf jeden Fall war die Lust extrem, die ich beim ersten Anblick der türkisenen Kerze empfand. Ich hatte keine Chance, an ihr vorbeizugehen. Anscheinend hatte sie gerade mich erwählt und nicht anders herum, wie man eigentlich denken sollte. Es war das erste Mal, dass ich überhaupt etwas von einem Trödlermarkt mitgenommen hatte.

„Viel Spaß", rief mir die Frau mit merkwürdigen durch Mark und Bein gehendem Unterton hinter, sobald ich bezahlt hatte. Man war die hübsch. Ich erinnere mich genau daran. Auf den ersten Blick sah sie wie eine alte verschrumpelte Frau aus, ja fast wie eine

Hexe. Ihre Verkleidung passte perfekt zu diesem Markt, wo man hauptsächlich antiquarischen Krempel kaufen konnte.

Vor lauter Neugierde schaute ich jedoch bald genauer hin. Plötzlich erschien sie mir wie zwanzig. Alles war eine Maskerade. Ihr ausgewaschenes Kleid, das aus dem Mittelalter zu stammen schien und ihr graues langes strähniges Haar, das keinen Kamm kannte, schafften es nicht mehr, mich zu täuschen. Ich dachte mir, solch ein Aussehen gehört wohl dazu, wenn man solchen Krempel verkaufen möchte - selbst dann noch, wenn es sehr aufwendig sein muss, diese Schönheit so zu verbergen, ja, dass es schon fast eine Kunst ist.

Als ich nach Hause kam, ist das verschlungene Pärchen geradewegs in meinem Schlafzimmer gelandet. Seither stand es mir im Blickfeld und hat es zu einem magischen Ort verwandelt. Auf der Kommode bekam es, umringt mit ein paar weinroten kleinen Kerzen, die ich auch von der verkappten Schönheit kaufte, ihren Ehrenplatz.

Es sah aus, wie auf einem Altar. Und dieser Altar entfaltete ziemlich schnell seine Wirkung. Immer wenn ich die Kerzen anzündete, kamen diese krassen Träume, als würde dieses Liebespaar Magie versprühen.

Sie waren das Letzte, was ich beim Einschlafen sah, wenn sie kurz darauf zum Leben erwachten und ich mit ihnen in süße Phantasien hinabglitt, die mir von Tag zu Tag unheimlicher wurden. Und sie waren das erste, was ich sah, wenn ich am Morgen aus diesen heißen Träumen aufgebracht erwachte. Aus silbernen Amuletten zwischen Brüsten wurde wieder dieses unschuldig wirkende verschlungene Paar aus Wachs, neben der die abgebrannten Dochte der anderen Kerzen immer noch rußten. Der süße Duft verdampfter Lust verwandelte sich in den Geruch von Verbrannten, bis auch dieser nach reichlichem Lüften verschwunden war.

Ja, kein Zweifel, dasselbe Motiv! Nur das es jetzt tatsächlich volle Brüste ziert, so wie es das in meinen Träumen sogar bei dieser „alten" geheimnisvollen Frau machte. Dort ist sie mir immer wieder begegnet. Dort sollte ich ihr die Maske herunterreißen und auch das verschlissene Kleid. Sie stand da, so wunderschön wie jetzt auch Joy. Nur das Silber auf ihrer gebräunten Haut hatte sie noch getragen.

Und es strahlt auch jetzt, als wolle es mich mit seiner innewohnenden Lust berauschen. Ich bin sicher, Juliette trägt dasselbe, so wie die aus meinen Träumen es trugen und selbst mich das ein oder andere Mal zierte, was auch immer das bedeuten sollte.

Joys Finger umspielen liebevoll das Amulett, als wolle sie mir damit etwas sagen, während ich irgendwohin abgleite. Fast hatte ich meine baldige Blöße vergessen, würde mich nicht die Lust zwischen meinen Schenkeln quälend darauf aufmerksam machen. Schamvoll erglüht stehe ich vor einer der schönsten Frauen und versuche, ihren nackten Anblick zu ertragen.

Ich wollte sie fragen, warum sie gerade dieses Schmuckstück trägt, aber ich konnte nichts über meine Lippen bringen. Ich bin versteinert und zittere doch vor Erregung. Es brodelt in mir, wie in einem Vulkan, der kurz vor seiner Eruption steht. Es verlangt von mir das Letzte, das auszuhalten.

Irgendwann begreife ich, dass ich sie mit meinem Blick nicht weiter ausziehen kann, dass sie nackt ist und auch noch wunderschön. Ich flüstere beschämt über mein Verhalten: „Du bist atemberaubend sexy, entschuldige bitte!"

„Danke!" Joy lächelt. „Der Beweis deiner Worte steht vor mir!" Sie nickt in Richtung meiner ausgebeulten Shorts, bevor sie sich unvermittelt vor mir nieder hockt. Ohne den Blickkontakt zu verlieren meint sie voller Ernst: „Entschuldigen brauchst du dich nie wieder, weder bei mir, noch bei irgendjemanden sonst!"

Ihre Hände packen das letzte schützende Stoffteil und ziehen es gekonnt mit Schwung herunter, aber nicht ohne an meinem riesigen Problem hängenzubleiben. „Wow, nicht übel! Den solltest Du nicht verstecken!"

Ihr Gesicht ist viel zu nah an meinem steinharten Schwanz, der nicht einmal groß nachschwingen kann, als meine Shorts ihn unfreiwillig hergeben musste. Er bleibt einfach starr vor ihr stehen, als wüsste er genau, was er wolle.

Joy steht auf, ohne Anstalten zu machen, seinem Wunsch nachzugeben. Dabei lässt sie mich nicht aus den Augen, tritt einen Schritt zurück und mustert zufrieden ihre Beute. „Noch nie war ein so perfekter Phallus auf mich gerichtet. Er passt zu Dir!" Joy lächelt zufrieden, als würde er ihren Erwartungen gerecht werden.

„Das stimmt!", pflichtet ihr Juliette bei, die dem Ganzen von der Schwingtür aus zugeschaut hatte. Erst jetzt tritt sie ebenfalls in die kleine Kabine ein. „Du hattest Rico eine Abkühlung versprochen. Dass hier sieht aber anders aus!"

„Dann solltest Du nicht auch noch reinkommen. Hier drinnen ist es schon heiß genug und außerdem wollte ich ihm nur auf die Sprünge helfen, da er sich noch etwas ziert, wie du ja sehen konntest."

Mein Herz rast und mein Puls pocht dröhnend. Das muss es auch, denn viel Blut für die normalen Körperfunktionen ist nicht mehr übrig. Ich bin nicht mal fähig, zu gehen, und muss aus der Kabine gezogen werden. Joy kann dabei ihren Blick von meiner Hin und Her schwankenden Lanze kaum lassen und wäre fast über die Schwelle gestolpert, so wie ich beim Reingeschubst werden.

Jetzt brauche ich erst einmal Zeit, um mich an mein und ihr neues Outfit zu gewöhnen. So bin ich mehr als erleichtert, als wir den See endlich erreichen und ich fast einen rettenden Sprung gewagt und mich so all den Blicken entzogen hätte, die auf mich gerichtet waren.

Zum Glück denke ich im letzten Moment an mein Ruder, das unweigerlich an dem plötzlichen Widerstand des Wassers gebrochen wäre. So lasse ich es lieber langsamer angehen und bin froh, es endlich geschafft zu haben, im See abzutauchen.

Das Wasser im See ist nicht kalt, wie ich erhofft hatte. Aber das ist sogar gut so. Im warmen Wasser kann man es schließlich viel länger aushalten, als im kalten. Und raus wollte ich so schnell nicht mehr, zumindest nicht, bis ich wieder bei Sinnen wäre.

Sobald mich Juliette eingeholt hat, legt sie ihren Arm auf meine Schultern. Sie sieht glücklich aus und fast zufrieden. Ihr Amulett strahlt in der Sonne.

Und dann spricht sie aus, was sie so erfreut hat, als hätte sie Angst gehabt, dass es anders sein könnte. Schließlich kannten Sie mich vorher nur verpackt und wie bei einer Wundertüte weiß man nicht, was wirklich drinnen ist. „Du hast einen wunderschönen Schwanz und es muss Dir nicht peinlich sein. Ganz im Gegenteil." Ihre Hand taucht unter Wasser und packt beherzt zu. *Eine Dauererektion – sollte ich mir Sorgen machen?*

Mehr denke ich nicht und sinke halb das Bewusstsein verlierend nach unten, schnappe nach Luft und bekomme eine satte Ladung Wasser in meine Lungen. Zum Glück zieht mich Juliette schnell wieder an die Oberfläche, da ich heftig strample und ja auch ertrinken könnte.

Joy kommt inzwischen angeschwommen und tut empört. „Er sollte sich erst einmal abkühlen und runterkommen und was machst Du schon wieder?"

Juliette wirft ihr einen bösen Blick zurück und steckt ihr keck die Zunge raus. „Gerade du musst dich beschweren. Konntest Dich kaum noch beherrschen, als du eben noch vor ihm auf den Knien gehockt bist." Sie schlägt eine Hand ins Wasser, um ihren Worten eine Fontaine hinterherzuschicken. Diese verfehlt nur knapp ihr Ziel, aber die Nächste hat gesessen. Daraus entwickelt sich schnell eine Schlacht, an dessen Ende ich das Opfer werde, auch wenn ich immer noch nicht vor lauter Röcheln und Husten mitmachen kann.

„Lasst uns jetzt eine Runde schwimmen." Mit diesen Worten titscht Juliette mich so vergnügt unter Wasser, als ob gar nichts gewesen ist. Dabei wäre ich gerade erst fast ertrunken, als sie mich als ihr neues Spielzeug benutzte. So komme ich mir zumindest vor. Das ich was dagegen hätte, kann ich allerdings nicht bestreiten, nur, dass ich das gern überleben würde.

Bei diesen heißen Hinterteilen kann ich nicht wegschauen. Immer wieder tauchen sie vor mir wie kleine Inseln auf. Brav schwimme ich hinterher und überlege, was sie von mir wirklich wollen.

Ans Nacktsein gewöhne ich mich allmählich und auch an ihren Anblick, soweit Mann das überhaupt machen kann. Die Sonne auf meinem Rücken wirkt entspannend, auch wenn mein erregter Zustand bleibt. Der Reiz, der von Joy und Juliette ausgeht, ist beinahe unheimlich - der von diesem Ort auf jeden Fall.

Am Rand der Wiese, unter einer schlanken steinernen Badenixe, die eine nicht alltägliche Dusche darstellt, rekelt sich ein Mädchen mit langen blonden Haaren. Aus einem Krug, den die Steinfigur elegant über Ihren Kopf hält, sprudelt Wasser, statt aus einem Duschkopf. Selbst als ich ganz nahe vorbeischwimme, rekelt sie sich ungeniert weiter.

Joy steuert auf den kleinen Wasserfall zu, der sich aus dem breiten schwarzen Maul hoch über uns ergießt. Über ihm scheint das glühende rote Auge darüber zu wachen, dass wir keine Dummheiten machen. Es ändert ab und zu seine Intensität und leuchtet mal heller mal dunkler, als würde es so dem einen oder anderen eine Warnung schicken. In der Mitte der dunklen Pupille scheint ein kleines Feuer zu lodern, das Funken überallhin ausspuckt.

Ich fühle mich beobachtet, aber auch elektrisiert. Trotzdem versuche ich, eine sinnvolle Erklärung zu finden, und denke an das warme Wasser, das ja irgendwo erwärmt werden muss.

Vielleicht ist das die Glut in einem Ofen, die statt nur warmes Wasser zu erzeugen, dem ganzen hier auch noch ein mystisches Flair verleiht. Wenn ich mich da drunter stelle, werde ich sehen, ob da warmes Wasser herunter plätschert.

Hätte ich mir das getraut, wäre ich direkt rüber geschwommen, um die Theorie zu testen. Aber auf einer Bühne fühlte ich mich nie besonders wohl - und in meinem Zustand erst recht nicht!

Im nächsten Moment macht das aber Joy. Elegant erklimmt sie den glatten steinernen Vorsprung, der eine hervorragende Plattform abgibt und ihn zu ihrer Bühne macht. Ich hatte bisher kaum gewagt, sie anzuschauen, zumindest seitdem sie keine aufreizenden Sachen mehr auf ihrem Körper trägt. Doch jetzt werde ich ihren Anblick in sicherem Abstand genießen.

Hinter dem Vorhang aus feinen Perlenfäden und glitzerndem Sprühnebel könnte man eine dunkle Nische oder vielleicht sogar eine versteckte Höhle vermuten. Aber dafür habe ich keine Augen mehr. Ich betrachte nur Joys goldene verführerische Formen.

Ihr Rücken ist kräftig, ihre Schultern hoch und die Hüften schmal. Ihren Hintern will ich am liebsten mit meinen Händen packen. Sie dreht sich direkt in meine Richtung, als hätte sie meine Gegenwart erraten. Wo sollte ich denn sonst auch sein.

Leicht spreizt sie ihre langen wohlgeformten Beine, was ich mal wieder als Einladung werte, zumindest dafür, jetzt bloß nicht wegzuschauen. Das hatte ich sowieso nicht vor und wäre wohl auch nicht in der Lage gewesen. Jede ihrer Bewegungen wirkt hypnotisch - einfach unwiderstehlich.

Verführerisch ist ihr Venushügel und kaum bedeckt. Nur ein schmaler schwarzer Streifen führt hinunter zu ihrer kleinen Spalte. Wie gern würde ich jetzt von diesem Pfirsich kosten.

Ihren Kopf hat sie in den Nacken geworfen und lässt das klare Wasser auf ihre Stirn prasseln. Ihre Brüste sind groß genug, dass sie schwer und fest in meinen Händen liegen würden. Es wäre aufregend, sie jetzt dort zu packen. Sie steht da, mit hoch über den Kopf erhobenen Händen und genießt nicht nur meine Blicke. Ein Anblick, den man wahrhaft beschützen sollte.

Das unheimliche Auge über ihr, scheint diese Funktion zu erfüllen. Noch etwas heftiger glüht es und versprüht einen immer schneller werdenden spiralförmigen Funkenflug in seiner Mitte. Ich nehme mir vor, baldmöglichst herauszufinden, was es damit auf sich hat. Momentan fehlen mir allerdings neunundneunzig Prozent meiner geistigen Fähigkeiten. Aber ich habe es wenigstens mitbekommen.

Am steilen Hang kann ich schmale Wege sehen, die sich nach oben schlängeln. Pfähle mit dazwischen gespannten Seilen scheinen eine Art Geländer zu bilden. Ab und zu sind Öffnungen im Fels zu erkennen, die vielleicht von Gittern versperrt werden. *Steil und gefährlich - aber es sollte zu schaffen sein, auf diesen Weg nach oben zu gelangen.* Bei der nächsten Gelegenheit werde ich das von Nahem betrachten. Zum weiteren Pläneschmieden habe ich aber keinen Kopf mehr. Denn Joy nimmt mir gerade den Atem.

Wassertropfen perlen glänzend von ihrer braunen samtig zarten Haut. Sie gleicht einer Elfe, wie ich sie mir beim Tanzen im warmen Morgenregen vorstellen würde. Mit den Händen streicht sie sich anmutig über ihr nasses Haar. Meine Sinne sind nur noch bei ihr, zumindest bis auch Juliette diese Bühne betritt.

Zuerst sehe ich nur ihre Finger, die Joys reizende Hüften umfassen. Der Rest liegt hinter dem Vorhang aus Wasserspritzern verborgen. Von dort ist sie völlig unbemerkt gekommen. Und nun wandern ihre Hände an den Hüften hinab zu den wohlgeformten Beinen, um dann mehr und mehr von ihr zu erobern. Bald liegen ihre gespreizten Finger auf Joys flachem Bauch, der heftig erbebt.

Nicht lange und Juliette packt sich auch ihre festen Brüste. Vor lauter Lust fährt sich Joy daraufhin zwischen die Schenkel, lässt den Kopf nach hinten fallen und spannt ihren Körper wie einen Bogen.

An ihrem Hals erscheinen rote Lippen. Weiße Zähne beißen genussvoll rein. Juliettes gieriger Mund scheint sie auszusaugen, während Joys Hüfte, wie bei einer Puppe, ergeben hin und her schwingt.

Geschickt schafft sie es, dass man nur ihre Lippen, Hände und ab und zu mal ihre Stirn erkennen kann, bis Joy eine schwungvolle Drehung macht und Brust an Brust vor Juliette zum Stehen kommt.

Ich kann ihre harten Nippel sich berühren sehen, während sie sich an den Händen haltend mit ihren Lippen immer näherkommen.

Der Vorhang ist jetzt in den Hintergrund gewichen und bildet die Leinwand für die schönsten Formen, die ich je gesehen habe. Anmutig bewegen sie sich, als würde Ölfarbe darauf verlaufen, um neue vollendete Formen zu bilden. Joy und Juliette verschmelzen im Verlangen.

Je erregter ich bei ihrem Spiel werde, umso mehr scheint auch ihre Leidenschaft zu wachsen, mit der sie an ihre Darbietung arbeiten. Die Sonnenstrahlen beleuchten sie, wie es Scheinwerfer im Theater machen. Golden erstrahlen sie in diesem Licht. Ich glaube nicht, dass das nur Zufall ist. Sie müssen geübt haben, bis sie darin perfekt waren. Wer weiß, vielleicht treten sie damit öfters auf und wer weiß, wer dann ihre Zuschauer sind.

Paddelnd versuche ich, an der Oberfläche zu bleiben, während mein Ruder dem Wasserdruck standhält und mich auf Kurs hält. *Hoffentlich werden sie ewig so weitermachen!*

Nach ein paar weiteren Minuten lassen sie dann leider voneinander ab. Sie schauen plötzlich in meine Richtung, als solle ich klatschen oder „Zugabe" rufen. Ohne darauf zu warten, verbeugen sie sich, wie es mir zuerst erscheint, aber wollten nur zurufen: „Was machst du noch da? Komm rauf, wir warten. Nur als Zuschauer haben wir dich nicht mitgenommen!"

Nach vier bis fünf zögerlichen Metern bin ich zu ihren Füßen angekommen. Die Aufforderung hat sich nicht nach einer höflichen Einladung angehört und so ziehe ich mich lieber am glitschigen Felsen zitternd nach oben.

Zum Glück habe ich meine Umgebung vergessen und nur noch sie im Auge. Was ich dort oben auf der Plattform soll, ist mir nicht klar. Aber sie scheinen es zu wissen. Ich soll jetzt endlich ihre Bühne betreten.

Station für Station

Coco traut sich, wieder zu atmen. Der Weg von den Umkleiden bis hierher empfand sie gleich einem Spießrutenlauf. Alle Blicke waren auf sie gerichtet. Coco wollte wenigstens mit ihren Händen das Nötigste verbergen, wenn sie schon nackt vor Fremden herumlief. Aber das war ihr nicht möglich. Sie zog zwei irre Typen hinter sich her, nachdem sie diesen verrückten Entschluss gefasst hatte, so aus der Kabine zu treten.

Selbst in ihrer Vorstellung brauchte sie bisher die ein oder andere Überwindung, ganz ohne Kleidung herumzulaufen. Das gehörte zum Kick und sorgte für die gewünschte Erregung. Was sie aber jetzt empfand, war um einiges stärker und mehr, als sie aushalten konnte. Nie hätte sie sich das so vorgestellt. Sie rannte schneller und schneller. *Zurück gibt es nicht!* Ohne zu zögern, stürzte sie sich in die Fluten. Und Aron und Zoltan taten es ihr nach, wenn auch mit angezogener Bremse.

Falls niemand heute Morgen sie heimlich auf ihrer Terrasse beobachtet hatte, sind dies hier die ersten Männer seit langer Zeit, die sie entblößt bewundern durften.

Aron und Zoltan machen das inzwischen unverhohlen. Von ihnen angestiert zu werden, wird allmählich sogar zu einem schönen Gefühl. Noch dreht sie sich weg, verschränkt die Arme oder schaute böse drein, wann immer die gierigen Blicke der beiden, ihr zu heftig werden.

Coco weiß natürlich, was sie für eine Wirkung bei Männern erzielen kann. Nackt hat sie es noch nicht wirklich ausprobiert, außer wenn sie von ihrer Freundin dazu gezwungen wurde. Sie ließ ihr nur die Wahl, als krankhaft keusch zu gelten, oder mitzuziehen. Für Isabell fiel jede, die so scharf wie Coco aussah und das nicht zeigen wollte, in diese Kategorie.

Ganz im Gegensatz zu ihrer sogenannten krankhaften Keuschheit hatte allerdings die Vorstellung von so etwas, ihr in der Vergangenheit so manchen Höhepunkt verschafft. Diese kleine exhibitionistische Ader behielt sie aber lieber für sich. Ein Versehen hingegen, würde alles entschuldigen, wie heute Morgen, wo sie dieses Versehen fast herbeigesehnt hatte.

Isabell war da ganz anders und insgeheim bewunderte Coco sie sogar dafür, ja war tatsächlich etwas neidisch auf ihre ungezwungene Art, wie sie mit ihrem Körper Spaß erleben konnte.

„Warum nicht stolz darauf sein und ihn zeigen?", hat Isabell immer gesagt. Denn nur um sich selber im Spiegel zu bewundern, braucht man das ganze Training nicht zu machen. Und wenn man ihr dann mit Fitness kam, meinte sie nur lapidar: „Ausdauernd solle man natürlich auch sein!"

Ja natürlich, Isabell konnte es stundenlang, wenn man ihr so zuhörte. Coco weiß nur nicht, wo sie die Kerle dafür immer herbekam, oder wie sie sie für diese heißen langen Nächte präparierte. Bei ihren Sexpartnern war es immer schnell vorbei. Meist kam sie erst beim zweiten oder dritten Mal in Folge auf ihre Kosten, was mit ein bisschen Hilfe zum Glück oft kein Problem darstellte.

Genügend Verehrer sind Coco trotz ihrer „krankhaften Keuschheit" hinterhergerannt und genügend hat sie einen Korb gegeben. Und wenn sie es mal nicht tat, wusste sie, warum sie es lieber hätte tun sollen. Coco ist eben anspruchsvoll und bevor sie immer wieder enttäuscht wurde, weil sie einfach mehr oder was anderes erwartet hätte, hat sie lieber ganz verzichtet und wartete stattdessen auf den Richtigen. An irgendetwas würde sie ihn schon erkennen.

In dem Moment, wo Coco in die Fluten stürzt und sie erst einmal aufatmen kann, beginnen sich auch ihre Gedanken zu ordnen. Ihr wird bewusst, dass keiner der beiden Typen, von denen sie sich hierher verschleppen ließ, der „Richtige" sein würde.

Darum schwimmt Coco ihnen erst mal davon und wenn sie dann immer noch will, sollten sie sich lieber in Acht vor ihr nehmen, selbst wenn sie nicht die Richtigen sein werden. Denn das hier wird anders. Sogar Isabell würde jetzt vor ihr Angst bekommen, so wie es ihr gerade selbst ergeht.

Coco ist wie ausgewechselt. Keine Spur mehr von dem braven Mädchen, das Zoltan und Aron heute Vormittag aufgegabelt haben. Wenn die beiden die Beherrschung verlieren, dann würde auch Coco sich fallen lassen und mit ihnen treiben, wo immer sie dann ankommen werden. Und doch weiß sie genau, keiner der beiden ist der „Richtige".

Im angenehmen nicht zu kühlem Nass krault sie, bis sie vor Erschöpfung nicht mehr kann. Sie legt so eine ganz schön lange Strecke zurück, denn Aron und Zoltan hat sie weit hinter sich gelassen. Keine Ahnung, ob die beiden überhaupt so weit schwimmen können, denn sie wirken nicht gerade vertraut mit dem Element Wasser.

Aber zur Not würde sie sie vor dem Ertrinken bewahren. Sie besaß ja schließlich einen Rettungsschwimmerpass. Nur das wusste kaum jemand, denn zu viele wollten sich schon von ihr an Land bringen lassen, inklusive anschließender Mund-zu-Mund-Beatmung.

Tatsächlich hatte es mal jemand drauf angelegt, als sie sich in den Semesterferien etwas im hiesigen Freibad dazuverdienen wollte. Er hatte einfach nicht geatmet, bis er von ihren hinzugeeilten Kollegen im hohen Bogen wieder ins Wasser geschmissen wurde. Der mächtige Bauchklatscher war heilsam, woraufhin er sich krümmend trollte. Das verhinderte jedoch nicht, dass Nachahmer folgten.

An einer felsigen steil abfallenden Stelle legt Coco ihre Ellenbogen auf den trockenen heißen Rand, lässt die Sonne auf ihren Kopf und Rücken brennen und die Beine im Wasser baumeln. Sie überlegt, wie es mit dem einem oder andern von ihnen wäre.

Ihren Blick lässt sie über die Badelandschaft und Wiesen schweifen. Bisher hatte sie keine Gelegenheit, sich einfach mal zurückzulehnen und sich zu fragen, auf was sie sich hier eigentlich einlassen sollte. Alles ging Schlag auf Schlag.

Coco schaut über ihre Schulter. Noch zwanzig Meter kann sie durchatmen, denn so weit ist der Erste noch entfernt, bis er sie einholt. Nicht viel Zeit, auch wenn er seinen Schwimmstil, einem Hund zu verdanken scheint.

Sie blickt noch einmal zum Weg, auf dem sie eben runter zum See gerannt sind, und versucht sich das Bild vorzustellen, das sie abgegeben haben mussten. Dass sie da wirklich nackt entlang gerannt ist, kann sie immer noch nicht glauben.

Ungläubig schaut sie zu den Kabinen rüber, wo gerade zwei Neuankömmlinge im Bretterverschlag verschwinden. Sie lässt diesen nicht mehr aus den Augen, bis sie wieder herauskommen. Dann hat sie die Bestätigung, dass nicht nur sie sich aus ihren Kleidern locken ließ.

Links und rechts von ihren Ellenbogen erscheinen zwei Hände, um sich ebenfalls an der Felswand festzuhalten. Und dann schmiegt sich jemand an ihren Rücken. Etwas Hartes pulsierend Heißes dringt fordernd zwischen ihre Schenkel. Den kurzen Schrei, der ihrer Kehle verlassen möchte, kann sie gerade noch unterdrücken.

Noch mehr Aufmerksamkeit, als sie eh schon erhalten, kann sie jetzt gar nicht gebrauchen. Ein neckischer Biss in ihre Schultern und Zoltan verschwindet so schnell, wie er gekommen ist.

Keine größer werdenden ringförmigen Wellen, die sich auf dem Wasser um sie bilden werden. Coco ist fast enttäuscht und greift sich zwischen die Beine, um die Lust zu ersticken, die sie drangsalieren möchte. Die ist nicht nur mit seinem Schwanz gekommen, sondern vor allem wegen der begleitenden Worte: „Du gehörst mir!"

Dass er weder vorsichtig noch rücksichtsvoll sein wird, hat er gerade klargestellt und auch das ihr Widerstand zwecklos wäre. Er kann sie überall haben – und das wird er.

Es wäre ein Leichtes gewesen, sich umzudrehen und ihm eine zu klatschen oder hinterher zu schwimmen, seine Füße zu packen und ihn unter Wasser zu zerren, ihn zu titschen und röcheln zu lassen: „Verzeih mir bitte!"

Aber Coco tut es nicht. Nein, sie hätte sich nicht gewehrt. Und jetzt hofft sie stattdessen, dass er zurückkommt, um zu Ende zu bringen, was er begonnen hat.

Auf Cocos Rücken brennen die Strahlen der Sonne *und Zoltans Testosteron.* Es wird ihr schnell klar, dass „Warten" nichts Gutes ist, ja sogar verrückt machen kann und in ihrem Fall verdammt schnell! Coco krault daher durchs Wasser, als wäre der weiße Hai aus Spielbergs Horror hinter ihr her. Irgendwie muss sie sich abreagieren.

Erst als ihr die Puste ausgeht, dreht sie sich auf den Rücken und lässt sich treiben. Sie schaut den kleinen Wolken am Himmel zu, wie sie ihre Figuren zaubern. Ihre eigene Fantasie macht daraus ein Theaterstück. Selbst dieses ist erst ab achtzehn.

Die kaum merkliche Strömung lässt sie am Kiosk vorbeitreiben. Dort fällt ihr ein knackiger Typ auf. In ihm vermutet sie schon bald diesen verdammt heißen Zoltan.

Langsam schwimmt sie von ihrer Neugier getrieben in seine Richtung. Diesem Typen wird sie es zeigen. Sie weiß zwar nicht, ob sie sauer ist, weil er sie nicht vernascht hat, oder weil er sich so unverschämt angepirscht hatte. Er hat so oder so eine Abreibung verdient.

Plötzlich dreht er sich um, als hätte er nur auf sie gewartet, und würde gleich rufen: „Da bist du ja endlich!"

Er ist es tatsächlich und Coco geht in den Tauchgang, noch bevor sie etwas davon hören könnte. Denn da raus steigen wird sie sicher nicht.

Coco hält die Luft an und versucht, die aufsteigende Lust im Zaum zu halten, die sein Anblick schon wieder hervorgerufen hat. Schließlich sieht sie nicht oft nackte Typen und dazu noch einen, der so gut aussieht und so sexy mit seiner geladenen Pistole dasteht.

Wie ein Seepferdchen sinkt sie nach unten, während Zoltan gelassen am Tisch steht, nippend an einem Glas Sprudel und nur bekleidet ist mit seinem silbernen Kettchen. Coco sieht es immer noch glitzernd im Sonnenlicht, als könnte er sie mit diesen Strahlen jagen. Doch sie wird es nicht zulassen, dass Zoltan sie erwischt und hofft, dass er sie erst gar nicht bemerkt hat.

Natürlich hat Zoltan das, denn das silberne Pärchen trägt nur ein Jäger, so wie er es ist. Ansonsten gibt es das auch in anderen Farben. Aber seines sollte das Silberne werden, denn ihm entgeht nichts Lohnenswertes, wenn er sich auf der Jagd befindet. Er schaut ihr nach, wie sie untertaucht, und zählt die Sekunden. Wie lange wird sie es wohl ohne Luftholen aushalten können?

Nach einer Minute bewundert er ihr Durchhaltungsvermögen. Nach anderthalb Minuten fängt Zoltan an, besorgt zu werden. Nach zwei geht er ängstlich zu dem kleinen Steg und nach drei springt er hinein, um sie rauszuholen.

Etwas abseits klettert Coco indes aus dem Wasser. Das kleine schlechte Gewissen kommt noch nicht gegen die Schadenfreude an, die in ihr aufsteigt, als er sich voller Angst ins Wasser stürzt. Er hat tatsächlich Angst um sie - das ändert so manches. *Verdammter Zoltestoron!*

Schließlich kann sie nicht mehr zuschauen, wie er sich abmüht, sie zu retten. Coco tritt ans Wasser ran und versucht ihm beim nächsten Auftauchen zuzuwinken. Sie möchte nicht schreien, denn sie ist nicht die Einzige in der Nähe des Kiosks und möchte lieber unbemerkt bleiben. Zu viele schauen der Aktion schon zu, die Zoltan dort veranstaltet.

Sie winkt und winkt, aber er sieht sie nicht, schaut sich nur in allen Himmelsrichtungen panisch um, aber eben nur auf dem Wasser. Also springt Coco wieder rein, damit er sie bemerken kann, bevor er selbst noch absäuft.

Beim nächsten Auftauchen sieht er sie, während er vor lauter Luftnot japst, was aber auch nur seine Freude sein könnte. Er paddelt zu ihr, so schnell er nur kann.

Sie schwimmen ein Stück nebeneinander her, sich nicht mehr aus den Augen lassend, hin zu einer flachen Stelle, wo es ihnen gelingen sollte, leicht aber vor allen ungestört aus dem Wasser zu klettern. Man könnte fast meinen, sie wären ein verliebtes Pärchen auf der Suche nach einem stillen Plätzchen.

Aron verfolgt von weitem das Geschehen. Er hatte sich extra viel Zeit gelassen und fragt sich: *„Was ist mit diesem Zoltan los?"* Er kennt ihn so gar nicht – den großen Macho. Schlimm genug, dass es ihm selber nicht anders ergeht und er sich verdammt beherrschen muss.

Vielleicht spricht nur die Eifersucht aus ihm. Ja, er sollte vorsichtiger mit seinen Gefühlen werden, bevor sie ihm noch mehr zu Kopf steigt - ihnen beiden. Das könnte gefährlich werden. Die Kontrolle zu bewahren, ist lebenswichtig, vor allem, wenn man in ihrem Metier unterwegs ist. Denn verliebt sein ist nichts weiter, als verrückt zu werden. Zumindest versucht er, sich das immer wieder einzureden. Zoltan hilft da wenigstens sein Macho-Gehabe.

Endlich haben Coco und Zoltan feinen weißen Sand unter den Füßen und sind ungestört vor fremden Blicken. Coco ist erstaunt, sowas hier zu finden, da sie diese Art Sand nur vom Meer her kennt, wo dieser ständig von den Fluten gemahlen und gewaschen wird. Anscheinend macht sich tatsächlich jemand die Mühe, ihn von weither anzukarren.

Zoltan spürt ihn zuerst zwischen seinen Zehen und steigt langsam aus dem Wasser raus. Coco lässt sich Zeit, um nichts von dieser Show zu verpassen. Immerhin wollte er ihr gerade das Leben retten, woraufhin er in ihrem Ansehen ganz schön gestiegen ist. *Also doch nicht so ein Arsch, aber einen sexy Hintern hat er.*

Von seinem göttlichen Körper perlt in kleinen Rinnsalen das Wasser ab. Jede Pore seiner glitzernden Haut, versucht Coco aufzusaugen. Er steht da in seiner ganzen Pracht, dreht sich zu ihr, und bittet sie ebenfalls, rauszukommen. Coco überwindet sich und er nimmt ihre Hand, die sie ihm entgegenstreckt, um ihr raus zu helfen.

Wenig später schlendern sie, wenn man das so nennen kann, über die Wiese am See entlang, hin zu der kleinen Bucht mit dem Wasserfall, wo alles in eine Art paradiesische Lagune verwandelt erscheint. Das rote Auge leuchtet, als würde es der Leuchtturm sein, der ihnen den Weg aus dem Sturm weist, der in ihnen wütet. Ob es der richtige Weg ist, oder sie nur einem Irrfeuer folgen, werden sie abwarten müssen.

Das Auge glüht, so wie sie gerade. *Wie bei einer Raubtierkatze, die im Jagdfieber ist,* denkt Coco und betrachtet ihr Opfer. Doch bevor sie sich auf Zoltan stürzen kann, sind sie angekommen. Als würde er ihr entkommen wollen, klettert er geschickt über ein paar Steine auf die kleine Plattform, auf die der Wasserfall plätschert. Versteinert bleibt Coco hinter ihm zurück und versucht das Herzrasen, unter Kontrolle zu bekommen. *Er wird mir doch wohl keine Live-Show bieten?*

Noch bevor Coco das Tosen anders empfinden kann als friedlich, teilt sich der perlenförmige Vorhang auf seinen breiten Schultern. Coco hält einmal mehr die Luft an.

Er erstrahlt im Sonnenlicht inmitten der aufspritzenden Gischt, die ihn märchenhaft einhüllt, als würde er gleich die wichtigste Ankündigung des Abends machen.

Noch wurde der Vorhang nicht aufgezogen. Alle Blicke sind gebannt auf ihn gerichtet, vor allen aber Cocos. *Kann ein Mann so toll aussehen? Ein Bild von ihm wäre in meiner Teeny-Zeit sicher heimlich unterm Bett gelandet, wo er sich in den einsamen Nächten materialisiert hätte.*

Provozierend dreht sich Zoltan in alle Richtungen, so dass sie ja nichts von ihm verpassen wird. Zumindest kommt es Coco so vor. Die Show ist nur für sie, auch wenn andere Frauen sich von seinem heißen Auftritt inzwischen anlocken ließen. Doch selbst auf dieser Bühne unter dem Beifall all der anderen erregten und erregenden Ladys, hat er nur Augen für sie.

Seine Hände wandern zu seinem Schoß, als wolle er sein Heiligtum schützen. Doch das gelingt ihm nicht. Sein Schwanz schaut pulsierend aus seiner Faust, die viel zu klein für ihn ist. Er kann seine Geilheit nicht verbergen. *In drei Sekunden ist er in seinen Zauberhänden auf mindestens zwanzig Zentimeter angewachsen. Dabei war er vorher schon riesig. „Was werden diese Hände erst mit mir anstellen?", hechelt Cocos Begehren.*

Sie hält die Luft an und vergisst glatt zu atmen, während sie ihr Verlangen nach seinen wilden Stößen herunterschluckt. *Wird das die Ankündigung des Abends werden?*

Halb trunken von diesem Vorspiel, lässt sie sich willenlos zu ihm locken. „Damit solltest Du vorsichtig sein", flüstert Coco halb benommen, als sie vor ihm auf wackligen Beinen zum Stehen kommt. Sie hat ihre Umgebung bereits vergessen.

Zoltan erfasst ihre Hände und lässt seinen Blick über ihre Kurven wandern, die sogar abgebrühte Jäger schwach werden lassen. „Darauf kann ich aufpassen, keine Angst!" Frech leuchten seine Augen in seinem hübschen Gesicht. Es sind jedoch nicht mehr die, die alles im Griff haben. Eher sind es welche, die vor Begierde platzen.

Inzwischen kommt Aron angeschwommen. Ein paar der anwesenden lüsternen Ladys lassen ihn nur missmutig vorbei. Sie hätten ihn wohl gerne als Ersatz für den vergeben Hauptdarsteller und auf der Stelle vernascht. Natürlich hätten sie nichts mehr von ihm übriggelassen. Erst als er ebenfalls auf die Bühne klettert, verfliegt ihre Missgunst und weicht einem „Wow".

„Abgekühlt hast Du Dich, oder?", fragt Zoltan vorsorglich, als er ihn hinter Coco vor all den gierigen Augen aus dem Wasser klettern sieht.

„Bei dem, was ihr hier bietet, wohl kaum!" Aron bestaunt Coco, auf die das warme weiche Wasser inzwischen ebenfalls plätschert und sie märchenhaft einhüllt.

Von Abkühlung kann auch Coco nicht sprechen. Nein, das hier ist heiß. Aber das will sie ihnen lieber nicht so direkt sagen. Also sagt sie es anders. „Um euch mache ich mir ernsthaft Sorgen." Das war nicht gelogen, bei dem, was sie mit Zoltan vorhat. Und wenn Aron nicht gleich verschwindet, auch mit ihm. Sie sollten lieber aufpassen.

Zoltan nickt. „Ich mache mir tatsächlich Sorgen, seit ich dir das erste Mal begegnet bin – nein, gesehen habe!" Doch das klingt nicht mehr ehrlich. Seine Macho-Masche ist rechtzeitig zurückgekehrt. Aber Coco entschuldigt das, denn sie glaubt nicht, dass das gelogen ist.

In dem Moment tritt Aron von hinten an Coco heran. „Anscheinend bin ich nicht zu spät gekommen!"

Sie zuckt zusammen. Ihre kleine Klita schmerzt förmlich im Verlangen, gleich ihren Willen zu bekommen. Der Vulkan ist am Brodeln, wie so oft in den letzten Wochen und sie hofft, dass sie nicht wieder tagelang herumrennen muss, wie eine rollige Katze, da alles nur ein Traum ist.

Eigentlich sollte Aron merken, wie sehr er gerade fehl am Platz ist. Langsam dreht sie sich um und will ihn schon böse anzischen. Doch das Zischen bleibt ihr im Hals stecken. Auch er „bedroht" sie mit seiner Lanze und schaut sie herausfordernd an.

Für Coco scheint es, nur einen Ausweg zu geben und sie fragt sich: *Was wäre wenn?*

Coco versucht, den Gedanken aus ihrem Kopf zu bekommen, denn der nimmt schon jetzt viel zu viel Platz darin ein. *Würde ich wirklich so weit gehen?*

Die Hemmschwelle ist nicht gerade riesig, wenn zwei Typen so toll aussehen und sich auch noch zu benehmen wissen, zumindest meistens - *wenn sie nicht gerade nackt sind.* Sie schaut zum einen und dann zum anderen - *würde ich wirklich?*

„Natürlich!", schreit ihre kleine Klita. „Lasst uns spielen! " Coco gibt beiden einen Kuss auf ihre ach so lieb aussehenden Lippen und versucht dabei nicht anzuecken. *Zwei Kerle zur selben Zeit. Wenn ich da nicht auf meine Kosten komme, bin ich selber schuld. Hinterher werde ich sicher kaum laufen können, aber wenn schon. Dann werde ich eben noch länger, was davon haben.*

Während Coco zumindest versucht, sich das auszumalen, bemerkt sie die Höhle. Sie liegt etwas abseits ganz hinten versteckt, während der Rest wie eine Felsenbühne aussieht, für erotische Aufführungen wie diese. Wenn jedoch der Wasserfall der Vorhang ist, war das eben nur ein Vorgeschmack und das Hauptstück folgt, sobald der Vorhang aufgeht. Coco vermag sich kaum vorzustellen, wie das aussehen könnte. Sie braucht dringend eine Ablenkung oder auf der Stelle hemmungslosen wilden Sex.

Die Höhle

Coco bewegt sich zögerlich auf dem kühlen Höhlengrund. Es ist dunkel und sie versucht, gegen nichts zu treten. In ihrem Zeh pocht der Schmerz von damals. In ihrem kleinen dunklen Zimmer ist sie einst schlafwandlerisch gegen den Bettpfosten getreten und hatte sich den kleinen Zeh angebrochen. Zunächst konnte sie es nicht glauben, aber nach zwei Tagen, in denen er alle Blautöne angenommen hatte, ist sie dann doch mal zum Arzt gegangen. Heute sieht man ihrem Zeh den Unfall zum Glück nicht mehr an. Der Schmerz kommt aber manchmal wieder, vor allem, wenn sie an das kleine ärgerliche Missgeschick durch irgendetwas unbewusst erinnert wird. *Wer hätte gedacht, dass Einbildung wehtun könnte!*

Das Licht ist jetzt so schwach, dass sie ihre Füße nicht mehr erkennen kann. Ein schwarzer Nebel, scheint den Boden zu bedecken, in dem diese verschwunden sind. Ein paar Schritte weiter, nach der nächsten Biegung, sieht sie nichts mehr. Nicht mal die Silhouetten ihrer Begleiter sind auszumachen – *wie schade.* Coco hält umso fester ihre Hände, die sie tiefer und tiefer in die Höhle führen, *zielsicher ins nächste Abenteuer,* ist sie sich sicher.

Nach nur ein paar weiteren Metern, die ihr jedoch zehnmal so lang vorkommen, macht die Höhle erneut einen Bogen. Sie tasten sich an der Felswand entlang, mit der sie gerade angeeckt ist. Nachdem sie wieder geradeaus unterwegs sind, kann sie ein ganzes Ende voraus einen rötlichen Schimmer entdecken. Bis dahin wird hoffentlich kein verstecktes Hindernis im Weg rumliegen. Cocos Schritte werden sicherer und das Pochen im Zeh lässt nach. Dafür schlägt ihr Herz umso lauter.

Nach ein paar weiteren Metern können sie den Boden unter ihren Füßen wieder erkennen, zwar nur ganz schwach, aber immerhin verschwindet das Gefühl, im Nichts zu wandeln. Die Angst, ins Leere zu treten, macht ihrer Neugier Platz.

Coco schaut auf die Silhouetten ihrer Begleiter. Der Traum ist nicht mehr der Traum, mit dem Coco heute Morgen aufgewacht ist. Nein, er ist jetzt Adrenalin, Aufregung, Herzpochen. Er ist die Wirklichkeit. Coco atmet tief durch. Würde sie jetzt noch umkehren können?

Der Höhlengang macht dann doch noch eine kleine Biegung, weshalb die lange tiefrote Neonlampe erst jetzt erkennbar wird. Coco stiert auf sie, als wäre dort das Portal zur Hölle. Irgendwie stellt sie sich das so vor. Sie kann schon fast den Schwefeldunst riechen, die lodernden Flammen sehen und die Hitze des Feuers spüren, das die Verlorenen verfolgt, die langsam die Stufen nach oben kriechen. Sie erwartet nicht, verschont zu werden, wenn sie dort erst einmal gelandet ist.

Hier herrscht eine Macht, die Coco über ihre Triebe steuert. Der Teufel selber könnte es sein, der ihr dies als Falle stellt. Aber sie tasten sich unbeirrt weiter, immer in Richtung der rotglühenden Lampe, als wären sie Motten, die einen Ausgang suchen und doch nur in der Falle landen, wo sie bestenfalls verschmoren werden. *Wie vielleicht auch das Auge, das seine Opfer schon von weitem lockt. Die gleiche Glut, der man sich nicht entziehen kann und auch nicht möchte.*

Der Schein der Neonlampe, lässt schon bald ein kleines Gewölbe erkennen. Darunter glitzert ein dunkler Vorhang, der reichlich mit Gold bestickt sein könnte. Das Schild mit dem Piktogramm eines Pfeiles nach unten und dem Wort „Hölle", kann sie nicht entdecken. *Es wird also nicht so schlimm werden!*

Noch ein paar Schritte weiter und sie stehen vor einer kleinen Garderobe. Es erscheint Coco zunächst nicht ungewöhnlich, denn irgendwo muss die „Party" ja steigen. Aber an der hier stört sie etwas.

Coco schaut auf ihre Begleiter und dann auf die leeren Kleiderbügel. Sie gehören nicht zu denen, die hier was abgegeben könnten! Vielleicht sind wir die ersten Gäste, oder alle kommen so wie wir hierher. Für was dann eine Garderobe?

Coco verweilt noch einen Moment bei ihren gehörnten Verführern, die gefährlich mit ihren scharfen Konturen reizen. Die sehen aus, als hätten sie gerade in Blut gebadet, statt in H2O. Das Neonlicht färbt ihre Haut dämonisch, aber nicht minder sexy!

Sie reißt ihren Blick von den beiden los, bevor sie sich selbst vom Teufel verführen lassen würde. Wen sonst sollte man schon hier vermuten? *Ihn selbst oder seine Jünger!*

„Nackt gehe ich da sicher nicht hinein!" Trotzig schaut sich Coco um, ob sie nicht vielleicht doch was an ihrer Erscheinung ändern könnte. *Wer weiß, ob das hier nicht der eigentliche Bühnenvorhang ist, durch den wir treten werden, wenn auf der anderen Seite alle klatschen.*

Zoltan versucht sich schließlich als Garderobenfrau, beugt sich umständlich über den Ausgabetisch und zaubert ein paar vergessen wirkende Fummel hervor und einen Art Umhang. Dann grinste er sie versöhnlich an, als würde er damit etwas gutmachen wollen.

„Sehr großzügig von ihnen, mir endlich ein paar Sachen zu reichen. Meine aus dem Holzschuppen, werde ich wohl nicht wiedersehen?" Coco funkelt Zoltan vorwurfsvoll an und reißt ihm das Zeug aus den Händen. Natürlich ist sie dankbar, aber etwas Entrüstung zu zeigen, ist in ihrer Situation sicher die bessere Art, „Danke" zu sagen.

Skeptisch betrachtet sie den Umhang, der sie im ersten Moment an ein Regencape erinnert und den waghalsigen Tanga, den sie in der anderen Hand hält. „Ergänzt sich vorzüglich! Soll ich für irgendein Ritual herhalten?"

Die Beschwerde prallt von Zoltan ab, der ihr amüsiert zusieht, wie sie in die spärliche Kleidung schlüpft. Kaum hat sie den etwas längeren schwarzen und mit merkwürdigen Mustern aus Spitze durchsetztem Umhang um sich herumgeschlungen, schwebt leichtfüßig eine hübsche Asiatin heran. Wie ein Hologramm aus dem Nichts materialisiert sie sich, bis Coco ihre etwas rauchige Stimme vernimmt.

„Das steht dir gut!"

Noch bevor Coco etwas erwidern kann, wendet sich die eben erst materialisierte Asiatin ihren Begleitern zu.

„Und ihr wollt wohl so bleiben?"

Sogar Zoltan und Aron, scheinen überrascht zu sein. Sie stottern erst einmal: „Wo kommst Du denn her?"

„Von da hinten! Dachte ich kann helfen."

„Danke, wir kommen schon klar!"

„So seht ihr aber nicht aus", erwidert sie lapidar.

„Wir wollten gerade etwas daran ändern", bemerkt Zoltan schnippisch.

„Nur, dass das hier meine Garderobe ist!" Die Asiatin verschränkt ihre Arme und schaut Zoltan vorwurfsvoll an.

„Eine Garderobe mit Nichts drin? Dass ich nicht lache!" Die Erregung von Zoltan klingt gespielt - die eines Machos eben.

„Da ist mehr drin, als du anhast!", meint die hübsche Asiatin und provoziert mit ihren Blicken.

„Vielleicht wäre es in deiner Situation angemessen, freundlich zu sein", mischt sich nun auch Coco ein. „Oder willst du weiter so rumlaufen?"

Allerdings will Coco nicht nur der hübschen Asiatin beistehen. Es gefällt ihr nicht, wie sie Zoltan anstiert - und die Vertrautheit, mit der sie miteinander umgehen, noch viel weniger. *Er steht nackt vor ihr und verdammt geil!!!*

Es ist fast sowas, wie ein Ritual, das sie immer wieder abziehen. Coco scheint es zu sein, für die sie dieses Ritual diesmal machen. Und sie hofft nicht, dass diese kranke Phantasie aus dem Irrgarten, als Nächstes kommt, an die sie das Cape unwillkürlich erinnert. Das würde zu weit gehen, viel weiter, als Coco momentan aushalten könnte.

Die Reaktionszeit, die Coco Zoltan zugesteht, ist schnell abgelaufen. Also fragt sie die Asiatin, die irgendwie immer schöner wird, aber mit ihrer rauen, nicht ganz zu ihr passenden Stimme etwas anrüchig wirkt: „Hättest du bitte vielleicht auch was zum Anziehen für die beiden? Ich kann schließlich nicht so mit ihnen hier rumlaufen!"

Ihre großen schwarzen Mandelaugen strahlen, als würde endlich mal jemand ihre Arbeit ernst nehmen. Doch dann meint sie nur lapidar: „Könntest du schon!" Sie grinst, während sie einen sexy Schlafzimmerblick auflegt.

Die hübscheste Asiatin aller Zeiten, wie Coco aufrichtig empfindet, tritt an den Ausgabetisch und reicht nun doch etwas den beiden herüber, die das mit Zeigefinger und Daumen entgegennehmen.

Aron schüttelt resigniert den Kopf. „Wie immer hast Du nicht viel für uns übrig!"

„Was sollen wir damit?", fragt auch Zoltan und schiebt seinen Finger durch das Gummiband, das die Shorts wie ein Schnürsenkel zusammenhält. „Da sollte doch eigentlich nichts durchflutschen!"

Die hübsche Asiatin lächelt vor sich hin. „Oh, dass mir das immer wieder passieren muss! Habe deine Potenz mal wieder aus dem Blick verloren. Aber deiner passt sowieso nirgendswo rein!"

„Von wegen! Das ist Absicht, wie jedes Mal."

„Willst du damit etwa sagen, ich will dich für irgendetwas bestrafen?"

„Ich wüsste nicht wofür!" Zoltan tut plötzlich sehr unschuldig.

„Ach, du weißt es doch genau – nicht, dass das mir was ausgemacht hätte!"

Jetzt wird es interessant, denkt Coco. *Ein Ritual zwischen den beiden! Hat anscheinend nichts mit mir zu tun.* Coco atmet auf, da sie wohl doch kein Teil eines Planes ist, in den sie nicht eingeweiht wurde. *Sie versuchen also nicht, mich einfach nur rumzukriegen. Trotzdem ist das hier mehr als nur abgefahren!*

Aron hüpft indes auf einem Bein und versucht, in seine Shorts zu kommen. Zoltan tut es ihm nach. Er sah sogar ein wenig erleichtert aus, dass er überhaupt was zum Anziehen bekommen hatte.

Die beiden bemühen sich, das Gleichgewicht zu halten und ihre schweren Lanzen nicht abzubrechen. Damit sind sie erst einmal voll und ganz beschäftigt, denn die schwanken bedrohlich hin und her, bis ihnen schließlich das Kunststück gelingt – fast, denn die Shorts sind zwar an, aber das Problem passt nicht rein. Die Asiatin, die Miranda heißt, zuckt nur mit den Schultern, während Coco mit den beiden fast schon Mitleid empfindet.

„Möchtest wohl mal wieder auf deine Kosten kommen?", platzt es aus Zoltan heraus, der das hier wohl gar nicht mehr lustig findet.

Coco spitzt die Ohren. Miranda antwortet prompt.

„Lieber Zoltan, ich bin nicht leicht zufriedenzustellen. Das hast du ja erfahren dürfen. Da ich eine große Auswahl habe, brauchst du dir aber deinen Kopf nicht über mich zu zerbrechen. Hast du ja sonst auch nicht. Du solltest dich lieber um das hübsche Mädchen hier kümmern, bevor du vielleicht noch mehr Ärger bekommst!"

Zoltan bleibt stumm, da er sich wohl lieber auf seine Zunge gebissen hätte.

Daraufhin wendet Miranda sich an Coco und flüstert ihr ins Ohr: „Der ist schon in Ordnung, nur sehr von sich eingenommen.

Da musst du ihm einfach nur die Flügel stutzen. Und du wirst sehen, wie er sich dann ins Zeug legt!"

„Danke für diesen Tipp!", bedankt sich Coco, während sie bereits überlegt, wie sie das umsetzen könnte.

Natürlich wollte Coco wissen, ob sie vielleicht ein Paar waren, oder nur Sex miteinander hatten. Mindestens das Letztere war offensichtlich, daher verkniff sie sich diese Frage, zumindest fürs Erste. Lieber wollte sie wissen: *Was soll das hier mit uns eigentlich werden?*

Die gekreuzten Gummischnüre dehnen sich.

„Knöpfe würden wenigstens ihre Aufgabe erfüllen. Aber nein!", schimpft Zoltan. Seine Schwellung springt erneut raus und seine hochrote Eichel scheint wütend zu grinsen: „Einsperren lasse ich mich nicht!"

Coco atmet tief durch. *Scheiße bin ich geil!*

Trotz ihres etwas zu groß geratenen Problems schaffen es die beiden, ihre Zelte doch noch aufzubauen. Schlussendlich stehen sie wie kleine Wick Wams mit zum Zerreißen gespannten Seilen. Coco bewundert die Bauwerke, auch wenn sie die Seile gern kappen würde.

Miranda ist das Flattern in Cocos Stimme nicht entgangen und möchte sie am liebsten unter ihren Schutz stellen. Sie gefällt ihr und findet sie unheimlich süß. Aber sie weiß, sie muss warten, denn heute gehört sie den beiden und sie darf sie auf keinen Fall ablenken. Aber sie kann wenigstens versuchen, sie ihr erträglich zu machen, diese nie endende Geilheit, die sie auch empfindet, an jeden Tag, seit es angefangen hatte. Man muss lernen, mit ihr umzugehen, und das so schnell wie möglich.

„Nun gut, Aron wird so oder so nicht anständig aussehen. Kannst du dich ruhig selber überzeugen. Hier ein T-Shirt ‘Extra Long‘.“ Sie zwinkert Coco zu und meint: „Du kannst es ihm ja wieder vom Leib reißen, falls er sich nicht benehmen sollte, was er übrigens so gut wie nie macht! Dasselbe gilt für Zoltan.“

Sie wirft den beiden ein fein säuberlich zusammengelegtes Shirt entgegen, dass sie sich dankbar wie Geier schnappen. Und als sie sich die T-Shirts über den Kopf zerren, fügt Miranda hinzu: „Dann behältst du vielleicht die Kontrolle, egal zu was sie dich verleiten werden. Sie werden mit dir Dinge machen, von denen du jetzt noch nicht glauben kannst, dass sich jemand dazu hinreißen lassen würde - es sei denn, du kennst Die hier schon länger!“

Ihre Worte sind fast hypnotisch, auf jeden Fall mahnend, aber voller Erregung, die auf Coco augenblicklich überschwappt.

Instinktiv weiß Coco, dass Miranda „ihre" Träume bereits gelebt hat. *Das wird mir also tatsächlich jetzt bevorstehen! Aber ich werde sie verführen, nicht andersherum.*

Coco hat sich vorgenommen, sich nicht nur willenlos nehmen zu lassen. „Die können sich auf was gefasst machen!", flüstert sie vor sich hin. Auf was, das stellt sie sich gerade lebhaft vor und ist froh, jetzt kein Mann zu sein. Sie versucht, zu verbergen, was sie gerade empfindet. *Es reicht schon, wenn sie es sich denken können. Ich muss nicht auch noch den Beweis dafür liefern!*

Hastig ziehen sich die beiden ihre T-Shirts über. Die bedecken ihre „Beweisstücke", wie Wüstensand die Pyramiden. Man weiß, was drunter ist, oder möchte es zumindest meinen. Tatsächlich bleibt es ein großes Geheimnis. Da muss man schon tief graben und ganz ins Innerste vordringen und auf jede Menge Überraschungen gefasst sein. Und gefährlich kann es auch noch werden.

Coco fühlt sich inzwischen gut vorbereitet auf diese Expedition, die viel weitergehen wird, als sie es sich jemals erlaubte. Sie hofft nur, dass sie den Weg zurück wiederfindet.

Was in der Vorstellungswelt der beiden wohl gerade passiert? Coco hat sich vorgenommen, das rauszufinden, so wie sie in ihren eigenen Träumen immer tiefer gräbt und ungeahnte Lüste zutage fördert.

Ein bisschen Angst hat sie allerdings immer noch, auf was sie da stoßen könnte, vor allem wenn es tatsächlich passiert. Miranda und Coco nicken einander zu, dass der gewünschte Effekt erst einmal erzielt ist. Der Rest ist nun ihre Sache.

Sobald Aron alles gerichtet hat, kann er sich wieder Coco zuwenden. Sie hat diesen Umhang übergeworfen, der es zumindest über ihren reizenden Po schafft, dafür aber lange Schlitze an den Seiten hat und jede Menge Spitze, um der Vorstellungskraft nicht zu viel vorzuenthalten.

Ihre harten überreizten Knospen zeichnen sich vorsichtig unter dem dünnen glänzenden Stoff ab. Die Kapuze gibt ihr etwas Verruchtes - fast Geheimnisvolles. Aron bewundert ihr aufreizendes mystisches Aussehen, während er versucht, ihr nicht hoffnungslos zu verfallen.

„Können wir jetzt da reingehen?", fragt Coco gereizt, da sie sich gern diesen lüsternen Blicken entziehen würde. Ihre Knie zittern und sie will lieber umdrehen und zurück durch die dunkle Höhle flüchten. Denn es brodelt gewaltig in ihr.

Aber sie will auch herausfinden, was sie zu bedeuten haben, diese Zelte, diese Blicke, diese Träume, Miranda und die anderen Leute - ja das alles hier.

Die hübsche Asiatin tritt hinter der Garderobe hervor und legt ihre Hand beruhigend auf ihre Schulter. Dann geleitet sie sie zum Vorhang. Coco bewundert dabei ihre langen goldfarbenen Beine, die erst beim Kimono enden, der nur knapp ihren Po bedeckt. Ihr Herz klopft zum Zerbersten, als Miranda den Vorhang lüftet.

Vielleicht wartet dort bereits ein begieriges Publikum. Mystische Bilder erwachen aus vergangenen Nächten. Umstehende in schwarzen Umhängen und mit Masken vor dem Gesicht, stimmen merkwürdig alte Gesänge an, die einem das Blut in den Adern gefrieren lassen. Einer nach dem anderen kommt dabei aus den zahllosen Reihen, die sich um das Treiben gebildet haben, um sich ihrerseits die Kleider vom Leib zu reißen, um dann nackt in den Sündenpool einzutauchen.

Coco schließt die Augen, aufs Schlimmste gefasst und wagt den nächsten Schritt.

Rico in der Lounge

Joy und Juliette sind irgendwie anders geworden, so wie ich auch. Wir sagen nur noch das Nötigste und schauen uns merkwürdig entrückt an, als könnten wir unsere Nähe kaum noch ertragen. Wir schreiten voran in das finstere Loch, im Wunsch miteinander zu verschmelzen. Zumindest ergeht es mir so.

Nach ein paar Metern bedeckt der Vorhang der Dunkelheit meine Blöße und ich atme tief durch. Hinter uns wird das Tosen des Wasserfalls leiser. Die Welt scheint zurückzubleiben. Wir sind allein - endlich.

Neben mir glitzern die Augen von Juliette im letzten Licht, das zu uns herüberdringt. Ein Feuer scheint darin zu lodern. Doch dann hat auch das die Dunkelheit erloschen.

Völlige Schwärze. Ich sehe nichts mehr, höre nur noch die leisen Atemgeräusche meiner schönen Begleiterinnen. Im unbändigen Verlangen drehe ich meinen Kopf in diese Richtung. Aber sie haben es nicht bemerkt, wie auch. So stolpere ich weiter, immer den leisen tapsenden Geräuschen hinterher, die offenbar genau wissen, wo sie hinwollen.

Die Spannung wächst und ich höre meinen Pulsschlag, als würde er in der ganzen Höhle zu hören sein. Bum, bum, bum, scheint es von den Felswänden zurück zu hallen. Es würde mich nicht wundern, wenn auch die beiden ihn hören könnten.

Und tatsächlich sucht plötzlich eine Hand nach meiner. Ich spüre die Finger, wie sie nach mir tasten. Im heftigsten Verlangen greife ich zu. Joy ebenfalls und mit Schwung reißt sie mich an sich und schmiegt ihren warmen Körper an meinen. Tief sauge ich ihren Duft ein, während ich schreien möchte: „Ich will Dich!"

Stille, bis ihr Flüstern an mein Ohr dringt: „Abkühlung hatten wir eben genug, doch gebracht hat es gar nichts. Also lass uns was anderes versuchen."

Das „Andere" hat sofort Gestalt angenommen und nicht nur in meinem Kopf. Joy zerrt mich hinter sich her. Anscheinend ist ihr der Geduldsfaden gerissen. Ich stolpere ihr nach, völlig egal wohin sie mich führen werden.

Nach einigen Metern erscheint vor uns ein schwacher Lichtschein. Die Quelle davon sehen wir nicht. Wahrscheinlich ist sie hinter einer Biegung verborgen. Wir bewegen uns weiter darauf zu, während ich schützend meine freie Hand vor mich halte, um nicht gegen eine Felswand zu laufen. An der tasten wir uns bald um die Kurve, bis wir den Ursprung des Lichts sehen können, der anscheinend einem Eingang beleuchtet. Kurz darauf ist auch eine Garderobe zu erkennen und plötzlich finden wir uns in einen in tiefrotem Licht getauchtem Foyer wieder.

Hinter dem Garderobentisch erwartet bereits eine hübsche Asiatin unser Kommen. Wie eine Garderobiere ist sie nicht gekleidet, aber wen wundert das schon. Statt Kittel trägt sie einen reizvollen Kimono. *Wenigstens hat sie was auf dem Leib, nicht so wie wir, die immer noch nackt herumlaufen,* wie mir mit Schrecken bewusst wird.

Sofort versuche ich, den unverhohlenen Blicken der Asiatin auszuweichen, gebe mich aber bald schon geschlagen. Zum Glück konnte ich mich vorher schon etwas an mein Outfit gewöhnen und habe so die schlimmsten Minuten bereits hinter mich gebracht, anstatt sie jetzt zu erleben. Joy und Juliette kümmert das nicht. Wenigstens mein hochroter Kopf sollte bei dieser Beleuchtung nicht auffallen.

Ich versuche, selbstbewusst zu wirken, als wäre die Situation alltäglich. Doch das ist sie nicht, aber vielleicht für Joy. Sie dreht sich zu mir und hat meine Frage bereits vorweggenommen. „Damit Du was anzuziehen hast, mein gehörnter süßer Stier!"

Damit fühlte ich mich gleich viel „besser".

Ich darf mir tatsächlich eine Shorts aussuchen in schwarz, rot, weiß oder bunt. Genau erkennen kann man es unter diesen Lichtverhältnissen nicht und mir ist es auch ziemlich egal. Die Hauptsache, sie ist aus Stoff. Ich möchte einfach mal wieder was verbergen können.

Schon bekomme ich etwas gereicht, das nach einer dunklen Kapuzenjacke aussieht. Hoffnungsvoll greife ich zu, bevor die hübsche Asiatin sie wieder wegnehmen kann. Die ziehe ich mir gleich über den Kopf. Allerdings hat sich die Kapuzenjacke als eine Art Cape erwiesen, beziehungsweise ein Kimono mit Kapuze. Er reicht mir nur knapp über den Hintern und hat auch noch Schlitze an den Seiten. Irgendwelche Stickereien sind auch noch drauf.

Trotz allem bin ich froh darüber, zurre den Gürtel fest und klemme erst einmal zufrieden meine Daumen dahinter. Hosentaschen gibt es ja keine und es ist sehr entspannend mal wieder zu wissen, wohin mit den Händen, mit denen ich nichts „Vernünftiges" anzufangen weiß - außer „Grapschen", wie sie es vielleicht genannt hätten.

Juliette wählt einen zu ihr passenden unschuldig wirkenden weißen Kimono ohne Kapuze, der fast durchsichtig wirkt. Mir gefällt er, obwohl *mehr* jetzt sicher besser wäre.

Joy ist ebenfalls sehr treffsicher und entscheidet sich für ein knallrotes Spitzenhöschen und ein schwarzes Bindfadenträgerhemdchen. Die Farben konnte ich allerdings erst später identifizieren, da bei dem dunklen alles durchdringendem roten Licht alles gleich aussieht. Selbst unsere Haut wirkt teuflisch purpurn.

Joy hat anscheinend Spaß daran, mit ihrem Körper zu reizen, denn sie sieht mit dem bisschen Stoff sehr glücklich aus. Der türkisene Stein, darf ihren Bauchnabel weiter ungeniert zieren, obwohl er gerade blutrot aussieht.

Juliette wählt alles in Weiß, wie ich annehme, wobei sie gegen einen String-Tanga nichts einzuwenden hat. Ich natürlich auch nicht, denn ihr steht er vorzüglich. Sie sieht aus wie ein Engel, wenn auch wie ein Verruchter.

Joy hingegen tritt wie die Versuchung des Teufels auf: Blaue stechende Augen, die tief schwarz wirken, wie auch ihr langes Haar und einen Körper, den sogar Picasso vor lauter Verzückung originalgetreu gezeichnet hätte. Nicht der geringste Makel ist zu sehen. Einfach nur verführerische Kurven die ungeniert reizen. Man würde ihr blind bis ins Höllenloch folgen, wenn es denn sowas geben sollte.

So ausgestattet dürfen wir passieren. Die hübsche Asiatin zeigt auf einen Durchgang rechts neben der fast leeren verlassen wirkenden Garderobe. Höflich verbeugt sie sich und flüstert beim Vorbeigehen in mein Ohr: „Tolles Stück!".

Ich fasse das, als Kompliment auf.

Leise Musik empfängt uns. Wir betreten eine riesige Halle, die von hohen Säulen durchzogen wird. Sie sind weiß wie Marmor, kunstvoll verziert, und ragen geradezu in den Himmel. Ich versuche, meine Begeisterung gar nicht erst zurückzuhalten.

Wir laufen zwischen den Säulen wie durch einen Zauberwald. Am Himmel leuchten die Sterne, und der Mond wirft lange Schatten. Die Halle hat ein eigenes Himmelsgewölbe. Ich verrenke staunend den Kopf. Und meine Begleiterinnen wirken unter ihm wie zauberhafte Elfen. *Vielleicht führen sie mich geradewegs zum Großen Rat, der über meinen Verbleib entscheiden wird.*

Auf unserem Weg stoßen wir bald auf eine einsame Sitzgruppe. Ich schaue mich um und kann tatsächlich noch andere entdecken - allerdings belegte, bei denen der Vorhang schon gefallen ist.

Viel Platz zum Ausruhen und vor allem abgeschieden, wie ich denke - nicht ohne Bilder im Kopf zu haben, für was sie einladen könnten. Bei solchen Begleiterinnen kann man das wohl nicht verhindern.

Dann betrachte ich die Wände etwas genauer. Sie sind bemalt, wie in einer Kathedrale, nur, dass es sich hier um Liebesakte handelt. Rubens könnte sich hierher verirrt haben. Er war bestimmt kein keuscher Mann, sondern eher einer, der die Schönheit liebte und sie entsprechend verewigt hatte.

An der Decke ist es ähnlich. Unzählige Glasscherben, oder etwas in der Art, bilden zusammen die bekanntesten Sternbilder, wie man sie auch in der Wirklichkeit entdecken kann. Wir wandeln unterm Himmelszelt in einer anderen Welt.

Überall werfen Fackeln ihre gespenstischen Schatten, die das Ganze vage und geheimnisvoll erscheinen lassen. Wie an einem lauen Sommerabend ist alles in dämmriges Licht getaucht. Ich schaue mich nach den Ecken um, aus denen der Schwefeldunst kriechen könnte, der überall den Boden zu bedecken scheint. Stattdessen finde ich weitere kuschlige Sitzgruppen und einladende Liegewiesen, die unter strohbedeckten Baldachinen auf uns warten.

Der Schwefeldunst ist leichter Nebelschwaden, der unsere Füße einhüllt. Er riecht auch nicht nach faulen Eiern, sondern eher nach frischem Tau, der sich auf alles niederlässt und die Hitze des Tages zum Verdampfen bringt.

An einer marmornen Säule bleibe ich stehen. Nackte Figuren winden sich nach oben. Verführung liegt in der Luft. Man kann es förmlich knistern hören.

Auch die anderen Säulen sind geschmückt mit sinnlichen Figuren. Und dazwischen stehen einladend die Baldachine, wie kleine gemütliche Hütten. An einem sind weiße Vorhänge wie Gardinen herabgelassen und zeigen ein Schattenspiel verschlungener Körper. Ich frage mich, wie wir dahinter aussehen würden, und schnappe nach Luft. Wer weiß schon, was das hier am Ende werden wird.

Meine Knie sind wackelig und der Raum dreht sich wie ein Strudel, der mich in ein tiefes dunkles Loch hinabreißt, dass sich direkt unter mir im Nebel auftut.

Schwerelosigkeit ergreift mich und die Säulen sausen an mir vorüber, zwischen denen Joy und Juliette ängstlich nach mir greifen. Und sie schaffen es, packen meine Hände und zerren mich zurück, bis ich wieder festen Boden unter den Füßen finde. Erblasst und ihnen verfallen, stehe ich zwischen meinen beiden heißblütigen elfengleichen Kriegern.

Joy stößt mich in einen der Baldachine, als würden sie mich nun doch von einer Klippe stoßen. Ich falle schier endlos, bis mich die tosende Brandung empfängt. Links und rechts neben mir tauchen auch die beiden ein.

Sie packen mich und schleppen mich den ganzen Weg nach oben, als würden sie mich doch noch retten wollen. Lange müssen wir die Luft anhalten, bis wir wieder zur Oberfläche finden.

Dort angekommen, schnappe ich nach Luft und schließe die Augen. Einen Moment versuche ich noch, alleine zu bleiben, bis sich ihre warmen Körper an meinen schmiegen. Ich merke, wie ich die Grenze überschreite, hinter der ich mich nicht mehr bändigen kann.

Als würden sie das mitbekommen, lockern sie nachsichtig ihre Umklammerung und lassen mich scheinbar wieder entkommen. Unsicher liege ich zwischen den beiden, während zärtliche Finger über meinen Handrücken streichen.

Doch Zeit, mich zu beruhigen, bleibt mir nicht. Juliette lauert auf etwas. Ihr angespannter Zustand verrät es mir. Es kann sich nur noch um Sekunden handeln, bis sie zuschlagen wird.

Und das macht sie. Ohne Vorwarnung schlagen sich ihre Zähne in meinen Hals und saugen meine Gier auf – nur, dass diese statt kleiner, unerträglich groß wird. In Joys blauen Augen, in denen ich mich hilfesuchend verliere, flackert das Licht der Fackeln, die sich an der Säule neben uns, wie auf ein Kommando hin entzündet haben.

Die neue Welt, die sie mir so schmackhaft gemacht haben, scheint sich für mich aufzutun. Danach werde ich für immer zu ihnen gehören, in Zeitlosigkeit mit den verführerischsten Engeln auf Erden. Sie sind so schön und Leidenschaft entfachend, dass nichts himmlischer oder teuflischer sein kann.

„Lange wird es dauern, bis Du wieder dir gehörst. Dafür werden wir sorgen!" Diese Warnung höre ich wie aus weiter Ferne, während Juliettes Lippen neckisch an meinem Ohrläppchen zupfen. Joy bestätigt mit ihrem Nicken, das diese Drohung wahr wird. Sie schaut mir tief in die Augen und entdeckt darin, dass ich verstanden habe.

Keck erhebt sich Joy und wendet sich in Richtung Bar. Im Weggehen meint sie: „Ich hole nur etwas Erfrischendes für den Snack danach!"

„Ja, bitte was Prickelndes", ruft Juliette hinterher. „Weiß nur nicht, ob ich warten kann, bis du wieder da bist!", ergänzt sie leise.

Juliettes Lippen öffnen sich einen Spalt und sie lässt ihre Zunge verführerisch darüber gleiten. Vampirzähne kann ich nicht entdecken, nur einen süßen frechen Mund. Aber das muss nichts heißen. *Irgendwas muss doch verkehrt sein. Manchmal wachsen sie erst, bevor sie beißen!*

Ich versuche, all das hier zu begreifen. Joy schreitet indes wie auf einem Laufsteg davon, so dass ich ihr noch einen Moment lang nachschauen muss. Meine Bestellung habe ich glatt vergessen. Aber was zählen hier schon Worte.

Eine Discokugel lässt ihre Strahlen über die glitzernden Spiegelscherben an der Decke wandern und Sternenschnuppen regnen auf uns nieder. Ich drehe mich zu Juliette und stelle die brennende Frage: „Seid ihr öfters hier?" Ich warte gespannt auf die Antwort.

Offensichtlich hadert Juliette mit dieser. Sie mustert mich und versucht wohl, meine Körpersprache einzuschätzen. Urplötzlich kommt sie mit sich aber ins Reine. „Nun ja, wir haben gerade ein neues Spielzeug gebraucht und da bist du uns über den Weg gelaufen!" Ihre Augen werden größer, als wolle sie mich im nächsten Moment gebrauchen. *Das hat meine Körpersprache ihr also verraten, dass ich ein gutes Spielzeug bin. Sehe ich aus, als wäre ich eines?* Ich versuche, all meine Reaktionen zu unterdrücken. Stocksteif sitze ich da.

„Nein, im Ernst, wir sind nur selten hier", versucht sie mich, aufzulockern.

Ich glaube ihr kein Wort. „Wirklich?", frage ich voll Argwohn.

„Ja, wirklich! Ich hoffe, es macht dir nichts aus?"

Ich schüttle langsam meinen Kopf und frage: „Was?"

Juliette hat anscheinend keine Lust mehr, sich zurückzuhalten. Auf der dunkelbraunen über zwei Meter breiten Lederliege rollt sie vielsagend eine hellgraue gesteppte Decke aus, die am Kopfende zusammengerollt bisher als Rückenlehne diente. Weich und kuschlig passt sie sich ihren Formen an, als sie sich wie eine Raubkatze drauf niederlässt. Dann schnappt sie mein Revers und mit einem Ruck lande ich neben ihr. Ihre Lippen, meinen immer näherkommend, raunen: „Das!"

Juliettes schlanker Körper, in reizvoller Verpackung, umklammert mich. Nun weiß ich, was mir nichts ausmachen sollte!

„Eine aufregende Freundin hast Du da!", ist mein letzter Versuch, zu entkommen.

Juliette lächelt vor sich hin. „Ja, sie ist die Beste und es freut mich, dass sie dir gefällt. Willst du sie haben?"

Ich klebe förmlich an der Matte. *Wenn ich „nein" sage, wird sie mich für einen Heuchler halten. Wenn ich „ja" sage, bin ich wenigstens ehrlich. Und es muss ja nicht heißen, dass ich meinen Wünschen auch wirklich nachgehen werde.*

Die Antwort scheint sie mir derweilen vom Gesicht abzulesen. „Du kannst uns beide haben, aber zuerst mich!"

Damit baut sich Juliette wie eine Kobra auf. Gefährlich abgründige Augen fixieren mich, lähmen mich und bereiten mich auf den einen gezielten Biss vor, mit dem sie ihre Beute lähmen wird, bevor sie sie gierig in einem Stück verschlingt.

Haben Kobras solche Augen? Das wäre wohl auch das Letzte, was ein Kaninchen denken würde. Dabei wäre es, sich um die Flucht zu kümmern, weitaus vernünftiger. Aber ich habe gerade nicht mehr Verstand, als das flauschige süße Kuscheltier, das gleich zusammensacken würde, wäre es an meiner Stelle. Zu spät begreife ich, dass ich das Kaninchen sein werde.

Ihre Hände schnellen vor zu meinem Nacken, packen mich und ziehen mich ganz nah an sich heran. Ich klebe an ihr. Juliettes Duft umhüllt mich wie eine betäubende Wolke, in der ich regungslos warte, auf das, was mit mir geschieht. Jetzt ist es soweit. Der Snack werde ich sein. In diesem Moment weiß ich es - vielleicht dem letzten, der mir verbleibt, bevor sie mich meines restlichen Verstandes beraubt.

Mit rasendem Herzen sehe ich Juliettes feuchte Lippen näherkommen. Sie weiß von ihrer Wirkung und sie lässt sich ganz viel Zeit. Meine Lähmung nutzt sie schonungslos aus, um mich völlig verrückt zu machen. Und dann dämmert es mir. *Juliette ist ein Vampir, nur saugt sie statt meinem Blut, mir meinen Verstand aus!*

Ihre Lippen öffnen sich, um heiß auf meinen zu brennen. Zärtlich berühren sich unsere Zungenspitzen, obwohl wir uns schon längst verschlingen wollen. Lange halten wir das auch nicht aus. Wie wild geworden, wälzen wir uns im nächsten Moment auf der Matte.

Sie lässt kurz ab von mir und ich öffne meine Augen. Ergeben liegt sie vor mir, als wäre sie das Opfer und nicht ich. Bei jedem Atemzug spannt sich der Stoff über ihren herrlichen Brüsten. Meine Finger fahren nervös durch mein eigenes Haar und verkrallen sich, als müsste ich mich von ihr fernhalten, mich zurückhalten, mich bändigen, nicht über sie herzufallen. Ich reiße mein Haar mir fast in Büscheln aus. *Einen Vampir sollte ich nicht küssen!*

Juliette dreht ihren Kopf zur Seite. Ungeduldiges Schlucken verrät, dass ich sie nicht warten lassen sollte. Meine Hände trauen sich, nach ihr zu greifen, und ich ziehe sie an mich heran. Vorsichtig und ganz sanft berühre ich ihre zarte Halspartie - nichts weiter als ein liebevoller Biss.

Doch der verändert alles, als wäre ich meinerseits aus der Dunkelheit gekommen, um ihr das Blut auszusaugen und ihre Adern mit etwas zu füllen, das Untote wieder zum wahren Leben erwecken würde, zu einem Leben voller Lust und Leidenschaft, zu dem sie seit hunderten Jahren zurückkehren möchte.

Erschrocken weiche ich von ihr und schaue, was ich angerichtet habe. Vielleicht habe ich mich bereits verwandelt und doch zugebissen und das Blut spritzt aus ihren Adern. Aber sie haucht nur: „Fick mich!"

Es trifft mich wie ein Schlag und immer lauter wiederholt sie, was sie fordert: „Fick mich!".

Die merkwürdigen Gedanken von Blut und ewigem Leben sind verschwunden. Ihre Worte lassen meine Hände unter ihren weißen Kimono wandern, wo sie über die Formen gleiten, die all meine Sicherungen durchbrennen lassen. Ich packe ihre Hüften und ziehe sie so nah wie möglich an mich heran. Das Kimono-Cape reißt sie mir vom Leib und es landet schwungvoll neben der Säule. Meine Hand schnellt bei dieser Gelegenheit zum Vorhang und ich greife nach der Kordel, die ich mit zwei Fingern gerade so zu fassen bekomme, bevor mich Juliette wieder an sich reißt. Ihr scheint es egal zu sein, dass wir uns hier wie im Blutrausch auf einer Bühne präsentieren.

Juliettes weiche Hände krallen sich in meine Brust, als der Vorhang unserer kleinen Bühne fällt. Ihre Finger krabbeln über meinen vor Erregung zitternden Bauch, hin zum Saum der gespannten Shorts, wo sie ungeduldig am Zugband spielen und nervös den lockeren Knoten lösen.

Ihr kurzer Kimono hat ausgedient. Vor lauter Ungeduld hätte ich ihn beinahe zerrissen. Natürlich sah ich Juliette schon vorher nackt, aber das hier ist anders. Das hier ist intimer und ich bekomme mehr, als nur ihren Körper. Ihre ganze Leidenschaft schenkt sie mir und ist bereit, meine zu empfangen.

Alles, was ich sehe, will ich auch berühren, fühlen, riechen schmecken und ihre Lust aufsaugen. Ich will sie jetzt haben und für immer. Ich will sie in Erregung versetzen, bis es ihr nicht anders ergeht als mir - bis sie völlig verrückt ist vor lauter Geilheit.

Lustvoll knete ich ihre festen runden Brüste. Schon die ganze Zeit stellte ich mir vor, wie sich das anfühlen würde. Jetzt halte ich sie in meinen Händen. Ich hatte mir nicht zu viel versprochen, als ich heute Morgen aufgebrochen bin, um nach diesem Ort zu suchen. Ich beuge mich vor und küsse ihre harten Nippel und lasse meine Zunge sanft um sie kreisen, bis sie stöhnt und ihr Becken bebt. Sie lehnt sich willig nach hinten und mein Kopf wandert tiefer, während ich ihren Duft einsauge.

Meine Hände sind schon an Juliettes Hüften. Voller Ungeduld will ich ihr am liebsten sofort das Höschen runterreißen. Ich möchte jeden Millimeter ihres Venushügels erkunden, bevor ich ihn im Sturm bei Mondschein erobern werde. Ich höre mein Herz bis zum Hals schlagen, je näher ich ihrer sexy Schnecke komme.

Juliettes Bauchdecke hebt und senkt sich. Das süße Salz ihrer Haut lässt mich immer durstiger werden, während ihr fruchtiger Duft mich tiefer lockt. Ich atme ihre Leidenschaft, die ich gleich kosten werde.

Juliettes Schenkel sind zusammengepresst, als wollten sie mich nicht dort haben. Doch das ist nur ihre letzte Anstrengung, ihr Verlangen zurückzudrängen. Immerhin sollte sie ja auf Joy warten, bevor sie ihrer Lust erlaubt, sie in ein neues Abenteuer zu reißen.

Im nächsten Moment stößt sie mich von sich, sodass ich rücklings neben ihr lande. Ich glaube fasst, ich bin zu weit gegangen. Doch sie springt mir hinterher, wie es nur eine echte Raubtierkatze machen würde.

Mit Schwung wirft sie ihr Bein über mich, sodass ich zwischen ihren Schenkeln gefangen liege bleibe. Sie faucht: „Nimm mich endlich!"

Ich zwinge mir viel Zeit ab, ihr durchs Haar zu fahren, ihren Nacken entlang, bis ich einmal mehr meine Finger in ihren Rücken und Hüften kralle. Juliette lächelt schmerzverzerrt: „Mach es!" Willig lässt sie ihren Kopf nach hinten fallen. *Ihr Körper gehört mir. Auf was soll ich da noch warten?*

Ich packe ihre sexy Brüste. Sie haucht: „Nicht doch!" Und greift nach den bösen Händen, die sich das wagen. Statt mir die Finger zu brechen, will sie jedoch, dass ich sie gerade dortbehalte. Wir vereinigen uns in wohligem Gestöhne, das unsere knetenden Hände hervorzaubert.

Juliette verliert allmählich den Wunsch, die Oberhand bei diesem Spiel zu behalten. Ich tue ihr den Gefallen, packe ihre Hüften und lasse sie neben mich auf die Decke fallen.

Ihr blondes Haar umrahmt wild und zerzaust ihr süßes Gesicht. Ich beuge mich zu ihr, küsse ihre Lippen, mache weiter mit dem Hals bis hin zu ihren reizvollen Schultern. Erst bei ihren harten Brustwarzen verweile ich und knabbere an ihnen, bis sie blutrot sind und Juliette vor Erregung fast schreit.

Verrückt nach ihr presse ich mein Gesicht zwischen ihre Brüste und sauge den blumigen Duft in mich ein, als würde ich durch ein Tal voller Rosen wandern. Berauscht rutsche ich tiefer und lasse meine Zunge um ihren Bauchnabel kreisen. Stück für Stück entblöße ich schließlich ihr fruchtiges Tal, in das ich so gerne eindringen möchte.

Ich küsse ihr Becken, ihre Schenkel und dass mit nur einem Ziel. Übermannt von meiner eigenen Geilheit, reiße ich ihr zitternd den Slip herunter. Lüstern betrachte ich, was ich erobern möchte, bevor ich hemmungslos über sie herfallen werde.

Juliette erbebt unter meinen Händen, hat die Augen geschlossen und ihre Lippe fast blutig gebissen. Sie liegt da und wartet darauf, dass ich endlich aufhöre, nur an ihr herumzuspielen. Sie will es auf die harte Weise. Zu lange hat sie darauf warten müssen, während sie mich mit ihren Reizen umgarnte.

Ungeduldig drücke ich ihr die Schenkel auseinander. Mit großen Augen und stockenden Atem verschlinge ich ihre kleine glitzernde Spalte. Willig öffnet sie mir die Pforte zu ihrem eigenen Tempel. Fruchtig wie Melonenfleisch wartet er darauf, meinen Hunger zu stillen. Jedes Zittern, jedes Stöhnen und auch der Schmerz, den jetzt ihre krallenden Fingernägel in meinem Fleisch hinterlassen, bauen eine unerträgliche Spannung auf.

Ihre zarte rosa Spalte glitzert verlockend. Ich möchte von ihrem Saft kosten, der sich dort gesammelt hat. Vorsichtig berührt meine Zunge den Rand ihrer Scham, ohne dass ich ihre Augen aus dem Blick verliere. Ich möchte wissen, was sie sprechen, und möchte sehen, wie sie unter meinen Küssen leidet, vor lauter Gier nach mehr.

Ihr Leib drückt sich mir entgegen und haucht rau und sinnlich: „Du willst mehr von mir haben!" Darum lasse ich meine Zunge weiter wandern, bis ich tatsächlich ihre feuchte Spalte lecke.

Ich trinke ihre Lust, während sie stöhnt und eigentlich schreien möchte, sich aber auf ihre Knöchel beißt. So wie ich kann sie nicht genug bekommen, und ich weiß nicht, wie ich meinen und ihren Durst stillen kann, außer dass ich weiter von dem Brunnen trinke, den ich angezapft habe, bis wir in Ekstase vereint, Erleichterung finden.

Ihre geschwollene Klitoris-Knospe wird härter und härter mit jedem Zungenschlag gereizt. Juliette wirft ihren Kopf hin und her

306

und beißt sich einmal mehr auf die geschundenen Fingerknöchel. Sie zuckt und bebt und drückt meinen Kopf immer tiefer und fester zwischen ihre glitschigen Beine, als ob sie das beruhigen könnte. Mit der Faust im Mund unterdrückt sie einen Schrei, bevor sie erschöpft mit liebevoll entrücktem Lächeln vor mir zusammenbricht. Und dann ist sie ganz still geworden und ich mit ihr.

Zufrieden liegt sie in ihrer reizvollen Nacktheit ergeben vor mir und flüstert mit letzter Kraft: „Das war unheimlich nett von dir, auch wenn ich es dir nicht erlaubt habe. Du solltest mich ficken!"

Ich genieße den friedlichen Anblick, den sie mir ausgeliefert und noch immer nach Luft schnappend bietet. Ich lecke mir ihren süßen Saft von den Lippen, dessen Geschmack ich wohl für immer auf der Zunge behalten werde.

„Nett nennst du das?" Irgendwie hielt ich das nicht für die richtige Wortwahl, denn sowas habe ich noch nie gemacht, zumindest nicht so lange und intensiv, dass meine Angebetete einen Orgasmus hatte. Wahrscheinlich habe ich eh noch nicht allzu viel ausprobiert, was einen Orgasmus hervorbringen könnte. Zumindest hätte ich nie gedacht, dass es so antörnend sein könne, ein weibliches Wesen auf diese Weise zu reizen. Was würde ich noch alles mit Juliette anstellen?

Hinter meinem Rücken höre ich eine Stimme: „Hier ist die Erfrischung, der Snack danach!"

Ich brauche eine Weile, bis Joy wieder in mein Bewusstsein dringt. Gleich wird sie den Vorhang lüften und wir haben nicht mal unsere Sachen gefunden.

Und schon geht er auf und Joy schaut in meine erschrockenen Augen. Ich möchte mich unter der Decke verstecken, auf der ich gerade sitze und eben über Juliette hergefallen bin. Da das nicht geht, zucke ich mit den Schultern und lerne zu ertragen, angestarrt zu werden.

„Das hat eh jeder mitbekommen, was ihr hier getrieben habt, und ich muss sagen, ich war neidisch!" Joy schaut ein bisschen missmutig, was sich schnell in lüsterne Blicke verwandelt.

Ich hätte jetzt erwartet, dass Joy mich strafend anschaut, aber das macht sie nicht. Sie blickt nur kurz zu ihrer Freundin rüber, die zufrieden lächelt und wendet sich wieder mir zu. Völlig ungeniert fragt sie: „Möchtest Du bei mir auch mal kosten?"

Mich hat die Frage, die eher nach einer Forderung klingt, völlig überrumpelt. Die Antwort schafft es nicht, aus meiner Kehle zu kommen. Ich würge förmlich vor mich hin. Mein harter Knüppel reagiert jedoch prompt und gibt schon die ersehnte Antwort. Beim Anblick der beiden heißen Göttinnen vor mir und mit dem Geschmack von dem eben Erlebten, lässt sich das wenigstens nachvollziehen.

Juliette sitzt unschuldig da, als hätte ich mich nicht gerade eben erst an der Quelle ihrer Lust zwischen ihren Schenkeln gelabt. Ein paar Worte der Rechtfertigung hat sie dann doch noch für Joy übrig. „Du hättest uns nicht so lange alleine lassen sollen. Er hat sich natürlich auf mich gestürzt, wie zu erwarten war."

Ich wollte schon entsetzt mich dagegen verwehren, aber Joy nahm ihr bereits den Wind aus den Segeln. „Ja vielleicht, aber erst nachdem du ihn dazu verleitet hast!" Sie schaut schnippisch und herausfordern ihre Freundin an.

Mit theatralischer Miene antwortet Juliette: „Was denkst du denn von mir?"

„Dass du mal wieder nicht warten konntest!"

Ich dachte schon fast, dass ich aus dem Schneider wäre. Allerdings wirkt Joy inzwischen ziemlich geistesabwesend, als würde der Streit mit ihrer Freundin sie inzwischen langweilen und sie eher an etwas anderem Interesse finden. Und das war ich!

„Tut mir leid, liebe Juliette, das nächste Mal wirst du die Getränke holen müssen."

Juliette nickt und damit scheint die Angelegenheit geklärt zu sein. Ich ahnte bereits, was auf mich zukommt.

Heut Morgen hielt ich alles nur für einen Traum. Und nun bin ich völlig entgeistert. Irgendwann an diesem schönen Tag muss ich meinen Verstand verloren haben. Selbst ein Kneifen hilft nicht mehr, mit dem ich versuche aufzuwachen.

Aber warum überhaupt aufwachen, frage ich mich. Es soll doch lieber bleiben, wie es ist. Lieber total verrückt sein und das Glück am Schopf packen, ist doch meine Devise und diese heißt im Moment: *Juliette oder Joy oder Juliette & Joy* (wenn man so etwas überhaupt denken darf).

„Er macht es. Er ist nur sprachlos!" Juliette zwinkert ihrer schmachtenden Joy aufmunternd entgegen.

Während sie sich verschwörerische Blicke zuwerfen, versuche ich, Haltung zu bewahren und das mulmige Gefühl zurückzudrängen, dass sich augenblicklich eingeschaltet hat.

Joy reicht mir ein Glas mit prickelndem Sekt. „Für meinen Snack!" Im Schneidersitz prostet sie mir zu und wirft Juliette einen verschwörerischen Blick zu, der mich noch mehr verstört, als ihr williger Anblick, mit dem sie ihre Lust offen zeigt.

Ungeduldig betrachtet sie meine Mine, während ich mit mir kämpfe und nicht weiß, wo ich am besten hinschauen sollte. Ihrem Blick standzuhalten, fällt verdammt schwer. Und dann treibt Juliette mich auch noch mit aufmunterndem Kopfnicken an, ihrer Freundin zu geben, was sie möchte.

Schüchtern nach unten zu schauen, ist keine Lösung, denn langsam tritt durch die rote Spitze als schmaler Streifen ihre feuchte Lust. Da stiere ich mitten drauf. Luftperlen lösen sich indes vom Rand meines Glases und steigen nach oben, wo sie verspritzend zerplatzen und mein erhitztes Gesicht kühlend benetzen. *Wie kleine Regentropfen im Hochsommer auf einer Pfütze, wenn man die Abkühlung von der Hitze des Tages am dringendsten braucht.*

Juliette führt das Glas ganz langsam an meinen Mund. Brav nippe ich davon. Dann dreht sie es in ihre Richtung und benetzt ihre Lippen an derselben Stelle, die eben auch meine berührte. Im Anschluss tut es ihr Joy auf die gleiche Weise nach. Mit ihrem Lippenstift, der den Rand des Glases jetzt ziert, scheint unser Bund besiegelt.

311

Juliette kriecht in eine Ecke, als würde sie jetzt zum Ringrichter werden und uns das Spielfeld überlassen. Mit: „Auf was wartest du?", eröffnet sie die neue Runde.

Noch einmal starre ich Juliette an, ob sie mich nicht zurückhalten wolle. Doch sie zuckt nur mit den Schultern, als hätten wir das doch gerade geklärt. Und schon liege ich einmal mehr geschockt auf dem Rücken.

Mein Atem stockt bei dem überwältigenden Anblick des Körpers, der auf mir hockt. Joys Finger streichen mir über die Stirn und fahren über die Konturen meiner Wangenknochen, als würde sie mich trösten wollen. „Was wir alles von dir verlangen!" Sie schüttelt ihren Kopf und meint: „Das geht doch nicht!"

Ihre Schenkel presst sie fest in meine Seiten. Ich kralle meine Finger in die Matte und verliere mich in den schmachtenden Augen über mir. Doch diese verengen sich zu schmalen Schlitzen. *Gleich wird sie sich über alle guten Vorsätze hinwegsetzen!*

Nirgendwo kann ich noch Halt finden. Ohne zu bremsen, jagen wir in die Tiefe, wo all unsere Sehnsüchte drauf warten, erfüllt zu werden. Joy ist nicht mehr sie selber und Juliette schaut entrückt dabei zu. Keine will mehr Grenzen akzeptieren. Auch ich breche aus dem Regelwerk aus, nachdem ich mich sonst richten würde.

Gierig schaue ich zu, wie Joy sich ihr dünnes Oberteil von ihrem sexy Körper reißt. Mir stockt der Atem bei ihrem Anblick. Ihr Busen schreit förmlich danach, gepackt zu werden. Doch Joy schüttelt den Kopf, als wäre ich ein kleiner Junge, der das noch nicht tun darf.

Um mich noch mehr zu reizen, streichelt Joy ihre Brüste selber und zwickt sich in die harten Knospen. Jedes Mal, wenn ich nicht auf sie höre und mich über das Verbot hinwegsetzen möchte, schüttelt sie ihren süßen Schopf, drückt mich zurück auf die Matte und macht genüsslich damit weiter, selber an ihren Nippeln zu spielen. *Warum lässt sie mich überhaupt zusehen?*

Schon bald bin ich eifersüchtig auf ihre Hände und damit wohl dem Wahnsinn nahe. Juliette rutscht indes etwas näher heran, vielleicht um mich zu trösten, da sie miterlebt, wie ich leide. Behutsam streichelt sie mir sanft über die Schultern und Oberarme, *als würde mich das beruhigen können.* Tatsächlich hilft es ein wenig, so dass das Adrenalin in meinen Adern mich nicht zerfetzt. *Wenigstens knutschen könnte sie mich, bevor ich mich ganz vergesse.*

Joy erhört mich nicht, aber Juliette schon. Sie beugt sich vor und küsst mich lang und intensiv, was alles nur noch schlimmer macht. Sie sitzt nicht mehr wie ein Ringrichter in der Ecke, sondern mischt eifrig mit.

Sie sollten mir wenigstens wehtun, denke ich im nächsten Moment. Vielleicht lässt der Schmerz mich das ertragen. Wie wild geworden, versuche ich aus der Umklammerung rauszukommen. Joy erfreut das - ja sie lacht fast darüber, während ich falle.

Und dann bin ich angekommen - wo sie mich haben wollten. Alle Hemmungen weichen von mir und ich werde freier und freier. Eine schwere Last verschwindet und ich erblühe wie eine Blume, die jahrelang in einer Felsspalte darauf gewartet hat, dass die Strahlen der Sonne sie endlich erreichen. Die Erde musste dafür beben, so dass das möglich wurde.

Joy greift hinter sich und packt meine harten prallen Eier. Mein Sturzflug endet jäh, als wäre ich auf einem Felsen aufgeschlagen. Ich bäume mich wiehernd auf wie ein Hengst, der seine Wildheit bewahren konnte. Joy schafft es, mich am Boden zu halten, eingezwängt im Schraubstock ihrer Schenkel.

Eine Hand kriecht in meine gespannten Shorts und schnappt sich meinen harten pulsierenden Phallus. Etwa 500 Volt jagen durch meinen Körper. Zum Glück konnte ich nur stöhnen, statt laut aufzuschreien. Vorsorglich hatte mir Juliette den Mund zugehalten. Erstarrt schaue ich in ihre Augen, die mich in einem Zustand erleben, den ich vorher selbst nicht kannte.

Joy gleitet von mir geschmeidig runter, ohne loszulassen, was sie sich gegriffen hat. Nur einmal muss sie die Hand wechseln. Dann reißt sie mir die Shorts vom Leib und setzt sich auf meine Schenkel, direkt vor mein zuckendes Glied. Juliette drückt mich zusätzlich auf die Matte, als ob ich mich jetzt noch wehren würde.

Schon wieder kann ich mich kaum bewegen. Doch jetzt ist es soweit. Sie haben sich mein Ding gegriffen und setzten es auch ein. Es ist nicht mehr meins. Dieser Schwanz ist jetzt ihrer. Ich bin nur der, der daran hängt und zappelt und die nötige Spannung liefert.

Schon seit einer Weile drückt mir Juliette ihre Hand auf den Mund und ich bin froh darüber, dass sie die kehligen Laute zurückhält, die ich selber nicht mehr unterdrücken kann.

Joy verfolgt aufmerksam jede Regung in meinem verzerrten Gesicht. Man könnte fast meinen, sie findet Entzücken daran, dieses hervorzuzaubern.

Sie rutscht über meine Beine weiter nach oben, bis hin zu ihrer Faust, die meinen Schaft fest umklammert hält. Oben schaut meine Eichel raus, bedrohlich angeschwollen und hochrot wie ein Kopf, in den das Blut gerade geschossen ist. Und damit berührt sie ihr feuchtes Höschen. Es ist fast schmerzhaft, das zu ertragen.

Joy erfreut es und sie lässt sich sogar noch weiter auf meinen Schwanz nieder, als könne er den Stoff durchdringen, der wie ein Sicherheitsnetz zwischen ihr und mir gespannt ist. Mein pulsierendes Glied zuckt dabei in ihrer Faust so heftig, dass ich Angst habe, dass die geschwollenen Adern platzen. Mein Phallus ist verziert von ihnen, wie ich es nie zuvor gesehen hatte. Und ich kenne ihn schon lange. Dann geht sie noch einen Schritt weiter.

Gekonnt befreit sie sich von ihrem lustdurchtränkten Slip. Ich wäre fast gekommen, als sie splitternackt wieder über mir hockt. Fest und gebieterisch hat sie zugedrückt, um das zu verhindern. Dann wartet sie noch einen Moment, bis ich wieder etwas runterkomme und mein Gesichtsausdruck bei ihrem Anblick friedlicher wird.

Joy lässt sich nicht abbringen von meinen Warnungen und meinem Flehen. Nein, sie schiebt in sich langsam rein, genau zwischen ihre warmen feuchten Schenkel.

Ihre Schamlippen umschließen bereits meine Eichel. Gleich wird sie sich ganz auf mich niederlassen. Dann werde ich hemmungslos in sie stoßen, bevor das Adrenalin mich tatsächlich zum Mond und weiter bis zur Venus schleudert.

Doch Joy hält mich im Griff, hält mich auf Distanz und benutzt mein hartes Glied wie einen Vibrator, aber wie einen, der keucht und stöhnt und jederzeit in ihrer Hand explodieren könnte. Dass ich noch viel tiefer in sie dringe, verhindert sie geschickt und ich kann nur noch über ihren Willen staunen. Selbst kann ich mich längst schon nicht mehr beherrschen. *Eine schnelle Nummer wird das hier nicht werden*, wie ich langsam begreife. Immer am Höhepunkt, das soll ich bleiben. Verzweifelt und ekstatisch zuckend winde ich mich vor den beiden.

Und dann werde ich still, halte die Luft an und vergesse zu atmen. Ich lausche ihrem Flüstern: „Du kommst, wenn ich es Dir sage!"

Ihr Kopf ist genau über mir. Ihre Lippen berühren meine. Doch dortbleiben tun sie nicht. Unbeirrt gleiten sie tiefer, hin zu ihrer Faust, in der mein Glied pulsiert und pocht.

Joy kostet von meinem Saft, der trotz ihrer Warnung als Rinnsal die Spitze verlässt. Dann schaut sie auf und ich rechne mit bösen Blicken, die mich warnen, es lieber beim Vorbeben zu belasse. Aber sie wollte nur meinen Gesichtsausdruck sehen, wenn sie meine Lust von ihren Lippen lecken. Ich schließe meine Augen und ringe um Beherrschung.

Selbst bei geschlossenen Lidern sehe ich sie mit ihren heißen Kurven vor mir, wie sie sich über mich beugt, und mich keinen Moment aus dem Blick verliert. Joy erfreut sich an jeder Regung, an jedem Zucken und an jedem Schrei, der meine Kehle verlassen möchte.

Und dann spüre ich sie wieder, ihre Lippen, wie sie meine Eichel umschließen, zuerst feucht, dann warm, dann explosiv. Ich bewege mich nicht und versuche, meinen Höhepunkt abzuwenden. Unaufhaltsam kommt dieser näher. Aber sie macht einfach weiter, mich mit ihrer scharfen Zunge zu reizen und mit ihren Zähnen zärtlich zu beißen. Und dann saugt sie, zuerst sanft und dann fester und jetzt unerbittlich.

„Stopp!!!", schreie ich verzweifelt. Mein Puls rast und ich schnappe nach Luft, als würde es in diesem Raum keine mehr geben.

Das hat gewirkt, denn Joy stoppt sofort. Verständnislos schaut sie mich an. „Gut, dann kostest du von mir, bis du dir Erlösung verdient hast!"

Begierde blitzt in ihren Augen auf. Immer tiefer werden ihre Atemzüge, während sie von mir ablässt. Ich schmecke schon fast die süße Lust, die an ihren Schenkeln inzwischen entlang kriecht.

Bettelnd fragt sie Juliette: „Darf er jetzt endlich?" Juliette nickt: „Er hat genug gelitten und soll auch von dir kosten!"

Ich erwarte, dass ich sie jetzt so glücklich wie Juliette machen darf. Das will ich wirklich und es macht mich unheimlich scharf. Aber statt, dass ich mich nun zwischen ihren Schenkeln wiederfinde und ihr rosa Fleisch koste, fühle ich mich wie ein zur Seite gelegter Vibrator, der leise dahin brummt, da er nur für das Vorspiel gebraucht wurde. Joy küsst statt mich lieber Juliette, packt ihren reizenden Nacken, die Schultern und auch noch die festen Brüste, lässt ihre Hände über ihre Hüften gleiten hin zum flachen Bauch und dann immer tiefer. Sie geben sich einander hin, während sie mich vergessen danebenliegen lassen. Ich will schon aufstehen und mich gekränkt in eine Ecke verziehen, doch das Ganze scheint nur so.

Noch bevor sich die Enttäuschung in mir so richtig breitmacht, übergibt mich Juliette ihrer Joy. Der aufmunternde Blick von ihr sagt mir, ich bin nicht nur der Feueranzünder, sondern auch das Flammenmeer.

Juliette packt mich auch gleich bei den Füßen, zieht mich in eine für ihre Freundin genehme Position, und fixiert meine Beine von hinten. Um den Rest muss sie sich nicht kümmern, denn Joy rutscht bereits zu meinem Kopf, und schwingt ein Bein darüber.

Es gibt keine Gnade und auch keine Flucht. Mit dem Kopf zwischen ihren Schenkeln schaue ich ins glitzernde Paradies, das meine Geilheit befriedigen könnte. Fingerkuppen krallen sich in meine Schenkel, was ich kaum als Schmerz, sondern eher als Beruhigung empfinde.

Langsam senkt sie ihr Becken, bis meine Zunge ihr rosa Fleisch berührt. Halb verdurstet, lecke ich an dieser Frucht, aus der Lust und Erregung sprudelt. Joy hat ihr fruchtbares Tal für mich geöffnet, bevor ich zu Wüstenstaub zerfallen konnte.

Meine Zunge reizt die hart gewordene Knospe über mir, woraufhin ihre feuchte Vulva mich in wilden Stößen zu ersticken droht. Die Erde bebt, vielleicht auch nur unsere Liege, begleitet von ihrem Stöhnen, das immer lauter wird. Ein kurzer Schrei. Sie keucht: „Wow!", und sackt über mir zusammen.

Zwischen Joys Schenkel versuche ich, nach Luft zu schnappen. Sie bemerkt es nicht und auch nicht, wie ich mich winde und versuche, meinen Kopf aus dieser atemberaubenden Venusfalle wieder heraus zu bekommen. Zum Glück kommt mir Juliette zur Hilfe, bevor ich in ihrer feuchten Lust noch ertrinken werde. *Einen Aufpasser hatten wir wirklich nötig!*

Die schwarzen Flecken vor meinen Augen werden kleiner. Sauerstoff scheint wieder, in meine Adern zu gelangen. Nach ein paar Atemzügen nehme ich Joy wieder wahr, die immer noch über mir hockt. Ihre Augen blitzen gefährlich und haben mich ins Visier genommen. Wie eine Raubkatze ist sie bereit, ihre Beute zu packen. Etwas Endgültiges liegt in ihrem wilden Blick, als ob ich nicht ihr Verlangen gerade ausgesaugt hätte.

Dann hat sie zugebissen und ihre Zähne in meinen Phallus gehauen. So empfinde ich ihr Knabbern an meiner viel zu überreizten Eichel, bis sie tief in ihrem Mund verschwindet. Ich kann nichts zurückhalten und mich nicht mal wehren. Mein viel zu harter Schwanz und meine platzenden Hoden sind in ihrer Gewalt.

Und Juliette macht mit, hält mich ganz fest, bis ich schreie: „Bitte, Bitte, Biiitte!" Ich flehe immer wieder. Aber Gnade kennen sie nicht. Mein Flehen, scheint sie geradewegs anzutörnen.

Ich winde mich, ich stöhne, ich vergesse mich, und dann bin ich mitten im Orgasmus. Kein Stöhnen, kein Betteln, kein Winseln hilft mehr. Sie lassen mich explodieren und meinen weißen Samen verspritzen. *Endlich haben sie Erbarmen.*

Vorsichtig öffne ich meine Augen; weiß noch nicht, was ich angerichtet habe. Das war heftig und ich war völlig außer Kontrolle. Ich versuche, nicht übermäßig begeistert aus dieser

Ekstase aufzuwachen. Vielleicht sitzen sie da und lachen. Vielleicht ist der ganze Saal zusammengekommen. Vielleicht klatschen alle und werden „Zugabe" rufen. Ich kann mir kaum vorstellen, was wir hier getan haben.

Golden funkeln ihre strahlenden Augen. Sie schauen genau in meine. Es sind weder die von Joy und auch nicht die von Juliette. Wie im Fieberwahn sehe ich sie zwischen ihren Liebhabern direkt an uns vorüberschweben, während mein weißer Saft immer noch über Joys Finger läuft.

Ich erschrecke heftig. Sie kann doch das Ganze nicht beobachtet haben? Die Vorhänge waren geschlossen, oder etwa nicht? Ich denke nach und muss verzweifelt feststellen, ganz bestimmt nicht, denn Joy hatte sie hochgezogen - sozusagen uns vor jeden bloßgestellt, der's wissen wollte.

Und jetzt starren mich diese wunderschönen Augen an, in die ich stundenlang versinken könnte, nur nicht jetzt – nicht in dieser ausgelieferten Lage. Und dann sehe ich mich ihren Namen schreiben, den ich nicht entziffern kann.

Es fällt mir ein und trifft mich wie ein Baseballschläger. Wie benommen, gelähmt und geschockt versuche ich, damit klarzukommen. Sie ist gerade an mir vorbeigelaufen. Schon im Garten unter der traurigen Weide lächelten dieselben Augen. Da hatte ich sie noch nicht erkannt. Mir wurde schließlich gerade der Kopf verdreht, was ich jetzt erst einmal hinter mir habe.

Dann sah ich sie erneut und diesmal splitternackt an mir vorüberrennen. Sie war schnell und ich sah sie eigentlich nur von hinten.

Und jetzt das hier, der wohl intimste Moment von allen. Es ist, als wäre ich gerade aufgewacht und sie das Letzte, was ich davor gesehen habe und mich jetzt als Tagtraum erneut begleitet.

Meine Gesichtsfarbe ändert sich schlagartig von Rot zu Kalkweiß. Sie ist der Grund, warum ich hier bin. Heute Morgen bin ich losgezogen und hatte schon beinahe vergessen, warum. Und nun steht sie vor mir und ich bin in einer Lage, in der ich wohl nicht sein sollte. Aus der Ekstase bin ich direkt mit ihr aufgewacht, wie in einem meiner wilden Träume. Ich schließe meine Augen und rede mir ein, wenn ich sie erneut öffne, werde ich wach sein und das alles hier wird lediglich der übliche Tagtraum bleiben.

Langsam nehme ich die leise Musik wieder wahr, die von der Bar herüberdringt. Ich öffne meine Augen, während Joy und Juliette mich begrüßen: „Da ist er ja wieder!" Erschrocken schaue ich über meine Schulter. Doch sie ist verschwunden.

„War das zu viel für dich oder hast du einen Geist gesehen?", foppt mich Joy.

Ich muss wohl tatsächlich so aussehen.

„Tja, konnte jeder bei zusehen, der wollte!" Joy grinst, als hätte sie späte Rachegelüste. Sie reicht mir versöhnlich das perlende Glas, mit dem wir unseren Bund besiegelt hatten.

Ich glaubte nicht, dass sie den Geist aus meinen Träumen auch mitbekommen haben - höchstens meine Schrecksekunden. Aber was soll's. Ich hoffe nur, dass ich bei unserer nächsten Begegnung in einer besseren Lage sein werde, als dieser. Einiges spricht jedoch erheblich dagegen.

Die Kammertüren

Sie schüttelt die Bilder der merkwürdigen Orgie von sich. *Mann, was war das denn eben? Habe ich das tatsächlich am helllichten Tag geträumt?* Coco betrachtet Aron und Zoltan und muss tief Luft holen. *Ich hoffe nicht, dass mich so ein Ritual hinter dem Vorhang erwartet. Zuzutrauen wäre es den beiden. Da sollte ich wenigstens ein bisschen Verstand behalten.* Sie bittet ihre zitternden Knie, sie wenigstens noch ein bisschen zu tragen.

Mittlerweile musste es so ca. vier Uhr am Nachmittag sein. Als sie eben aus dem Wasser stiegen, wurde die Sonne schon schwächer. Ein erstaunlich warmer Frühlingstag, geht langsam zu Ende, aber nicht hinter diesen Mauern. Hier scheint er erst richtig, in Fahrt zu kommen. *Was wird erst passieren, wenn die Nacht den Tag ablöst?*

Coco hat nicht viel Zeit, darüber nachzudenken. Es ist eine Erfahrung ganz neuer Art und das Fieber, das sie ergriffen hat, muss sie erst ertragen lernen. Und das ist schwer und wird kaum besser, solange sie mit diesen unverschämten Kerlen zusammen ist.

Unverschämt sind sie, sonst hätten sie sie nicht an solch einen Ort gebracht, sondern ein harmloses Café gewählt. Mit dem hier gehen sie stattdessen gleich in die Vollen.

Vielleicht haben sie damit aber gar nicht so Unrecht, denn das erhöht ihre Chance, bei ihr zu landen. Das einzige Manko, das Coco an ihnen entdecken kann, ist diese völlige Makellosigkeit. Da würde jeder warnen und vor allem Isabell: „Mensch pass auf, solche tollen Kerle können doch gar nicht echt sein!!!"

Bei einem Kaffee wäre Coco sicher ins Grübeln geraten und sie hätte schließlich das Weite gesucht. Hier hat sie hingegen nicht einmal Angst vor dem Rausch, den sie unbedingt erleben will - wenigstens ein einziges Mal. *Und was mache ich mit dem Kater danach?* ist die einzige Sorge, die in Coco zögerlich aufkeimt, aber sofort wieder vom Tisch gewischt wird.

Aron hält ihr den Vorhang auf - schon eine ganze Weile. „Hallo Coco, alles klar? Willst Du nicht kommen?" Sie schaut in sein markantes Gesicht und gibt ihm statt einer Antwort, einen flüchtigen Kuss auf seine Wangenknochen. Dann schließt sie die Augen, hält die Luft an und taucht unter dem Vorhang hindurch.

Im nächsten Moment stehen sie in einer hohen Säulenhalle, die sofort alle Stimmen verschluckt. Dumpf dringen nur ein paar psychedelische Klänge zu ihnen herüber. Coco traut sich langsam, ihre Augen zu öffnen.

Warm empfängt sie das Licht der Fackeln, die an den Wänden flackern, vermischt mit einem rötlichen Schein von Neonlampen, die eine lange Bar in romantisch dämmriges Licht taucht, an der Verliebte miteinander verschmelzen. Die Muskeln heißer Männer spiegeln sich in der gläsernen Rückwand, während sie zwischen all den bunten Flaschen erfrischende Cocktails mit Eiswürfeln mixen.

Die zahlreichen Säulen, die hier überall rumstehen, scheinen in den Himmel zu ragen. Coco wird erinnert an ein uraltes verzaubertes Birkenwäldchen aus einem düsteren Märchen ihrer Kindheit. So hat sie sich das immer vorgestellt, in gerade erwachender Dunkelheit – nicht gruselig, eher tief atmosphärisch.

Weiter hinten dreht sich eine Diskokugel, die ihre Strahlen langsam durch die riesige Halle hinauf zum Himmelszelt schickt. Nach und nach erkennt sie da oben noch mehr, als nur die funkelnden Sterne.

Coco zuckt zusammen, als haben sie gerade splitternackt eine Bühne betreten. Zum Glück war es kein Spot-Licht, das auf sie gerichtet wurde, wie sie es eigentlich erwartet hätte. Nur ein Strahl dieser Kugel kam zum Stehen und hat sie einen Moment lang geblendet. Trotzdem schaut sich Coco erschrocken um.

Sie atmet auf. Niemand hat ihr Erscheinen bemerkt. Keine ihrer Befürchtungen ist eingetreten und auch kein merkwürdiger Singsang wird von den Anwesenden angestimmt. Nur ein brünettes junges Ding, das gerade an den Tresen tritt, hat sich nach ihnen den Hals verdreht. Sie ist allein und vergnügt sich wohl deshalb mit den Männern hinter der Bar. Zu denen dreht sie sich auch gleich wieder um, denn sie scheinen für sie interessanter, als die drei Neuankömmlinge zu sein.

Cocos Augen haben sich inzwischen an das spärliche Licht gewöhnt. „Soso, ein Tempel der Lust. Das ist das hier!" Es sprudelt aus ihr heraus, als wäre sie gerade von dieser Erkenntnis überrascht wurden.

An der Decke kann sie inzwischen dieselben Malereien erkennen, die auch die Wände zieren. Staunend geht sie Schritt für Schritt durch die riesige Halle, die tief in den Berg gehauen wurde. Der Blick ihrer Männer hat sich dabei auf ihren spärlich bedeckten Hintern geheftet, während sie ihr im geringen Abstand folgen.

Coco dreht sich zwischen den Säulen, als würde sie tanzen. Aron und Zoltan machen es ihr nach, allerdings auf nicht ganz so elegante Weise. Diese Kathedrale, oder was auch immer das hier sein soll, wirkt irgendwie verzaubert und magisch, wie wahrscheinlich so vieles, wenn man durch Cocos Augen schauen würde.

Abrupt verharrt sie und versucht das Gleichgewicht zu finden, während der Raum sich weiterdreht. Sie hat sie entdeckt, die vielen dunklen Kammertüren, die an den Wänden und in den Ecken gekauert darauf lauern, von jemandem geöffnet zu werden.

Sie sehen alt aus und schief, als hätten Holzwürmer sie aus der Form gebracht. Durch ihre Ritzen und Spalten dringt Nebel, der weiter über den Boden durch den Saal in alle Ecke kriecht, als wolle er die Magie dahinter, in die Welt hinaustragen. Wird man den Nebel betreten, so wie sie gerade, ist es aus!

Das dort sind genau dieselben Türen, deren Schwelle sie in ihren Träumen zu oft überschritten hatte. Coco bleibt das Herz fast stehen, denn sie wurde genommen, benutzt und verführt, bis sie am Morgen erhitzt und zitternd zurück in der Wirklichkeit ankam, die für sie immer weniger real wurde, weil die Lust sie festhielt und von Mal zu Mal immer weniger loslassen wollte. *Bin ich inzwischen bereit dafür?*

Hier ist sie nun, diese förmlich nach Sex riechende Lounge, in der man ankommt, staunt und von Leidenschaft ergriffen sich bald durch eine der alten knarrenden Türen quetschen möchte, um eine andere Wirklichkeit zu betreten, die erstrebenswerter erscheint – zumindest für den Augenblick.

Coco holt tief Luft, um dann einen Blick auf ihre beiden Kerle zu wagen, die nur darauf warten, dass sie nachgibt. *Soll ich mich wirklich drauf einlassen?*

Statt Vernunft tut sich ein Krater voller Erregung auf. Coco fällt ins Bodenlose, als hätte sie soeben eine der Türschwellen leichtsinnigerweise überschritten. Sie taucht ein in glühende Lava aus purer Lust, von der sie gierig verschlungen wird, die sie mitreißt und nicht mehr entkommen lässt.

Coco wendet ihren Blick von den alten und viel zu klein geratenen Türen ab, die einen regelrechten Sog auf sie ausüben. Die Kammern scheinen schon seit ewigen Zeiten hier zu sein und diese vor Sex vibrierende Lounge wurde vielleicht erst wegen ihnen errichtet, um ihre Besucher auf die kommende Reise einzustimmen. *Ohne wenigstens zu ahnen, auf was man sich dort einlässt, sollte man über keine der Schwellen auch nur einen Schritt wagen.*

Die Schatzsucher von damals, die sie entdeckten, hatten vielleicht diese winzigen Türen nichtsahnend geöffnet und ihr wahres Wunder erlebt. Kein Gold und keine Diamanten haben sie dahinter gefunden. Aber es hat sie gepackt und nie mehr losgelassen und die Gier nach Reichtum vertrieben. All das Gold und die Diamanten, die sie zuvor gefunden hatten, haben sie genommen und diesen Tempel der Venus errichtet. Ja, so könnte es gewesen sein, redet Coco sich ein und versucht es, mit ihren Empfindungen in Einklang zu bringen.

„Können wir nicht einfach was trinken gehen?", versucht Coco sich von dem Sog der Kammern loszureißen.

„Natürlich, was immer du willst", geht Aron auf ihren Wunsch ganz schnell ein.

Weißt Du überhaupt, was ich am liebsten möchte? Coco verkneift sich die Frage, denn sonst müsste sie antworten: „Fickt mich!" Nein, sie müsste es schreien!

In ihrem Kopf hallt das Echo nach, als hätte sie es tatsächlich gerade lauthals verkündet, wird dann allmählich leiser und leiser und erstickt in frustrierender Stille.

Ein Luftzug streift Cocos Ohrläppchen. „Entspann dich!" Zoltan ist direkt hinter sie getreten. Wo sie sich entspannen soll, ist Coco auch schnell klar, denn er dreht sie in Richtung einer der Baldachine aus Strohgeflecht, unter der eine große schokoladenbraune Spielwiese auf sie wartet. Die steht halb versunken im Nebelmeer inmitten von Palmen, Farnen und anderen tropischen Gewächsen, die es irgendwie schaffen, im Dunkeln zu wachsen oder aus Plastik einfach nur echt aussehen. Das dämmrige Licht lässt den Platz unter dem Strohdach diskret und sicher erscheinen. Sie muss schmunzeln. *Diskret vielleicht, aber sicher?*

Coco lässt sich vorwärtsschieben und setzt sich mit mulmigem Gefühl auf die äußerste Kante. Zoltan lächelt verschmitzt, als könnte er ihre Gedanken lesen. Dann dreht er sich um und sein knackiger Hintern verschwindet in Richtung Bar. *Immerhin hat er die Erfrischung nicht vergessen.*

Coco starrt vor sich hin und versucht sich zu beruhigen. Das Zittern bekommt sie in den Griff, aber nicht das Kribbeln in der Magengegend. Sie schaut verzweifelt zu Aron. Der sitzt ganz brav neben ihr und scheint auf ein Zeichen zu warten, das ihm erlaubt, sich wieder bewegen zu dürfen. *In Wirklichkeit wird er wohl lauern. Wann fasst du mich endlich an, du Scheißkerl? Als würdest gerade du erst meine Erlaubnis brauchen!*

Seine schwarzen Augen kennt sie schon und kann so manches darin lesen. Zumindest glaubt das Coco. Doch Aron stiert nur vor sich hin, auf seine Hände, die er ineinander verschränkt und verdreht, als wüsste er ansonsten nichts damit anzufangen.

Coco hingegen schon! Sie betrachtet sein hübsches Gesicht. *An was wird er jetzt gerade denken?* Sekunden vergehen und sie scheinen woanders hinzutreiben.

Coco spürt förmlich seine sehnsüchtigen Hände, die nach ihr greifen, seinen frechen Mund, der ihre fiebrigen Lippen küsst und auch seinen warmen Atem, der sich in ihrem Haar verfängt. Und seine verlorenen Augen begegnen ihr. Sie sieht darin seinen letzten Willen schwinden. Dann beugt er sich zu ihr.

Das Funkeln und Glitzern, das jetzt die Schwärze füllt, sagen mehr als tausend Worte. *Seine Augen sind wie kleine Zauberspiegel.* Coco schaut hinein, um die Erfüllung ihrer unkeuschen Wünsche zu finden. Und je länger sie das macht, umso mehr verliert sie sich in ihnen.

Coco sieht sein ganzes Verlangen und der quälende Durst nach seinen Berührungen überfällt sie erneut in rücksichtsloser Weise.

Über ihren Rücken kriechen viele kleine Schauer, versammeln sich um den Bauchnabel und schießen rein in ihre feuchte lechzende Schnecke. Sie presst die Beine zusammen, im Versuch das Gefühl zu vertreiben oder wenigstens ertragen zu lernen.

Er hat allein schon mit seinen schmutzigen Gedanken Sex mit mir! Sie zählt die Schläge, die in ihrer Brust hämmern:

„Einundzwanzig, zweiundzwanzig, …" *Coco, reiß dich zusammen!*

Im dämmrigen Licht tanzen die goldenen Sprenkel um ihre schwarzen Pupillen. Aron schaut in diesen Strudel, der ihn hinabreißt in die Abgründe, die sie gerade quälen. Das Lodern in ihren Augen springt über als einzelner Funke und hinterlässt ein Flammenmeer, in das er hineinstürzt, um zu brennen. Er zweifelt an sich als Jäger. *Das darf nicht passieren!*

Aron zieht Coco an ihrem fast schon getrockneten Haarschopf ganz nah an sich heran und küsst stürmisch ihre weichen roten Lippen, die seinen Hunger genauso erwidern. Er sollte es nicht - nicht so, nicht aus reiner Leidenschaft.

Coco öffnet ihre Lippen einen schmalen Spalt breit und lädt seine Zungenspitze ein, ihre zu finden. Von seinen starken Armen wird sie dabei ins Kissen gedrückt. Jetzt gibt es kein Entkommen mehr. Sie schließt die Augen, als würde sie das alles ergeben ertragen. Aber sie genießt ihn mit jeder Pore.

Coco spürt die Finger Arons zu ihrem Bauch hinwandern und wie sie dort unendlich langsam den Gürtel ihres Kimonos öffnen. Nur mit den Spitzen hebt er den Saum und legt nach und nach ihren traumhaften Körper frei. Ein leises Stöhnen befreit sich aus seiner Kehle, während er das Beben darunter betrachtet.

Ein Jäger darf sich nicht verlieren, egal wie das Verlangen schreit, schärft sich Aron verzweifelt ein. Der Anblick von Coco bringt ihn an seine Grenze. Heute Morgen hatte er nicht vermutet, dass das hier solch eine Prüfung werden könnte. Da kannte er ja auch noch nicht diese Schönheit, zumindest nicht in einer Lage, wie sie es jetzt gerade war!

Verloren fiebert Coco jeder Berührung entgegen und genießt, wie er kämpft, und versucht, sein Verlangen zu zügeln. Sie streicht ihm zärtlich über die Wangen, als wolle sie ihn bei seinen Qualen trösten.

Mit ihren Fingerspitzen fährt sie über seine Lippen, die sich ganz langsam öffnen. Seine weißen Zähne beißen vorsichtig rein. Aron kann ihre Berührung kaum mehr ertragen. Was normalerweise nur schön und unterhaltsam ist, kommt heute einer Sinfonie der Sinne gleich. Aron hofft, sie würde nicht weitermachen und Zoltan käme endlich wieder, um sich zwischen sie, mitten ins Gefecht zu werfen. Sein Ruf als Jäger ist ernsthaft gefährdet!

Aron hat sie entblößt und nicht nur ihren Körper. Coco will mehr und mehr davon haben, mehr von dieser unbändigen Lust, die in seinen glitzernden Augen zu entdecken ist. Sie will, dass er sich völlig vergisst. Und dazu wird sie ihn bringen!

Coco berührt Arons harten Schwanz. Ihre Fingerspitzen gleiten sanft über seine feuchte Eichel. Etwas Verrücktes steht in seinen Augen geschrieben und er hält die ganze Zeit den Atem an, nur um danach heftig nach Luft zu schnappen. Sie genießt es, wie er um Beherrschung ringt und macht daher extra langsam weiter.

Zwischen ihren Fingerspitzen verreibt Coco die ersten Tropfen seines samtig weichen Samens, den er nicht zurückhalten kann. Aron ist kurz davor, ihr die Zustimmung zu geben, sich jedes bisschen davon zu holen. Zum Glück erscheint Zoltan, bevor das passieren kann.

„Ihr habt schon ohne mich angefangen?" Er sieht seinen Freund an und schüttelt verständnislos den Kopf. „Das sieht Dir mal wieder ähnlich!"

Aron stottert entrüstet. „Was heißt hier: Mal wieder?"

Zoltan meint nur gelassen: „Wenn ihr euch beruhigen wollt, trinkt etwas von dem Prosecco hier, ansonsten macht einfach weiter!" Er reicht den beiden erhitzten Gemütern die Gläser. Man könnte fast meinen, dass ihn das Treiben hier, gar nicht weiter interessieren würde.

Coco und Aron entscheiden sich für die Erfrischung und kommen langsam wieder auf der Erde an. Zitternd sitzt Coco zwischen ihren beiden Männern, die ihrer Meinung nach eindeutig zu viel Testosteron abbekommen haben. Sie betrachtet sie, als wären sie ein Versprechen, auf den schärfsten Sex aller Zeiten. Coco kann einfach nicht ihren Blick von ihnen lassen – nicht jetzt und nicht in ihrem Zustand.

Bei den Blicken bleibt es nicht. Als Entschuldigung gibt sie Zoltan einen versöhnlichen Kuss. Er schaut sie an, als würde er das nicht begreifen, wo sie es doch gerade erst mit seinem Freund getrieben hat. Coco legt nach und öffnet leicht ihre Lippen und dann drückt sie ihren sinnlichen Mund erneut auf seinen.

Diesmal fängt sie an, ihn heftig zu knutschen, während sich ihre Finger leidenschaftlich in seinen Körper krallen.

Das scheint Zoltan zu begreifen. Er holt tief Luft, denn sie werden gleich miteinander untergehen.

Aron sitzt daneben und überlegt, ob diesmal er zur Bar laufen sollte, um die beiden alleine zu lassen. Aber das entspricht nicht dem Plan.

Von hinten schmiegt er sich schließlich an Coco und küsst ihre Schultern. Diese Berührungen machen ihr klar, sie ist dabei, es mit beiden gleichzeitig zu treiben. Dass sie das tut, kann sie kaum glauben. Innerlich zuckt sie jedoch mit den Schultern, während ihre kleine Klita vor Verlangen schmerzt.

Cocos Herzschlag überschlägt sich. Sie spürt Hände überall auf ihrer nackten Haut. Sie gehört nicht mehr nur sich selber, denn die beiden haben von ihr Besitz ergriffen. „Wann fickt ihr mich endlich!", platzt es unvermittelt aus ihr heraus.

Sprachlos lassen Aron und Zoltan von ihr ab. Sie dachten, sie würde länger brauchen. Doch dann erinnern sie sich an damals und wie es ihnen beim ersten Mal ergangen war. Schon auf den Weg hierher, sind sie verrückt geworden. Ein Wunder, dass sie es überhaupt so weit schaffen konnte, ohne vor Geilheit durchzudrehen. Coco wird die perfekte Jägerin sein. Das werden sie ihr natürlich jetzt noch nicht sagen - nichts von dem, was sie mit ihr noch vorhaben, und nichts von dem, warum sie wirklich hier ist.

Eine Antwort bekommt Coco nicht - zumindest wartet sie erst gar nicht darauf. Sie packt sich das, was zwischen den Lenden der beiden zuckt, als würde sie ein Anrecht darauf haben.

„Heilige Scheiße!" Aron und Zoltan sind erstarrt und schlucken die Überraschung runter. Und nicht nur das, denn sie lässt nicht locker. Ihre harten Schwänze schwellen in Cocos Fäusten bedrohlich an. Aber sie kann oder will sie nicht wieder öffnen. Tatsächlich haben ihre Finger den Dienst quittiert. Sie sitzt da und zittert vor lauter Erregung.

Der erste Schock hat sich gelegt. Zoltan und Aron schauen zuerst sich an und dann Coco, die sich überhaupt nicht mehr zu rühren scheint. Sie sitzt da wie versteinert und ohne Regung, bis auf das Zittern, das sie ergriffen hat. Nur noch ihre Augen verraten, was in ihr geschieht.

Die beiden müssen jetzt was unternehmen, schauen sich kurz an und beschließen, sie wach zu küssen. Die Berührung ihrer Lippen, die zärtlich an ihrem Ohrläppchen zupfen, ihren Hals abschmecken und nun ihr Kinn und ihren halb geöffneten Mund erreichen, lässt langsam die Versteinerung von ihr abfallen. Sie wird keine weiße Marmorfigur am Wegesrand werden, denn langsam kommt die Farbe in ihr Gesicht zurück, wenn auch etwas zu viel davon.

Coco dreht ihren inzwischen hochroten Kopf zu Aron, schaut auf das, was aus ihrer Faust herausschaut und lässt erschrocken los. Über die andere Hand wird sie sich gleich darauf bewusst, wo der Blutstau genauso bedrohlich wirkt.

„Entschuldigung", stottert Coco. „Ich hoffe, ihr könnt die noch benutzen." Coco beißt sich auf die Lippen. Ihr ist klar, für was Aron und Zoltan sie gleich benutzen werden.

„Ich denke, es wird noch gehen." Zoltan sieht aus, als wolle er es auf der Stelle beweisen.

Na, da habe ich ja was angerichtet! Das war so ziemlich das Letzte, was Coco denken konnte. Kurz danach liegt sie hilflos auf dem Rücken und versucht den ungewohnt vielen Fingern zu folgen, die mit ihrem Körper spielen. Die gewaltige Lust zwischen ihren Schenkeln entlockt ihr Laute, die sie mit der Faust im Mund zu ersticken versucht. Aber die Finger sind rastlos.

Zoltan findet schnell ihre empfindlichsten Punkte. Er quält sie mit seinen Küssen und am liebsten dort, wo Cocos Zucken am heftigsten ausfällt. Coco greift nach den Händen, die unermüdlich vordringen. Sie sollten ihr lieber nicht den letzten Willen nehmen.

Coco funkelt die beiden böse an. Aber nicht, um sie auf Abstand zu halten. Nein, sie will nur noch eines: *Um Himmelswillen fickt mich, bevor ich mich ganz vergesse!*

Sie stößt Zoltan von sich. Coco ist verärgert, weil sie so unbeherrscht und geil ist. Zu mächtig ist seine Lanze, die sie unbedingt in sich spüren möchte. Und sie zerrt ihn wieder an sich, küsst ihn stürmisch, als wolle sie von ihm verschlungen werden. Ungestüm reißt sie ihm das Oberteil runter und krallt sich in seine kräftigen Muskeln.

All das erträgt Zoltan tapfer. Für Aron hingegen ist es inzwischen leichter, mit Coco klarzukommen. Immerhin übernimmt jetzt die Hälfte des Jobs sein Freund und der hat wie üblich alles unter Kontrolle. Auch Coco hat nicht vor, die einzige zu sein, die um Gnade bettelt.

Ihre Finger gleiten in seine windigen Shorts, legen sich um den mächtigen Schaft und warnen Zoltan, dass er sich lieber nicht überschätzen sollte. „Bitte nicht weiter!", winselt Zoltan schon bald vor Entsetzen.

Zoltan muss sich losreißen, denn Unfälle sind nichts für ihn. Er will es sein, der genießt, wie sie überwältigt vor Lust um Erlösung bettelt.

So sanft Zoltan noch kann, bricht er ihren Widerstand, und drückt sie hinein in die nächste Ecke. Der wilde Ausdruck in ihren Augen, weicht einem sehnsüchtigen Blick. Ja, das ist es, was er möchte. Er will, dass sie sich verzehrt nach ihnen, dass sie sich sehnt nach der totalen Erfüllung.

Coco trägt nur noch diesen von ihrer Lust durchtränkten Slip, sozusagen als letztes Schutzschild auf ihrer Haut, das beiseite gefegt werden müsste.

Die Schlacht ist noch nicht vorüber. Ja eine Schlacht soll das hier werden und nicht nur ein kleiner Blitzkrieg. Es muss nicht nur gut werden, sondern berauschend - sinnlich und magisch an ihr haften bleiben.

Und sie werden diese Tat vollbringen, so wie es einst ihnen geschehen war. Sie wird sich als neugeborene Jägerin wiederfinden, Herrin über die Triebe der heißesten Typen und vielleicht sogar der schönsten Frauen. Ihr wird jede Spielwiese offenstehen. Und sie werden sie führen, bis sie die Perfektion erreicht hat, jeden Abgrund zu meistern, in dem sie oder auch ihre Beute, fallen könnte.

Coco liegt rücklings vor ihnen. Arme und Beine weit von sich gestreckt. Aron weiß nicht, ob er je was Schöneres begehren durfte und Zoltan ergeht es nicht anders. Nicht nur ihre Kurven reizen. Ihr ganzes Wesen tut es.

Bewegen darf Coco sich nicht - höchstens vibrieren und zucken. Zu wild ist sie vorhin geworden. Immer wieder muss Aron ihr die Arme über dem Kopf festhalten, damit sie ruhiger wird und seine hungrigen Blicke ertragen lernt.

Ansonsten berührt sie Aron nicht und küsst sie nicht, bewundert nur ihre Schönheit. Immer wieder flammt heftigste zügellose Lust in ihr auf, die auf ihn überspringt und es ihm schwermacht, nicht nachzugebene.

Sie liegen ein paar Sekunden so da, die sich anfühlen wie Minuten - sich nur mit den Blicken fressend. Dann rutscht Aron an ihre Seite, legt ihre Hand behutsam in seine und knabbert an ihren Fingerspitzen.

Zoltan nimmt den Platz von Aron ein, legt ihren Kopf jedoch in seinen Schoß. Durch ihre inzwischen zerzausten hellbraunen Haare, lässt er seine Hände fahren und verfängt sich schnell in ihnen.

Aron rutscht weiter zu ihren schlanken Füßen, um auch ihre süßen Zehen zu küssen. Er streichelt sie und auch die Waden und lässt seine Hände dabei höher gleiten. Seine Fingerspitzen graben sich sanft in das Fleisch ihrer Schenkel und unaufhaltsam höher.

Coco spielt verrückt, je weiter seine krallenden Finger wandern. Er reizt sie, dass das Fleisch zwischen ihren Schenkeln zuckt und sich sehnt, benutzt zu werden. Mit leichtem Druck legt Aron schließlich seine Hand mitten auf ihren bebenden Venushügel.

Durch Coco gehen Wellen der Erregung, Stromstößen gleich. Egal wie sie vibriert, Aron rührt sich nicht - nicht bis sie sich an den Druck seiner warmen Hand gewöhnen konnte. Erst dann macht er weiter, auf jede Regung achtend. Er will sich schließlich nichts entgehen lassen.

Zoltan hält dabei Cocos Kopf fest in seinen Händen, vergraben im zerzausten Haar. Mitten drin steht bedrohlich auch sein bestes Stück parat. Sie spürt ihn, wie er sich an sie kuschelt. *Noch ist er ganz friedlich.*

Cocos Blick folgt den bösen Fingern, als wolle sie warnen: „Das traut ihr euch nicht!"

Aber sie machen es trotzdem. Coco schnappt nach Luft, als wolle sie gleich losbrüllen: „Was erlaubt ihr Kerle euch, hier mit mir zu machen?"

Das wollen sie ihr zeigen und dabei genießen, wie sie sich schutzlos unter ihren Händen windet - völlig ausgeliefert.

Ganz langsam zieht Aron ihr den Slip von den Hüften und entblößt ihren glatten Venushügel mit der kleinen erregten feuchten Spalte. Tief atmet er durch, bevor er gegen nur wenig Widerstand ihr die Schenkel auseinander drückt.

Ihr Saft glitzert in ihrer Venusfalle, als wolle sie ihn locken, um dann zuzuschnappen. Aron kennt das Spiel und droht mit seiner harten aber immer noch gefangenen Lanze.

Kein Grund, durchzudrehen. Coco schließt die Augen, als sie seine feuchte Zungenspitze spürt, die sich an ihren gespreizten Schenkeln genüsslich nach oben leckt. Ihr kleines Biest dreht durch, denn gleich wird auch sie verwöhnt werden – endlich!

Aron küsst sie, wo sie gerade am hungrigsten ist. Sie dankt es ihm, mit einem kleinen Beben. Ihr Biest beginnt ein Freudentanz mit Arons Zungenspitze, die sich genüsslich in sie hinein vorarbeitet. Er lässt sie kreisend in ihrer Lustspalte wandern auf der Suche nach ihrer empfindlichsten Stelle. An ihr saugt er sich fest und bringt Coco zum Durchdrehen.

„Arooon!", hört er sie verzweifelt rufen – nicht einmal, nicht zweimal und auch nicht nur dreimal. Wild zuckt ihr Becken unter seinen Attacken. Weder er noch Zoltan lassen zu, dass sie dem entkommen könnte. Erst als sie nach dem letzten Aufbäumen erschöpft zusammensackt, hört er auf, sich rücksichtslos an ihr zu laben.

Er schenkt ihr die Pause, um selber nach Luft zu schnappen, von der er in den letzten Minuten nicht allzu viel bekommen hat. Mit ihren Schenkeln hat sie ihn an sich gepresst, dass er kaum noch wusste, wer hier das Sagen hat.

Aber das war nur das Vorspiel. Selbst Coco weiß das.

Ihre kleine Schnecke dankt ihr und verspricht, ihr Bestes zu geben. „Das will ich Dir auch dringend raten!"

Aron hechelt: „Was?"

„Nichts", röchelt Coco erschrocken und ergänzt ganz leise: „Ich dachte, nur Kerle reden mit ihrem Schwanz!"

Nach ihrem klärenden Zwiegespräch ist sie jetzt wieder bereit für die beiden. Sie öffnet die Augen, schaut auf Aron, der immer noch zwischen ihren Beinen hockt und sich ihren Saft von seinen Lippen leckt. Er schaut erstaunt und hebt die Augenbrauen. *Hoffentlich hat er das nicht mitbekommen - und wenn schon,* denkt Coco.

„Entschuldigung, was habt ihr mit mir angestellt?", eröffnet sie kämpferisch die nächste Runde. Zwischen Arons Lenden beult sich die Shorts, die sich als besonders dehnbar erwiesen hat, aber als überhaupt nicht mehr sicher. Sein Phallus sieht zwar aus, als wäre er hinter Gitterstäben gefangen, aber welche die schon weit auseinandergebogen sind und der Spalt so breit genug für einen Ausbruch ist.

Coco wagt es erst gar nicht, sich vorzustellen, was ihr kleines Biest wird haushalten müssen, wenn seine Lanze es gleich schaffen wird. Ihre Klita schmerzt, als wolle sie Coco warnen, sich da ja nicht einzumischen.

Sie dreht ihren Kopf, um zu sehen, wie es Zoltan derweilen ergeht. Vor ihren Augen steht dasselbe Problem. Kein bisschen ist sein Schwanz kleiner geworden, seit er sich in seinem Schoß an ihre Wange angeschmiegt hatte. Sie konnte ihn nur unscharf sehen, spürte jedoch umso deutlicher seine Kraft, die er aufbringen konnte.

Sie winkt Aron zu, der auf allen vieren zu ihr kriecht. In ihrer Reichweite angekommen, zieht sie am Pfaden und lässt sein Ding in die Freiheit springen. Sie ergreift es mit einer Hand und mit der anderen den Schwanz, der neben ihr zuckt. Abwechselnd betteln sie um Gnade. Doch Coco hat sie nicht.

Zwischen ihren Brüsten bildet sich ein Rinnsal, das langsam zu ihrem Bauchnabel fließt. Mit dem Finger taucht sie darin ein und lässt an ihm ihre gierige Schnecke lecken.

„Sagt jetzt, was hier los ist!" Ihre beiden Kerle hocken etwas irritiert neben ihr und versuchen mit ihrem Unfall klar zu kommen. Für Coco war es pure Notwehr. *Jetzt wird der Verstand hoffentlich bei allen wieder funktionieren – wenigstens etwas.*

Ihre Erregung ist nicht wirklich gewichen, aber lässt ihr zumindest etwas Raum, um auch an etwas anderes, als den Austausch der begehrten Säfte zu denken. Ihre Stimme klingt zittrig, als würde sie gleich wieder versagen oder heiserem Stöhnen weichen.

Sie versucht, diesen Augenblick trotzdem zu nutzen, um ein paar Hinweise zu bekommen, wohin die Reise geht, und um ein klein wenig die Oberhand zu behalten, die sie gerade erlangen konnte. Schließlich sind ihre neuen Verehrer in der Mehrzahl und wollen sie offensichtlich „tief fallen" sehen.

„Ich kenne euch kaum, aber weiß, wie gut ihr schmeckt, wie ihr duftet und wie das aussieht, wenn ihr mit euren geladenen Büchsen auf mich feuert!" Coco muss schlucken und den Unfall bewundern, bei dem sie doch ziemlich gut getroffen hatten. „Und nun weiß ich also auch, was ihr tut, wenn ihr euch vor lauter Geilheit nicht mehr beherrschen könnt. Sagt, was machen wir hier?"

Die Bilder von dem eben erlebten, geben ihr die Antwort. Trotzig versucht sie, die beiden anzuschauen, um die Antwort auch aus ihrem Munde zu hören. Zoltan versucht immer noch, die Kontrolle zurückzubekommen, die ihm eben abhandenkam. Aron sieht verwirrt aus, als könne er das alles nicht fassen.

Coco muss ihre Frage wiederholen. „Was machen wir hier?"

„Hat es dir nicht gefallen?", versucht Zoltan auszuweichen.

„Meinst Du die Achterbahnfahrt von eben?", geht Coco kurz darauf ein.

„Ja, genau die!"

„Ich bin schon hässlicheren Typen begegnet!", versucht Coco, das Ganze herunterzuspielen, bevor sie den beiden erneut verfällt und untergeht.

„Also, was machen wir hier?", wiederholt sie ihre Frage.

„Das, an was du gerade denkst!", ist die knurrende Antwort von Aron. Er schaut in ihre Augen, in der die Bestätigung flackert. „Und ich bin hier, um auf dich aufzupassen!", ergänzt er diesmal ganz trocken.

„Meinst du, so wie eben?", raunzt sie zurück. Ihren Blick kann sie aber nicht frostig genug hinbekommen.

„Irgendwie schon!", antwortet er daher ganz mutig.

„Oh tatsächlich? Nur dass ich es nicht als Hilfe empfunden habe – außer, was ich zum Schluss mit euch gemacht habe!" Coco betont die letzten Worte ganz besonders.

„Was meinst du damit?", fragt Aron, als hätte er die Anspielung nicht verstanden.

„Du bist fast verrückt geworden. Zusammen mit Deinem Freund bist du fast durchgedreht!", versucht sie, ihm die Situation näher zu bringen.

„Entschuldigung, daran bist du schließlich schuld!"

„Darum habe ich euch auch geholfen, wieder runterzukommen und euch von eurer Ladung befreit!" Coco ist fast stolz auf ihr freches Mundwerk.

„Wohl aus reiner Notwehr?", fragt Zoltan spöttisch.

„Nein, weil Du's nötig hattest!"

Dagegen kann er nichts mehr sagen. Das Spiel hat begonnen und die erste Runde ist an sie gegangen. Allerdings hat sie das hier wie im Rausch erlebt. Diesen Rausch wollte sie unbedingt haben. Und das ist gefährlich. Dafür hat sie sich fallen lassen, was ein ganz schönes Risiko darstellte, wie sie in der Vergangenheit schmerzhaft erfahren durfte.

Der „Kater danach", ist diesmal abgewendet. Vielleicht war es gut so, dass sie Hand angelegt hatte. Der Rausch ist noch nicht vorüber. Sie werden noch etwas zum Erobern haben. „Ja mich!", schreit beleidigt ihr kleine Klita.

Coco berührt die silbernen Amulette der beiden. So eins trug sie im Traum manchmal selber, wie ihr gerade klar wird, wenn sie *... Auf der Jagd war!*

Coco wundert sich, dass diese Gedanken gerade jetzt auftauchen. Dass die beiden auf der Jagd sind, erahnte sie insgeheim. Immerhin hat sie gewusst, dass sie kommen werden und dass sie eines Tages vor ihr stehen – zumindest, wenn sie nicht einfach nur spinnen würde. Sie war das Lockmittel in ihrem gelben Kleidchen, auf das sie so scharf waren. Sie hatte es nicht umsonst gewählt und hoffte, dass sie entdeckt werden würde. Das taten sie und nahmen sie mit in diese Welt, die sie so oft im Traum betreten hatte.

Coco ist erstaunt, dass sie das als passive Jagd betrachtet, was sie heute veranstaltet hatte. Aron und Zoltan hatten angebissen. Sie hat sich selber als Köder benutzt. Etwas scheint zu verhindern, dass das ihr schwerfiel. Dieses Etwas ist hier. Das Wie und Warum wird sie herausfinden müssen. „Der Ort passt zu euch, wie kein Zweiter!", beginnt Coco mit ihrem Vorhaben.

„Danke, das haben wir uns bei dir auch gedacht!", antworten sie im Kanon. Coco versucht, das Kribbeln zurückzudrängen, dass ihr ansonsten den nächsten Rausch beschert.

„Wollt ihr den ganzen Tag über mich herfallen?" Nervös schaut sie sich nach ihren paar Sachen um.

„Du willst schon weiter?", fragt Zoltan ungläubig.

„Ich würde sagen, länger halte ich es mit euch hier nicht aus!" Coco bewirft ihn mit einem Kissen. „Ihr seid mir zu gefährlich. Also kommt schon und versteckt diese Dinger!"

„Wo willst du hin?"

„Ihr kennt euch hier aus. Sagt ihr es mir!"

„So gut nun auch nicht", meint Aron.

„Du weißt aber sicher, was hinter all den kleinen Türen ist?"

Aron windet sich. „Das willst du eh nicht wissen!"

„Überlass das lieber mir", herrscht Coco ihn an.

„Du hast die Kammern in den letzten Nächten täglich betreten, oder?", merkt Zoltan an.

Coco zuckt zusammen und hofft, dass sie das nicht bemerkt haben. Sie tut vorsorglich, als hätte sie etwas gestochen.

„Was weist du denn darüber?", fragt Coco mit hochgezogenen Augenbrauen.

Zoltan geht erst gar nicht darauf ein, sondern fragt nur verwundert: „Sollen wir dich jetzt beschützen?"

Coco überlegt, was das schon wieder bedeutet. Sie verführen sie, sie benutzen sie, ja sie legen sie einfach mal so flach, als wäre das völlig alltäglich, und dann nennen sie das „Beschützen"? Was soll sie denn davon halten!

Da sie nicht antwortet, fährt er fort, ihr das zu erklären. „Hinter jeder Tür wartet eine besondere Herausforderung - ein Erlebnis nicht ganz alltäglicher Art. Aber wie viel du davon verkraftest, wird von der Vorbereitung abhängen!"

„Und diese werdet ihr mir geben?"

„Ja und wir passen auf, dass du jeden Tag nur eine öffnest!"

„Wie bei einem Weihnachtskalender, sonst wird es zu viel für mich", lächelt Coco weise.

Zoltan nickt, als hätte sie es verstanden.

„Was wird dann erst am Tag der Bescherung mit mir passieren?" Coco wagt nicht, sich das vorzustellen. Ihre „Beschützer" wird sie spätestens dann brauchen.

„Bevor du das erfährst, musst du die Kammern öffnen!"

Coco schließt verzweifelt die Augen, um die Bilder zurückzudrängen. Aber sie werden dabei nur intensiver. Orgiengleiche Szenen wirbeln durch ihren Verstand.

„Na dann lasst uns doch mit dieser Tür dort beginnen!", platzt es schließlich aus ihr heraus.

„Dir kann es wohl nicht schnell genug gehen?", versucht Aron, sie zurückzuhalten.

Zoltan mischt sich ein und packt sie am Arm. „Das heben wir uns lieber für später auf!" Er dreht Coco in Richtung Bar. „Ein Whisky, einen Scotch, was hätten sie gern?"

Die Türen sind also echt tabu, resigniert Coco. „Ein Whisky wäre jetzt gut, nur bezweifle ich, dass ich ihn vertrage! Ich bleibe lieber bei etwas Leichtem, sonst habt ihr ein zu einfaches Spiel mit mir. Außerdem könnte ich vielleicht das Beste verpassen!" Sie reißt noch schnell etwas von der flauschigen Papierrolle mit den Herzchen ab, die wohl extra für die Spurenbeseitigung seitlich an der Liege befestigt wurde, und reicht es Zoltan. „So gehe ich mit Dir sonst nirgendwohin!"

Sie sagt ihren schief in den Angeln hängenden Kammertüren auf Wiedersehen, tut sie aber als einen ihres nächsten Programmpunktes auf die Liste. Ihr Knarren will sie unbedingt hören. Dann wird Coco auch erfahren, was ihre „Beschützer" wert sind. Dabei ahnt sie noch nicht einmal, für was diese Türen da sind und die Kammern dahinter.

Es dauert nicht lange und sie sind wieder bereit, sich anderen Leuten zu zeigen. Zumindest sind die verräterischsten Spuren beseitigt, die auf diesen „kleinen Zwischenfall" hindeuten würden. Allerdings sehen sie nicht unbedingt danach aus, als hätten sie solch einen „Zwischenfall" vermieden. Ihre zerzausten Haare und die verklärten Blicke, lassen so einiges erahnen.

Sie kehren ihrer kleinen Spielwiese schließlich den Rücken zu und auch den vielen eichenen Türen, hinter denen sich spärliche Kerker verbergen könnten, in denen so manche abgründige Begierde darauf wartet, befreit zu werden. Das erzählten ihr zumindest ihre Träume. Cocos Neugier ist ungebrochen, auch wenn sie sich das nicht eingestehen möchte. Aber inzwischen kommt es darauf nicht mehr an.

Ihr Schritt ist nass statt feucht und lechzt immer noch nach Bestrafung. Sie krallt sich die beiden Männer, die sie dafür auserkoren hat. Immerhin sind sie daran schuld, dass sie in solch einen Zustand geraten konnte. Und sie haben sich nicht einmal entschuldigt. Sie wird es ganz bestimmt auch nicht machen, dafür aber ihr kleines Biest bestrafen lassen.

Und dann erblickt Coco ihn. Sein muskulöser Körper ist gespannt wie ein Flitzebogen, der gerade seinen Pfeil abschießt - ein Anblick, der sich einbrennt, unauslöschlich. Coco hört das Zischen, das auch durch ihre Zähne dringt, bevor es schwarz vor ihren Augen wird und ihr die Knie versagen, als hätte er sie gerade voll getroffen.

Dieses Bild wird sie nie mehr loslassen. Instinktiv weiß Coco, dass dieser Typ der Grund ist, warum sie hier ist. Mit dieser leidenschaftlichen Wucht kann nur einer sie treffen. Aber er muss anscheinend erst anderen Händen gehören, so wie denen, die sich gerade an ihm vergreifen.

Eifersucht und Neid verspürt sie nicht, denn sie weiß, dass seine Leidenschaft gleich ihr gehört, noch bevor sie aufwacht, um sie in den Tag zu begleiten. Denn das hier kann nur einer ihrer Träume sein, der intensivste von allem. Coco spürt seinen Finger, wie er auf ihrer Brust ihren Namen schreibt.